A CONTADORA

A CONTADORA

FREIDA McFADDEN

A CONTADORA

Tradução de
Irinêo Baptista Netto

4ª edição

EDITORA RECORD
RIO DE JANEIRO • SÃO PAULO
2024

CIP-BRASIL. CATALOGAÇÃO NA PUBLICAÇÃO
SINDICATO NACIONAL DOS EDITORES DE LIVROS, RJ

M144c McFadden, Freida
4. ed.   A contadora / Freida McFadden ; tradução Irinêo Baptista Netto. - 4. ed. - Rio de Janeiro : Record, 2024.

Tradução de: the coworker
ISBN 978-85-01-92205-2

1. Ficção americana. I. Baptista Netto, Irinêo. II. Título.

24-92395   CDD: 813
                        CDU: 82-3(73)

Gabriela Faray Ferreira Lopes - Bibliotecária - CRB-7/6643

Título original:
The Coworker

Copyright © 2023 by Freida McFadden

Texto revisado segundo o Acordo Ortográfico da Língua Portuguesa de 1990.

Todos os direitos reservados. Proibida a reprodução, no todo ou em parte, através de quaisquer meios. Os direitos morais da autora foram assegurados.

Direitos exclusivos de publicação em língua portuguesa somente para o Brasil adquiridos pela
EDITORA RECORD LTDA.
Rua Argentina, 171 – Rio de Janeiro, RJ – 20921-380 – Tel.: (21) 2585-2000, que se reserva a propriedade literária desta tradução.

Impresso no Brasil

ISBN 978-85-01-92205-2

Seja um leitor preferencial Record.
Cadastre-se no site www.record.com.br
e receba informações sobre nossos
lançamentos e nossas promoções.

Atendimento e venda direta ao leitor:
sac@record.com.br

À minha família

PRÓLOGO

UM DIA ANTES

De: Dawn Schiff
Para: Seth Hoffman
Assunto: IMPORTANTE

Seth,

Chegou ao meu conhecimento um assunto delicado que preciso discutir com você. É urgente. Gostaria de agendar uma reunião em sua sala assim que for possível.

Atenciosamente,
Dawn Schiff

De: Seth Hoffman
Para: Dawn Schiff
Assunto: RES: IMPORTANTE

Tá bom, claro. Pode passar na minha sala.

De: Dawn Schiff
Para: Seth Hoffman
Assunto: RES: IMPORTANTE

Seth,

Seria melhor ter um horário marcado para garantir que você estará presente no momento da reunião e que teremos tempo suficiente para discutir algumas informações preocupantes que preciso compartilhar com você. Não quero ter uma conversa difícil interrompida por um compromisso anterior ou, pior ainda, chegar ao escritório e descobrir que você não está lá. Eu me sentiria muito mais confortável com um compromisso agendado. Posso verificar seu calendário e cruzá-lo com o meu, chegar a seis horários possíveis nas próximas 48 horas em que seria conveniente para nós dois nos encontrarmos. Pode destacar dois desses horários que funcionam melhor para você e podemos chegar a um acordo sobre um horário final que seja conveniente para nós dois.

Atenciosamente,
Dawn Schiff

De: Seth Hoffman
Para: Dawn Schiff
Assunto: RES: IMPORTANTE

Que tal amanhã às 14h?

De: Dawn Schiff
Para: Seth Hoffman
Assunto: RES: IMPORTANTE

Aqui estão os detalhes da reunião:
    Local: Sala de Seth Hoffman
    Horário: 14h
    Anotei a reunião na minha agenda.

Atenciosamente,
Dawn Schiff

PARTE I

PARTE I

CAPÍTULO 1

DIAS ATUAIS

NATALIE

Quando chego ao escritório pela manhã, Dawn não está a sua mesa, ou seja, o fim do mundo está próximo.

Estou brincando. É óbvio que o mundo não está acabando. Mas, se você conhecesse Dawn, entenderia a piada.

Há nove meses, Dawn Schiff ocupa o cubículo ao lado do meu na Vixed, a empresa de suplementos alimentares em que nós duas trabalhamos. Seria possível acertar o relógio de acordo com a rotina dela. Às oito e quarenta e cinco, Dawn começa a trabalhar. Às dez e quinze, faz uma pausa para ir ao banheiro. Às onze e quarenta e cinco, ela vai para a sala de descanso e almoça. Às duas e meia, faz outro intervalo para ir ao banheiro. E, às cinco em ponto, desliga o computador e encerra o dia. Se houvesse algum tipo de evento apocalíptico em que todos os relógios do mundo desaparecessem, a gente poderia usar os horários em que Dawn vai ao banheiro como referência. Ela é *infalível*.

Costumo chegar ao trabalho entre oito e meia e nove horas. Quer dizer, por volta das nove. Se os astros se alinharem, consigo chegar às oito e meia. Mas, mesmo que eu jure colocar as chaves no exato mesmo lugar todo dia, na mesinha ao lado da porta de casa, às vezes, durante a noite, elas decidem dar uma voltinha e vão parar em outro lugar. E aí tenho que procurá-las.

Ou então pego trânsito. Muito trânsito. A Dorchester Avenue vira um grande estacionamento na hora do rush.

Hoje de manhã, os semáforos estavam contra mim, mas o trânsito estava tranquilo; então, faltando dez para as nove, entro no grande prédio comercial que abriga a Vixed. Atravesso as fileiras de cubículos idênticos que preenchem o centro da sala, com meus saltos vermelhos batendo no piso de linóleo e as luzes fluorescentes piscando acima da minha cabeça. Ao passar pelo cubículo de Dawn, já com a mão erguida para dar um oi, paro de repente.

O cubículo está vazio.

Por mais estranha que seja a rotina de Dawn, é ainda mais estranho o fato de ela não a estar respeitando. Não consigo deixar de pensar que a ausência da Dawn deve significar algo assustador. Afinal de contas, Dawn nunca se atrasa. *Nunca*.

— Natalie! Ei, Nat! Você não vai acreditar!

Desviei os olhos do cubículo de Dawn ao ouvir a voz de Kim. Ela está atravessando o corredor com seu rosto bronzeado radiante.

Kim Healey é minha melhor amiga no trabalho, o que, infelizmente, significa que ela é minha melhor amiga, ponto, já que o trabalho vem tomando cada segundo da minha vida. Ela voltou da lua de mel há duas semanas e está com um bronzeado espetacular, além de ter feito luzes no cabelo castanho-escuro — ela ainda cheira um pouco a areia e protetor solar. Kim está com uma aparência fantástica e fico muito feliz por ela. E sou só uns dez por cento inveja. De verdade: desejo a ela toda a felicidade do mundo, como expressei levemente bêbada no brinde de casamento.

Dou uma olhada em Kim, que está com um vestido Ann Taylor preto e branco, e noto uma protuberância evidente.

— Você está grávida! — digo com um suspiro.

Na mesma hora, o sorriso de Kim desaparece.

— *Não*. Eu *não* estou grávida. Por que você diria uma coisa dessas? — Ela ajeita o laço acima da cintura. — Você acha que esse vestido me deixa gorda?

— Não! Ai, Kim, é claro que não! — Em minha defesa, a maneira como ela disse "Você não vai acreditar!" fez parecer que estava esperando um bebê. Ultimamente, parece que as mulheres da minha idade estão engravidando a torto e a direito, como se essa fosse a única notícia boa que alguém tem para dar, e, de fato, faz pouco tempo que ela voltou da lua de mel. — Não deixa *mesmo*. Foi mal, de verdade. Só achei que...

Kim ainda está ajeitando o vestido, um tanto constrangida.

— Você deve ter tido um motivo para dizer isso.

Dou um tapa mental na minha cabeça.

— Não mesmo, juro. E, de qualquer forma, *todo mundo* engorda um pouquinho na lua de mel. Você está ótima.

Mas ela não está prestando a menor atenção, ocupada demais torcendo o pescoço, tentando dar uma olhada na própria bunda.

Pigarreio.

— Então, o que você queria me dizer?

— Ah. — Ela dá um sorrisinho depois de perder o entusiasmo inicial. — As camisetas chegaram. Deixei na sala de reuniões.

Isso, *sim*, é uma boa notícia! Vou atrás de Kim até a sala de reuniões e encontro, em um canto, uma caixa de papelão um pouco amassada. Corro para abri-la.

— Você conferiu?

— Só dei uma olhada. Não contei todas elas.

Vasculho a caixa cheia de camisetas e tiro uma. É azul-petróleo e todas as informações necessárias estão lá. Corrida beneficente de cinco quilômetros. Em prol de pesquisas sobre paralisia cerebral. A camiseta na minha mão é de tamanho médio e parece servir para mim. Eu estava nervosa com o prazo — as camisetas deveriam ter chegado na semana passada, e já é terça. A corrida beneficente que estou organizando é no sábado.

— Elas ficaram lindas, Nat — diz Kim. Ela tem sido uma motivadora e tanto na organização dessa corrida, eu não teria conseguido sem ela. — Podemos distribuir as camisetas no fim da manhã, quando todo mundo estiver aqui.

Faço que sim com a cabeça, aliviada por tudo estar saindo como o planejado.

— A propósito — acrescento —, você sabe se Dawn está doente?

Kim estende uma camiseta contra o peito, alisando o tecido sobre o abdômen, que para mim ainda lembra um pouco uma barriguinha de grávida.

— Não. Por quê?

— É que ela não veio hoje.

— E daí? Talvez esteja atrasada.

— Você não está entendendo. — Coloco as camisetas de volta na caixa de papelão. — Dawn nunca se atrasa. *Nunca*. Nem uma vez desde que começou a trabalhar aqui. Ela sempre chega às quinze para as nove.

Kim olha para o relógio de pulso e volta a me olhar como se eu estivesse louca.

— Então ela está vinte minutos atrasada. E daí?

É um comportamento estranho vindo de Dawn. Além disso, há outra coisa que não falei para Kim. Ontem à tarde, Dawn me enviou um e-mail estranho perguntando se eu poderia conversar com ela no fim do dia sobre "um assunto muito importante". Mas eu passei a tarde quase toda fora atendendo a um cliente e, quando voltei para o escritório, ela já tinha ido embora.

Um assunto muito importante. Eu me pergunto se isso tinha a ver com...

Não. Provavelmente não.

— Espero que ela esteja bem. — Balanço a cabeça. — Talvez ela tenha se envolvido em um acidente de carro.

Kim ri.

— Ou talvez finalmente tenha sido internada.

— Para com isso — murmuro. — Que maldade.

— Nada a ver. Ela é esquisitona e você sabe disso melhor do que eu. É você que trabalha do lado dela.

— Ela não é tão ruim assim.

— Não é tão ruim! — dispara Kim. — É como conviver com um robô. E essa obsessão que ela tem por tartaruga? Quem é que gosta tanto assim de *tartaruga*?

Tá bom, não vou dizer que Dawn não é um pouco estranha. Ou mesmo muito estranha. De vez em quando as pessoas da empresa zombam dela pelas costas. E, sim, ela gosta de tartarugas mais do que o recomendado para um adulto maduro. Mas ela é uma pessoa muito legal. Se eles a conhecessem um pouco melhor, seriam mais gentis com ela.

Não que eu a conheça muito bem. Sempre quis convidá-la para jantar, mas nunca consegui. Algumas semanas atrás, quando estávamos descendo de elevador na sexta à noite, perguntei casualmente se tinha planos e ela pareceu chocada com a pergunta. *Vou jantar em casa. Sozinha.* Pensei em convidar Dawn para jantar, mas eu ia sair com o meu namorado e teria sido estranho se ela fosse junto.

Vou convidá-la para jantar fora. Vou mesmo. Depois da corrida beneficente.

— De qualquer forma, é melhor eu voltar ao trabalho. — Kim olha para o relógio. — Eu não sou a Senhora Vendedora do Mês, igual a alguém que eu conheço...

Minhas bochechas ficam ligeiramente coradas. Tudo bem que as minhas vendas são melhores do que as de qualquer outra pessoa da empresa, mas eu me esforço muito para isso.

— Você acabou de se casar. Dessa vez, tem uma desculpa para não ter vendido muito.

— Ã-hã, ã-hã. — Kim dá de ombros porque não se importa muito com isso. O marido dela é cheio da grana. Em algum momento, em um futuro próximo, ela vai ficar grávida de verdade e, quando isso acontecer, vai largar o emprego sem pensar duas vezes. — De qualquer forma, boa sorte com as camisetas. A gente se vê depois.

Quando Kim sai da sala de reuniões, seguindo para o cubículo ou, mais provavelmente, para a sala de descanso onde vai tomar a terceira ou quarta xícara de café do dia, fecho as abas da caixa de camisetas e volto para o meu cubículo. Quando chego lá, percebo na minha mesa algo que não tinha reparado antes.

A estátua de uma tartaruga.

É pequena, do tamanho do meu dedo indicador. É verde e azul, e os padrões geométricos do casco refletem as luzes fluorescentes do teto. A cabeça da tartaruga está erguida e ela me encara com olhos pretos e reluzentes.

Um tempo atrás, Dawn me deu de presente uma estatueta de tartaruga para decorar meu cubículo. Foi muito gentil da parte dela e me senti péssima quando a tartaruga que ela me deu caiu no chão de linóleo e se espatifou em dezenas de pedacinhos. Mas aquela tartaruga nunca foi substituída. E era diferente da que está na minha mesa agora.

Pego a estatueta e passo os dedos sobre ela, sentindo a superfície lisa. O que essa tartaruga está fazendo aqui? Quem a colocou aqui?

Foi Dawn?

Não pode ter sido. Quando voltei para o escritório ontem, no fim do dia, ela já havia ido embora. E hoje ela parece não ter chegado ainda. Então como poderia ter colocado essa tartaruga na minha mesa?

Quando deixo a estatueta na mesa, percebo uma mancha nos dedos. Algo vermelho-escuro ficou na minha mão quando peguei a tartaruga. Olho fixamente para a palma da mão, tentando descobrir no que acabei de encostar. Não pode ser tinta porque a tartaruga é verde. Ketchup?

Não, não pode ser. A cor é muito escura e não é grudenta de açúcar. E não tem aquele cheiro doce. Tem um cheiro quase... metálico.

O *que* é isso?

Enquanto examino o material vermelho-escuro nas ranhuras das minhas digitais, percebo vagamente um telefone tocando perto de mim. Vindo do cubículo de Dawn.

Vou até o cubículo de Dawn e paro na entrada. Continua vazio. Será que ela chegou mais cedo e está no banheiro ou algo assim? Ela deve estar aqui, e só pode ter sido Dawn quem colocou essa tartaruguinha na minha mesa, embora o casaco dela não esteja pendurado na cadeira. E o monitor está escuro — sem proteção de tela, sem nada.

O telefone na mesa dela ainda está tocando. Normalmente, o número de quem liga aparece no display, mas não dessa vez. É um número privado.

Tiro o telefone do gancho. Não é minha função atender o telefone dela, mas, se Dawn está doente, eu poderia pelo menos ajudar com qualquer problema que tenha surgido. Tenho certeza de que Dawn faria o mesmo por mim. Ela sempre tenta ajudar as pessoas, às vezes até demais.

Eu me pergunto sobre o que ela queria falar comigo ontem. *Um assunto muito importante.* Vindo de Dawn, isso pode significar quase qualquer coisa, desde uma caixa de leite suja na geladeira até um diagnóstico de câncer terminal. Não é motivo para preocupação.

— Mesa de Dawn Schiff — respondo.

Silêncio do outro lado da linha. Parece quase uma respiração irregular.

— Alô? — digo. — Quer falar com quem?

Mais silêncio. Quando estou prestes a desligar, duas palavras são ditas por uma mulher com uma voz desesperada que arrepia minha espinha.
— Me ajuda.
E a ligação cai.

CAPÍTULO 2

Fico olhando para o telefone, um mal-estar crescente na boca do estômago.

Me ajuda.

Parecia ser a voz de Dawn, embora eu não possa ter certeza absoluta com base em apenas duas palavras. Mas, quem quer que fosse, estava transtornada. Em pânico.

Me ajuda.

Então a ligação caiu, sobrando apenas um tom de discagem.

Brinquei com a possibilidade de ter algo de errado quando Dawn se atrasou hoje de manhã, mas não acreditei que fosse sério. Será que me enganei? Será que algo terrível aconteceu com Dawn?

Ela está correndo perigo?

Pego o celular na bolsa. Vou até o nome de Dawn nos meus contatos e pressiono o número dela na tela. Chama várias vezes, então escuto o tom monótono de sua voz:

Você ligou para o telefone celular de Dawn Schiff. No momento, não estou disponível para atender sua chamada. Ao ouvir o bipe, por favor, deixe seu nome, um número para retornar a ligação, um número de contato alternativo e o motivo pelo qual está entrando em contato comigo.

Decido não deixar recado. Em vez disso, mando uma mensagem de texto:

Oi, Dawn, tudo bem?

Observo a tela, esperando surgirem os pontinhos que indicam que ela está digitando. Mas eles não aparecem.

Preciso fazer alguma coisa. Preciso falar com Seth.

Quando comecei a trabalhar aqui, Seth Hoffman já era gerente da filial da Vixed em Dorchester. Seth e eu nos entendemos — ele me dá corda e eu arraso nas vendas. É bom ter um chefe que não fica o tempo todo me cobrando explicações sobre cada centavo que gasto com meus clientes e sobre cada nanossegundo do meu tempo. Tenho certeza de que seria diferente se eu não tivesse bons resultados, mas Seth confia em mim.

Bato à porta da sala de Seth, que está entreaberta. Ele tem uma secretária, mas ela é uma espécie de secretária de todo mundo e não monitora quem entra e sai da sala dele. Assim, quando ele me chama, vou direto para sua sala.

Quando Kim e eu começamos a trabalhar aqui, nós nos divertíamos com o fato de nosso chefe ser bonitão. Seth está agora com quarenta e poucos anos — quinze mais velho que eu —, mas tem uma aparência jovem. Tem rugas ao redor dos olhos que aparecem quando sorri, o cabelo um pouco grisalho nas têmporas, o que combina com ele, e, embora nunca esteja sem gravata, ela sempre está um pouco frouxa.

— Oi, Nat — cumprimenta ele quando me vê. — Como estão as coisas? Está tudo bem?

— Não exatamente... — Fico na frente da mesa de Seth, querendo compartilhar minhas preocupações, mas sem parecer que estou exagerando. — Dawn está de atestado?

Ele ergue as sobrancelhas escuras.

— Não. Por quê? Ela não veio trabalhar?

Como eu, Seth deve saber que Dawn funciona como um relógio.

— Ela ainda não chegou.

— Hum — diz ele.

Que droga. Eu torcia para que ela tivesse ligado para ele, para que tivesse dito que está com uma avó doente e que por isso não viria trabalhar.

— Liguei para ela e ela não atendeu. Além disso...

Ele franze a testa.

— Além disso... o quê?

— O telefone de Dawn estava tocando e eu atendi. E a pessoa do outro lado da linha disse: "Me ajuda."

Seth faz que sim com a cabeça.

— Certo, e de que tipo de ajuda ela precisava? Precisava de informações sobre algum dos produtos? Era uma reclamação de cliente?

— Não, você não está entendendo. Parecia que a pessoa estava desesperada e precisava de ajuda. Eu... acho que era Dawn.

— Então... ela teve um problema com o carro ou algo assim? Ela disse por que precisava de ajuda?

— Não... — Aperto as mãos uma na outra. — Ela só disse "me ajuda" e desligou.

— Ah. — A expressão no rosto dele revela uma nítida falta de preocupação. Ele não parece nem um pouco interessado. — Então retorne a ligação para ela e pergunte com o que precisa de ajuda.

— Eu retornei. E ela não atendeu.

Ele dá de ombros.

— Tenho certeza de que ela está bem. O que poderia ter acontecido?

— Não sei... — Começo a roer a unha do polegar, um mau hábito antigo que aparece quando estou nervosa, mas me contenho. Gastei uma grana na francesinha que fiz na unha e a última coisa que quero é estragá-la. — Talvez ela tenha sofrido um acidente.

— Vou tentar ligar para ela.

Meus ombros relaxam um pouco enquanto Seth pega o celular na mesa e percorre os contatos. Agora que consigo ver as mãos dele, noto que a aliança que sempre usa no anelar da mão esquerda desapareceu. Desapareceu recentemente — há uma marca visível do anel. Procuro a foto que ele mantinha na mesa, uma foto com a esposa Melinda, mas ela também desapareceu.

Humm. Interessante.

Estou me coçando para perguntar a Seth sobre o anel e a foto da esposa que sumiram. Mas isso não é da minha conta. Afinal, ele é meu chefe. E há problemas mais urgentes no momento.

Seth faz a ligação, e nós dois aguardamos até que ela atenda. Passados alguns segundos, ouço o som abafado da mensagem do correio de voz de Dawn. Seth tamborila os dedos na mesa enquanto espera o fim da mensagem irritantemente longa do correio de voz.

— Oi, Dawn — diz Seth. — Você não apareceu no trabalho e eu gostaria de saber se está tudo bem. Ligue para mim assim que puder. — Ele desliga e coloca o telefone na mesa. — Não está atendendo. Mas ela vai retornar.

— Tomara.

— Sabe de uma coisa? — Ele estala os dedos. — Acabei de me lembrar: Dawn e eu temos uma reunião marcada para hoje às duas. Ela fez questão de dizer que precisava de uma reunião e que era muito importante.

— Importante? — Sinto um aperto no estômago, lembrando-me do e-mail parecido que ela enviou. *Um assunto muito importante.* Deve ser importante mesmo, uma vez que ela marcou uma reunião com o chefe também. — O que era tão importante?

— Não faço ideia. Conhecendo Dawn, deve ser algo ridículo. — Ele abre o que parece ser um sorriso muito inapropriado, dadas as circunstâncias. — De qualquer forma, é importante para ela, então tenho certeza de que vai aparecer para falar comigo.

Alterno o peso do corpo entre os meus Louboutins vermelhos. Sempre uso salto alto, e vermelho é a minha cor preferida, mas esses sapatos estão apertando demais os meus dedos do pé. Eu deveria ter comprado um tamanho maior.

— Talvez a gente deva chamar a polícia.

— Chamar a polícia? — Seth pisca para mim. — Você está falando *sério*? Ela está uma hora atrasada para o trabalho e você quer chamar a *polícia*?

— Ela ligou pedindo ajuda! — argumento.

Ele sopra o ar por entre os lábios enrugados.

— Tem certeza de que era mesmo Dawn ao telefone? Talvez fosse um cliente pedindo ajuda.

— *Não era* um cliente.

— Tem certeza?

Ia começar a dizer que sim, mas ele fez com que eu questionasse a minha própria memória. Peguei o telefone e a pessoa do outro lado da linha disse "me ajuda". E ela parecia mesmo transtornada. Por outro lado, tem alguns clientes que ligam para cá bem fora de si. É possível que não fosse Dawn e que, na verdade, fosse só uma cliente? E que talvez essa cliente tenha desligado quando ouviu minha voz em vez da dela?

— Tem uma centena de coisas que poderiam ter acontecido com ela — justifica ele. — Acho que não precisamos chamar a polícia. Iam rir da gente.

É, pode ser.

Seth lança um olhar gentil para mim.

— Você está bem, Nat? Parece um pouco abatida.

— Puxa, obrigada.

— Só estou comentando. É que você tem se matado de trabalhar. As suas vendas estão nas alturas e você está organizando a corrida. Não sei como arranja tempo. Devia descansar um pouco.

Sinto um nó na garganta.

— Eu arranjo tempo para as coisas que são importantes.

— Eu sei.

Engulo o nó.

— Você vai aparecer para correr no sábado, né? Estou contando com você.

— Estarei lá. — Ele coloca a mão no peito. — Prometo. E não se preocupe, aposto que Dawn vai aparecer na minha sala às duas. Ela é sempre pontual.

Assim que saio da sala de Seth, volto para o meu cubículo. Aquela tartaruga ainda está na minha mesa, olhando para mim com seus olhos pretos e vazios. O comentário de Seth sobre como pareço exausta ainda ecoa na minha cabeça, então pego o espelhinho no meu estojo de maquiagem. Apesar do hidratante caro que usei hoje de manhã, minha pele parece pálida. Minha pele costuma ser ótima. É uma das coisas que me ajudam a vender nossos produtos. Mas não dormi bem na noite passada. É estranho, mas parece que meu cabelo está escorrido e sem vida.

Não consigo parar de pensar naquela ligação... Não consigo parar de ouvir a voz agitada de quem ligou.

Me ajuda.

Não parecia um cliente pedindo assistência. Parecia o apelo de alguém que estava realmente em perigo.

Mas Seth está certo. Não posso ligar para a polícia e informar que minha colega de trabalho está uma hora atrasada. Tenho certeza de que Dawn vai chegar daqui a pouco. Com certeza, isso tudo é um grande mal-entendido.

CAPÍTULO 3

NOVE MESES ANTES

De: Dawn Schiff
Para: Mia Hodge
Assunto: Novidades

Querida Mia,

Hoje foi meu primeiro dia no novo emprego sobre o qual comentei.

Gostaria de poder dizer que foi fácil, mas você me conhece. Sabe que sou tímida. Tenho isso em comum com as tartarugas, que são animais naturalmente tímidos. Isso não quer dizer que elas não tenham personalidade, porque com certeza têm, mas a maioria das tartarugas prefere ficar no próprio ambiente. Não querem ser importunadas por ninguém. E, quando se deparam com qualquer tipo de ameaça, sua primeira reação não é atacar. É se esconder dentro da carapaça. Soa familiar?

Minha vida seria mais fácil se eu tivesse uma carapaça semelhante à das tartarugas. Você se lembra daquela vez que me ajudou a fazer uma carapaça de papelão? No parque, peguei as pedrinhas que a gente usou para grudar no papelão lá na sala de casa. É claro que não ficou igual a uma carapaça de verdade, a gente tinha só 7 anos. Mas, quando os meus dias eram ruins, pelo menos eu tinha um lugar para me esconder.

Quanto tempo durou aquela carapaça? Uma semana? Duas? Só lembro que cheguei em casa um dia e ela não estava mais lá. Minha mãe pegou a carapaça enquanto eu estava na escola e jogou no lixo. Ela rasgou tudo em pedacinhos para evitar que eu tentasse remendar. Ela me dizia: "É por isso que você só tem uma amiga, Dawn."

Como se eu precisasse de outra amiga além de você. Só queria que você não estivesse morando do outro lado do país agora.

A coisa mais parecida com uma carapaça que tenho atualmente são meus óculos redondos com armação de tartaruga, que comprei há cerca de um ano. Acho que você ainda não viu esses óculos. Não se preocupe, eles não são feitos com carapaças de verdade.

A empresa para a qual estou trabalhando se chama Vixed. Eles vendem suplementos vitamínicos e outras coisas do tipo. Tenho certeza de que logo vou aprender mais sobre a empresa, apesar de estar na contabilidade e de não precisar conhecer detalhes de todas as operações. Recebi pelo correio um catálogo enorme da empresa, mas sem nenhum dado sobre a eficácia dos produtos que ela vende. Talvez eu possa sugerir alguns estudos controlados e randomizados nesse sentido? Estou tentando pensar em maneiras de ser mais útil.

Meu novo chefe, Seth, me levou para conhecer todo mundo hoje de manhã. Antes disso, só tinha encontrado Seth uma vez, no dia da entrevista. Quando o conheci, tive uma boa impressão. Ele tem quarenta e poucos anos, é muito amigável de uma forma que uma tartaruga definitivamente não é e parecia muito empolgado com o fato de eu trabalhar como contadora da empresa.

Mas Seth parecia diferente hoje. Ele estava mais atencioso no dia em que nos conhecemos — todo sorridente e animado com cada coisa que eu tinha para dizer. Hoje, ele parecia distraído. Ele me mostrou o escritório sem me dar chance de lembrar o nome de ninguém ou de fazer qualquer coisa além de acenar rápido com a mão. Olhou para o relógio cinco vezes ao longo do percurso. Além disso, quando eu fazia alguma pergunta, parecia que ele não sabia responder. Foi um pouco decepcionante.

Por exemplo, perguntei para ele com que frequência a geladeira era limpa. Ele pareceu surpreso. Então expliquei a ele que muitas bactérias, como a *Listeria*, podem se desenvolver facilmente em baixas temperaturas. Eu tinha muitos dados sobre isso, mas, quando tentei compartilhá-los com Seth, ele não demonstrou interesse. Apenas murmurou algo sobre falar com a equipe de limpeza. Então ele disse: "Minha nossa, Dawn."

Eu estava começando a achar que Seth estava incomodado comigo porque era isso que meu pai dizia quando eu fazia algo que o incomodava. *Minha nossa, Dawn*. Ele dizia isso com bastante frequência. Praticamente todo dia.

A última parada que fizemos foi no meu cubículo. No meu último emprego, eu tinha minha própria sala, embora fosse minúscula e não tivesse janela. Apesar disso, ainda era melhor do que esse cubículo. Não dá para se esconder em um cubículo. Além do mais, a cadeira que me forneceram não parece muito confortável. Ela não tem apoio para a lombar. Vou ter que perguntar a Seth sobre outras opções de cadeira.

Seth me apresentou à mulher que trabalha no cubículo ao lado do meu. Ainda bem que ele fez isso, porque tenho dificuldade de me apresentar às pessoas. Sempre me sinto constrangida e, se demoro muito para me apresentar, acaba ficando tarde demais. Você não pode se apresentar para alguém quando já está trabalhando com essa pessoa há um mês. Por isso, fiquei feliz por Seth ter feito as apresentações.

Ele me disse que o nome dela é Natalie. E que ela é a nossa melhor vendedora. Ele me disse que, se eu tiver qualquer dúvida, é só falar com Natalie.

Memorizei o nome dela. *Natalie, Natalie, Natalie*. Ela estava usando fones de ouvido com um microfone acoplado, mas tirou para me cumprimentar. Ela chegou a se levantar, se equilibrando em um par de sapatos vermelhos de salto alto que nenhuma de nós jamais pensaria em usar. Ela tem mais ou menos a nossa idade, talvez 30 anos, e é lindíssima. O que eu mais gostei nela foi do cabelo. Amarelo, como palha de milho, e comprido até o meio das costas. Parecia tão macio e sedoso que quase tive vontade de passar a mão.

Você lembra quando passei a mão no cabelo de Becky Doyle e ela arranhou o meu rosto de um jeito que fiquei com uma marca vermelha que durou meses? Aprendi a lição.

Dessa vez, passei a mão no meu cabelo. Isso não foi nem de longe tão satisfatório. Meu cabelo tem o mesmo castanho sem graça de sempre e, atualmente, está curto, rente à cabeça. Vou ter que anexar uma foto. Mas mesmo que eu tivesse cabelo comprido ele não seria macio e sedoso como o de Natalie, e a verdade é que não gosto da sensação do meu cabelo na nuca. Ele faz minha pele ficar arrepiada e é por isso que prefiro o meu cabelo curto.

Natalie me disse "oi" de um jeito animado. O sorriso a deixou ainda mais bonita. Ela disse: "Bem-vinda à Vixed!"

Ela deu um sorriso bonito. Um sorriso amigável. Ela também tem uma voz muito bonita. Acho que poderia ser cantora ou locutora. Natalie pareceu ser muito simpática. E foi a primeira pessoa com quem falei hoje sem sentir vontade de me esconder na minha carapaça invisível.

Pelo modo como Seth olhava para ela, percebi que ele também gosta muito dela. Natalie deve fazer um trabalho excelente.

Natalie falou que eu vou adorar trabalhar na Vixed. E quanto mais ela falava sobre isso mais eu me sentia bem.

Eu realmente gosto de Natalie. Em toda a minha vida, você foi a única pessoa com quem me identifiquei e, acredite, sei que nunca serei próxima de Natalie como sou de você, mas seria bom ter uma colega para tomar um café ou jantar depois do trabalho. Você sempre disse que eu deveria tentar fazer mais amigas, então estou tentando. Estou mesmo.

Atenciosamente,
Dawn Schiff

De: Mia Hodge
Para: Dawn Schiff
Assunto: RES: Novidades

Primeiramente, parabéns pelo novo emprego! Sei que fazer amigos é difícil, mas essa Natalie parece ser muito simpática. Lembre-se apenas de ser você mesma, tá bom?

Beijos,
Mia

CAPÍTULO 4

DIAS ATUAIS

NATALIE

— Natalie, só queria dizer que adoro os seus produtos.

Estou ao telefone com Carmen Salinas, da Happy Healthy, uma lojinha em Quincy que vende produtos para bem-estar. Embora a loja seja pequena, ela é uma cliente importante. Faço o possível para lhe dar descontos porque ela não tem como pagar o preço normal dos produtos.

— Fico muito feliz — digo.

— Collahealth é o melhor de todos — continua Carmen. — Nas últimas semanas, eu mesma tenho usado e juro por Deus que pareço dez anos mais jovem!

— Eu sei! Ele é sem dúvida milagroso. Não fico sem!

— Nem eu!

Collahealth é o nosso mais novo produto: uma composição com colágeno em cápsulas. Juro, esse produto é mágico. Não preciso fazer quase nada. Ele vende igual água.

Na verdade, isso não é totalmente verdade. Ainda tenho que trabalhar bastante.

— E você quer mais uma caixa? — perguntei.

— Pode mandar duas!

Anoto os detalhes da venda e providencio o envio de mais caixas para a loja de Carmen. Enquanto isso, a tartaruguinha fica me encarando. Tentei tirar mais um pouco daquele negócio vermelho-escuro da estatueta. Se foi mesmo um presente de Dawn, me surpreende que ela não tenha limpado antes de me dar. Ela é obcecada por limpeza. Estou tentada a jogar a tartaruga na lixeira. Mas, se foi um presente da Dawn, não quero que ela se ofenda e pense que não gostei.

Só que eu *não* gostei. Essa tartaruga me incomoda. E o que era aquele negócio vermelho-escuro que sujou os meus dedos? Parecia...

Parecia sangue.

Ai, não posso deixar minha imaginação vagar desse jeito. *Não* estou vendo uma estatueta de tartaruga manchada de sangue na minha mesa. Provavelmente é só... sei lá, tinta que saiu de alguma outra estatueta que estava embalada junto. Isso faz muito, muito mais sentido do que sangue.

Ainda assim, a tartaruga está me dando medo.

Por fim, empurro a tartaruga com o mindinho para o canto da mesa e deixo a estatueta virada para a divisória do meu cubículo, de costas para mim. Pronto, melhor assim.

Já é quase meio-dia e Dawn ainda não chegou. Liguei para ela outras duas vezes. Enviei mais uma mensagem de texto. Não sei o que fazer. Ela mencionou que a mãe mora em Beverly, mas não sei como entrar em contato com ela. Steve, do RH, provavelmente tem o número. Não sei se ele tem permissão para compartilhar essa informação, mas tenho certeza de que conseguiria convencê-lo a me passar o número. Será que estou exagerando? Dawn está algumas horas atrasada para o trabalho. Mas ela mandou aquele e-mail urgente ontem. Ela estava chateada com alguma coisa o suficiente para entrar em contato comigo e com o chefe dela sobre "um assunto muito importante". E depois aquela ligação estranha...

Me ajuda.

Na hora, achei que a voz parecia desesperada. Mas agora que várias horas se passaram não tenho mais tanta certeza. Talvez Dawn esteja bem. Talvez fosse apenas um cliente. E ela tem aquela reunião com Seth às duas, então tenho certeza de que vai aparecer até lá.

De qualquer forma, não posso pensar nisso agora. Tenho uma entrevista para um podcast daqui a quinze minutos, para a qual me preparei a semana inteira.

Depois de desligar com Carmen, pego meu notebook pessoal que trouxe para o trabalho hoje de manhã e vou para a sala de reuniões. Quando estou saindo do meu cubículo, dou de cara com Caleb McCullough, que estava vindo me ver.

— Oi, Nat. Quer almoçar?

Caleb tem aquele jeito dele, meio desleixado e incrivelmente fofo. Caleb nunca usa gravata e acho que aquela camisa branca nunca viu um ferro de passar, mas não é como se ele trabalhasse com vendas e tivesse que lidar com público. Seth contratou Caleb há alguns meses para atualizar nosso site e melhorar as vendas da loja virtual. Ele vem ao escritório alguns dias por semana e em geral trabalha em um cubículo vazio.

Além disso, estamos namorando há quase dois meses.

— Estou meio ocupada. — Sorrio me desculpando. — Tenho aquela entrevista do podcast daqui a quinze minutos.

— Ah, tudo bem. — Caleb faz que sim com a cabeça. — Boa sorte então. Você vai arrasar.

Ele sorri para mim quando me deseja boa sorte. A aparência de Caleb é só um pouquinho acima da média — alto e magro, com olheiras —, mas, quando sorri, ele se transforma, fica tão bonito quanto um astro de cinema. Na primeira vez em que ele sorriu para mim, já era.

Mas, nos últimos (quase) dois meses, descobri muitas outras qualidades de Caleb que adoro além do sorriso deslumbrante. Ele trabalha duro, é um gênio da computação, é muito engraçado e, o mais importante, é um cara legal. Dá para fingir ser um monte de coisa, mas é difícil fingir ser uma pessoa boa de verdade. E é raríssimo encontrar alguém bom de verdade.

Embora o que eu mais goste em Caleb seja a maneira como ele me olha. Como se não acreditasse no tamanho da sorte que tem.

Já saí com muitos homens na vida. Homens demais, provavelmente. E meu último relacionamento foi um desastre completo que me deixou seriamente preocupada com minha segurança. Mas, pela primeira vez em trinta anos, sinto que posso ter encontrado o homem da minha vida. Estamos juntos há pouco tempo, mas nem sempre se demora para saber. Meus avós namoraram por apenas um mês antes de noivar. E eles ficaram casados por sessenta anos.

Caleb e eu não temos planos de noivar tão cedo. Quero dizer, ainda nem dormimos juntos. Mas consigo imaginar isso acontecendo. Consigo imaginar minha vida com esse homem. E estou pronta para assumir esse tipo de compromisso. Caleb também está pronto. O pai dele morreu quando ele era jovem, e isso o deixou ansioso para começar uma família. Dando bandeira, ele me disse que está só esperando a mulher certa.

Então permito que Caleb me puxe para mais perto dele, pressionando seus lábios nos meus sob as lâmpadas fluorescentes que piscam. É um beijo de escritório, mas a sensação percorre o meu corpo da cabeça aos pés. Às vezes, os beijos mais castos são os mais sensuais.

— Eu me diverti muito ontem à noite — murmuro.

Ele sorri para mim.

— Eu também. Você não faz ideia.

Caleb foi jantar na minha casa ontem à noite. Pedi comida chinesa e depois a gente se pegou bastante. Mas ele foi um cavalheiro e não fez pressão nenhuma para ir além dos amassos ou passar a noite. O que foi muito elegante, considerando que eu teria dito sim para as duas coisas. Caleb é respeitoso. Essa é outra qualidade rara.

Embora eu tenha ficado *um pouquinho* triste quando ele foi para casa e ainda eram só nove e meia.

— Ah! — digo. — Você não viu Dawn hoje, viu?

— Quem?

— A mulher do cubículo do meu lado. — Ele ainda está olhando para mim sem entender, então acrescento: — A que tem o cabelo bem curto, como corte militar. E que adora tartaruga.

— Ah. — Ele estala os dedos. Todo mundo sabe de Dawn e as tartarugas. — Claro. Não, não vi. Por quê?

Pensei em contar para ele o atraso de Dawn e a estranha ligação. Mas estou tentando mostrar minhas qualidades nesse ponto do nosso relacionamento e não quero que ele pense que sou do tipo que se preocupa demais. Além do mais, vou me atrasar para a entrevista do podcast.

— Por nada — digo. — Não se preocupe.

Ele pega minha mão e entrelaça seus dedos nos meus. Depois dá um aperto.

— Manda ver no podcast, Nat.

— Vou dar o meu melhor. — Antes que eu me esqueça, abro a caixa de camisetas e pego uma extragrande que reservei para ele. — Aliás, aqui está a sua camiseta para sábado.

Estendo a camiseta contra seu peito, para ter certeza de que é do tamanho certo. Caleb é alto, mas a camiseta não vai ficar curta para ele. Parece perfeita.

— Obrigado. Mal posso esperar para dar volta atrás de volta em cima de você.

Dou um tapinha de brincadeira no ombro dele.

— Você que pensa. Eu tenho treinado.

— E eu sou *naturalmente* um ótimo corredor.

Dou risada e ele pisca para mim enquanto pega a camiseta das minhas mãos e volta para sua estação de trabalho. Eu gostaria mesmo de almoçar com ele hoje. Estou me sentindo esgotada a manhã toda depois daquela ligação esquisita e seria bom sair um pouco para espairecer. Mas tenho que dar essa entrevista. Ela é muito importante.

Na sala de reuniões, tiro a maquiagem da bolsa e dou uma retocada antes de começar a entrevista. Sei que é ridículo me preocupar com minha aparência para ser entrevistada em um podcast, mas sempre me sinto mais confiante quando sei que estou com uma boa aparência. O batom que passei hoje de manhã ainda está intacto, meu rímel não está borrado no canto do olho e minha pele parece mais rosada e saudável do que durante a manhã.

Uso o espelhinho para dar uma olhada no cabelo — minhas raízes naturais estão começando a aparecer. Durante toda a minha infância, tive cabelos loiros dourados perfeitos e, em algum momento nos vinte e poucos anos, eles evoluíram para essa cor loira suja e desbotada. Mas não é nada que uma ida ao salão não resolva — Magda faz milagres. Espero ter tempo de ir antes da corrida de sábado.

No momento em que guardo a maquiagem na bolsa, a chamada aparece no meu notebook. O nome que surge na tela é Sherri Bell. Aceito a chamada e estampo um sorriso no rosto, mesmo que Sherri não possa me ver. Mais uma vez, isso não importa. Quando se está sorrindo, as pessoas conseguem ouvir isso em sua voz. Sempre sorrio durante minhas ligações de vendas — *sorria ao falar com os clientes*.

— Natalie! — Sherri parece estar sorrindo também. Ela tem uma voz ótima, toda animadinha. — Está pronta?

— Prontíssima.

Já dei várias entrevistas para podcasts, então me sinto relativamente à vontade nessas situações. Em geral, encontro um lugar tranquilo para me instalar, como uma sala de reuniões, e investi em um microfone decente para que os ouvintes possam me ouvir bem. Essa é a quinta entrevista que dou a um podcast para promover a corrida de cinco quilômetros, portanto não deveria estar nem um pouco nervosa.

Mas alguma coisa nesse dia todo está me deixando agitada.

— Hoje, Natalie Farrell está com a gente. — A voz de Sherri ressoa na caixa de som do computador. — Natalie organizou uma corrida beneficente de cinco quilômetros neste sábado para uma fundação que desenvolve pesquisas sobre paralisia cerebral.

— É isso aí, Sherri.

— E ouvi dizer que você tem muitas pessoas participando dessa corrida beneficente. É isso mesmo?

Pigarreio. O segredo para falar em podcasts é não se alongar demais. Você quer que seja uma conversa, não um monólogo.

— Ã-hã, é isso mesmo. Eu trabalho em uma empresa maravilhosa chamada Vixed, que vende suplementos alimentares, e quase todos os meus colegas de trabalho vão participar da corrida, assim como muita gente da comunidade. Já arrecadamos bastante dinheiro até agora e ainda estamos aceitando doações.

— E essa não é a primeira corrida que você organiza, certo?

— Não, essa é a quinta. E dessa vez batemos o recorde de participantes.

— Que incrível. — Sherri faz uma pausa. — Agora me fale um pouco sobre essa instituição de caridade. Ouvi dizer que ela é muito importante para você.

Estou vagamente ciente de que Sherri me fez uma pergunta e de que preciso respondê-la, mas algo me distraiu. Antes de começar o podcast, coloquei o celular no silencioso e o deixei na mesa ao lado do meu notebook. Agora o telefone está vibrando por causa de uma ligação. Olho para a tela: é de um número privado.

Como aconteceu hoje de manhã.

Me ajuda.

— Natalie? — A voz de Sherri me traz de volta. — Você está bem?

— Sim, sim. — Graças a Deus, ela pode editar isso antes de ser lançado. Estou desesperada para atender a ligação, mas reconheço quão indelicado seria, então deixo cair no correio de voz. — Me desculpe. Qual era a pergunta?

— Eu só queria saber por que essa instituição de caridade é tão importante para você.

— É... — Fecho os olhos e respiro fundo. Sempre me emociono nessa parte, mas pelo menos isso me faz esquecer a ligação misteriosa. — Quando eu era pequena, minha melhor amiga tinha paralisia cerebral. Ela sofreu muito. Infelizmente, ela não está mais entre nós. Então esse evento é uma homenagem a Amelia.

— Ai, meu Deus. Imagino o quanto você deve sentir falta dela. Tenho certeza de que, em algum lugar, ela está feliz de ver como você ainda é uma boa amiga.

— É. Eu... espero que sim.

Respiro fundo mais uma vez, lutando para recuperar a compostura. É difícil falar sobre Amelia, mas ela é a razão de eu estar organizando essa corrida. Isso precisa ser dito.

Passamos os quinze minutos seguintes conversando mais sobre a instituição de caridade e os detalhes da corrida. O sábado promete ser um dia lindo e teremos um público enorme no Florian Hall, que é o ponto de partida e de chegada da corrida.

Espero que tudo transcorra bem.

CAPÍTULO 5

Uma coisa que adoro no meu trabalho é que não fico presa no escritório o dia inteiro. Eu enlouqueceria se tivesse que ficar em um cubículo de segunda a sexta, das nove às cinco. Mas, felizmente, Seth permite que eu visite as lojas de vitaminas e produtos naturais na região metropolitana de Boston, porque ele sabe que um contato pessoal pode alavancar as vendas.

Logo depois de comer um sanduíche rapidinho no escritório, saio para visitar uma loja de suplementos alimentares em Quincy. Quincy é uma cidade na região metropolitana com acesso pela Linha Vermelha do sistema de transporte público, composta em grande parte por uma mistura eclética de pessoas que querem morar perto da cidade, mas não conseguem pagar os altos preços dos imóveis em Boston. E com um bairro chinês incrível, onde eu seria capaz de jantar toda noite.

Há também um grande número de lojas de vitaminas e já vendi produtos para quase todas elas. Gosto de pensar em mim mesma como a representante oficial da Vixed em Quincy. Hoje visitei uma das lojas que nunca tinha comprado nada de mim e consegui sair com um pedido de três caixas de nossos produtos. E o proprietário me disse que, se as vendas forem boas, vai pedir mais.

Ao voltar para o carro com a papelada dos novos pedidos, verifico o celular. Há uma mensagem da minha mãe:

Vem jantar no domingo à noite?

Quase toda semana, minha mãe me convida com bastante antecedência para jantar no domingo. É meio que uma tradição na nossa família. Ela me disse uma vez que (não tão) em segredo espera que um dia eu apareça com um namorado sério, mas, infelizmente, ainda não saí com um cara que seja digno do jantar de domingo. Afinal de contas, não importa quem seja, o homem que eu levar vai ser interrogado a noite inteira.

Mas, pela primeira vez, considero a possibilidade de levar um convidado no próximo domingo: Caleb. De verdade, sinto que ele poderia ser o homem da minha vida. No mínimo, ele conseguiria suportar as perguntas intermináveis da minha mãe. E, se eu o convidasse, ele aceitaria.

Digito no celular:

Vou levar...

Antes de terminar a frase, penso mais um pouco. O que Caleb e eu temos é ótimo, mas ainda é muito cedo. Ainda não sei se quero submetê-lo à minha mãe. E, se as coisas não derem certo, vou passar o resto da vida sendo cobrada por isso. *O que aconteceu com Caleb? Por que não deu certo? Ele era tão legal.* Então mudo de ideia:

Vou levar salada.

Levar salada é muito mais inteligente do que levar Caleb. Afinal, minha mãe só faz refeições pesadas e gordurosas.

Logo após o podcast, confiro as mensagens de texto e de voz no telefone. O autor da ligação privada não deixou nenhuma mensagem. E agora já são quase três da tarde e ainda não tive notícias de Dawn. Ela é o tipo de pessoa que sempre responde mensagens de texto em cinco segundos, portanto não mandar nenhuma resposta durante o dia inteiro é muito estranho. Envio uma mensagem rápida para Seth:

Dawn apareceu para a reunião às 14h?

Na mesma hora, aqueles pontinhos aparecem na tela. Um segundo depois, a resposta:

Não. Acho que ela esqueceu.

Dawn esquecer uma reunião? Isso é bem improvável. Apesar de que, pensando bem, houve casos recentes em que ela chegou no fim de uma reunião e pareceu confusa quando percebeu que estava uma hora atrasada. Mas esse problema foi resolvido e, nos últimos tempos, Dawn voltou a ser assustadoramente pontual. Na verdade, se Dawn aparecesse um milésimo de segundo depois do horário marcado para o início de uma reunião, eu desmaiaria de susto.

E, é claro, ela pediu que a gente se encontrasse também, para falar sobre aquele "assunto muito importante". De um jeito meio estranho, ela saiu mais cedo e a gente não se falou. E, hoje de manhã, aquela ligação...

Me ajuda.

Isso não é nada típico dela. Tem algo errado. Sei disso. Talvez ninguém no escritório se importe, mas eles não ouviram o que Dawn disse naquela ligação. Ela está com problemas.

De repente me ocorre que Dawn mora em Quincy. Não muito longe daqui, se bem me lembro. Fui buscá-la uma vez quando o carro dela estava na oficina. Ela falava sem parar sobre não ter como ir para o trabalho, então ofereci uma carona achando que poderíamos nos conhecer melhor, mas não foi o que aconteceu. Ela praticamente só falou sobre tartarugas o trajeto inteiro, mesmo quando tentei pressioná-la para saber detalhes de sua vida.

De qualquer forma, o endereço ainda está armazenado em algum lugar do meu cérebro. Ela mora na...

Lake Street? Era isso?

Não. *Lark* Street. Como o pássaro, cotovia.

Digito Lark Street no GPS, e é uma rua minúscula não muito longe do Quincy Center e do meu restaurante japonês preferido. Fica a menos de dez minutos de onde estou. Não me lembro do número da casa, mas não tem muitas na rua. Se eu for até lá, provavelmente vou reconhecê-la. E aí posso me certificar de que ela está bem.

Antes que eu mude de ideia, clico em "Iniciar" no GPS e uma voz robótica feminina com sotaque britânico me instrui a virar à direita no próximo semáforo. Embora eu saiba vagamente onde fica a casa dela, não me atrevo a dirigir sem o GPS. As ruas da área metropolitana de Boston simplesmente não fazem sentido. Tem partes do país em que você pode dobrar três esquinas que vai estar de volta ao ponto de partida. Aqui, você dobra três esquinas e está completamente perdido.

Sete minutos depois, meu GPS me orienta a virar à direita na Lark Street. *Seu destino está à direita.* É claro que não sei qual é a casa. Mas, se eu dirigir devagar, devo ser capaz de descobrir. Era amarelada com detalhes azul-claros, com apenas um andar e um jardim na frente, pequeno mas bem-cuidado.

As casas da rua são todas relativamente pequenas. Alugo uma casa em Dorchester que é surpreendentemente pequena considerando o aluguel exorbitante, embora tenha dois andares. Dawn mora longe o suficiente do centro então ela deve pagar um aluguel mais barato que o meu.

Quando chego à metade da rua, piso no freio. Há um carro estacionado na entrada de uma garagem que se parece com o carro de Dawn. Um Honda Civic verde.

Verde como uma tartaruga.

Olho para a direita e reconheço: a casa amarelada com os acabamentos azuis. A casa de Dawn.

Encosto em frente à casa. Há várias janelas na fachada e todas estão escuras. Não vejo a silhueta de Dawn na janela ou qualquer outra indicação de que ela possa estar em casa. Mas também não vejo nenhuma janela quebrada ou qualquer sinal de que algo terrível aconteceu.

Desligo o motor do carro e paro por um instante, pensando no que fazer. Dawn e eu não somos exatamente melhores amigas. Mas tenho a sensação de que ela não tem nenhuma amiga de verdade. Só tem a mãe idosa, que mora na zona norte de Boston. Se algo tiver acontecido com ela, se ela estiver machucada ou doente, pode levar dias até que alguém descubra o que aconteceu. E, até lá, pode ser tarde demais.

Me ajuda.

Que se dane. Vou sair do carro.

Saio do meu Hyundai, alisando a minha saia bege. Dawn sempre diz que admira muito a maneira como me visto. É engraçado, porque ela sempre se veste de forma muito discreta. Ela tem traços faciais delicados — um nariz que parece um botão e olhos castanhos enormes que ocupam metade do rosto —, bem como um corpo esguio e, se ela quisesse, poderia ser um arraso. Mas, em vez disso, ela usa blusas sem forma e calças grandes demais para o seu tamanho. Ela mantém o cabelo castanho cortado a cerca de meio centímetro do crânio — curto demais para ser considerado um corte pixie bonito. Eu lhe dei alguns conselhos de moda, mas ela nunca pareceu interessada.

Na verdade, é difícil conversar com Dawn sobre qualquer coisa que não seja tartarugas.

Meus saltos vermelhos fazem barulho na calçada enquanto me aproximo da porta da casa. Aperto a campainha com o polegar e o barulho ressoa lá dentro. E espero.

Ninguém responde.

Não só ninguém atende como também não ouço nada dentro da casa. Nenhum passo. Nenhum aspirador de pó abafando o som da campainha. Nada. Silêncio total.

Toco a campainha de novo, mas não é diferente na segunda vez. É óbvio que ninguém vai atender à porta.

Tiro o celular da bolsa de novo, verificando se Dawn não entrou em contato comigo. Não entrou. Há outra mensagem de Seth, mas é só isso.

O tapete da entrada é uma imagem de duas tartarugas nadando lado a lado, de mãos dadas. Entre as duas, está escrito "bem-vindo". Levanto o tapete, esperando encontrar uma chave reserva debaixo dele. Sem sorte.

Dou uma olhada nos dois lados da rua, para ver se alguém está me observando. A vizinhança de Dawn parece bem tranquila. Se algo acontecesse aqui, não haveria nenhuma testemunha. Levanto o pescoço e noto um caminho ao longo da lateral da casa. Aposto que existe uma porta nos fundos.

Sigo o caminho, que leva ao quintalzinho de Dawn. Dou com a parte de trás da casa, bem como com a porta de tela. Isso provavelmente pareceria suspeito se alguém me visse agora, mas não acho que tenha alguém observando. De qualquer forma, não estou fazendo nada errado — sou apenas uma colega de trabalho preocupada. Não pareço exatamente uma ladra com minha saia curta e meus sapatos vermelhos.

Testo a porta de tela e ela abre. Em seguida, coloco a mão na maçaneta da porta dos fundos. Parece fria na palma da minha mão, mas gira com facilidade. A porta dos fundos está destrancada.

Hesito enquanto empurro cuidadosamente a porta dos fundos para abri-la. Uma coisa era ir à casa de Dawn e tocar a campainha. Outra completamente diferente é entrar na casa sem permissão. Todo mundo sabe que Dawn é um pouco estranha.

E se ela estiver sentada na sala de estar com uma arma? Tecnicamente, estou invadindo a casa. Ela poderia atirar em mim e estaria no seu direito.

Por outro lado, não consigo imaginar a pequena e inofensiva Dawn Schiff sentada na sala de estar com uma escopeta de cano serrado. E não consigo me livrar da sensação de que ela está com algum problema. Tenho que verificar. Ela pode estar precisando da minha ajuda. E não é como se eu pudesse chamar a polícia. Eles não devem vir correndo para cá porque uma mulher adulta não quer abrir a porta da própria casa.

Por favor, Dawn, não atira.

— Dawn? — chamo quando entro na cozinha pelos fundos.
— Dawn, é Natalie! Do trabalho.

Sem resposta.

A cozinha de Dawn é extremamente organizada. Não é nenhuma surpresa, mas eu não ficaria chocada se descobrisse que ela era uma espécie de acumuladora com pratos sujos e pilhas de jornal até o teto. Tenho que admitir que Kim e eu cogitamos essa hipótese algumas vezes. Mas essa cozinha tem uma aparência bem normal. Poderia ser a cozinha de qualquer pessoa. Bem, exceto pelo saleiro e pelo pimenteiro de tartaruga.

Parece estar tudo normal na cozinha, a não ser por um detalhe perturbador.

Há uma garrafa de vinho no balcão. De vinho tinto, pela metade, ainda sem rolha. Há também uma taça de vinho no balcão, com um resíduo de líquido vermelho no fundo da taça. E há uma segunda taça. Só que essa está quebrada no chão.

Posso não ser a melhor amiga de Dawn, mas a conheço bem o suficiente para saber que ela não deixaria uma garrafa de vinho sem rolha no balcão da cozinha. E ela definitivamente não deixaria vidro quebrado no chão.

Eu tinha razão. Algo terrível aconteceu aqui.

Ando devagar pela cozinha. Por mais que queira ajudar Dawn, tenho medo de encontrar um intruso na casa. Bem, outro intruso. O que quer que tenha acontecido com Dawn, não quero que aconteça comigo também. Tenho que tomar cuidado.

Por isso, quando passo pelo suporte de facas no balcão da cozinha, pego uma delas. É melhor prevenir do que remediar.

Meus dedos estão esbranquiçados de tanto apertar o cabo da faca. Abro a porta da sala de estar e a primeira coisa que sinto é um cheiro estranho. Não é algo apodrecendo nem nada do gênero. É um cheiro que lembra... algas marinhas.

Antes que possa passar mais um segundo pensando no cheiro estranho, vejo o tanque gigante cheio de água. É um aquário, iluminado por um brilho que vem do interior dele, mas não vejo nenhum peixe lá dentro. Abaixo a cabeça para olhar dentro da água.

É uma tartaruga.

Uma tartaruga comum, mais ou menos do tamanho da minha mão, nadando nesse aquário enorme. Quer dizer, ela não está nadando porque está parada numa pedra, com seu reluzente casco verde-escuro, olhando para mim. Nunca tive interesse em tartarugas, de nenhum tipo, mas essa tartaruga está me dando nos nervos. Quero gritar com ela para que pare de me encarar. Isso é falta de educação.

Aparentemente, tartarugas não têm modos.

— Dawn? — chamo mais uma vez.

Sem resposta. Cadê ela, droga?

Ao lado do aquário de tartaruga há uma estante grande. A sala está escura, mas ainda consigo enxergar algumas coisas. Sempre achei que Dawn tinha um monte de tartaruga em seu cubículo no trabalho, mas estava errada. Não sabia o que significava um monte de tartaruga até ver essa estante.

Cada prateleira está *repleta* de estatuetas de tartaruga. Tartarugas, tartarugas, tartarugas. Vidro, cerâmica, mármore e até tartarugas de pelúcia. Cada centímetro da estante tem uma tartaruga, exceto por um espaço vazio no meio da segunda prateleira mais alta.

Há algo nessa estante que me dá calafrios. Dou um passo para trás, mas quase tropeço em uma otomana mal posicionada. Olho para baixo: a otomana foi derrubada.

Mas não por mim. Já estava caída desse jeito.

Só então notei que a cadeira também estava caída no chão. Eu me aproximo, semicerrando os olhos na escuridão. Então vejo algo no carpete.

E grito.

CAPÍTULO 6

OITO MESES ANTES

De: Natalie Farrell
Para: Funcionários da Vixed
Assunto: Festa de boas-vindas!

    Espero que todos deem as boas-vindas à nossa mais nova funcionária, Dawn Schiff! Ela está substituindo Edgar Hines na contabilidade e tem muito trabalho pela frente, mas já posso dizer que ela é excelente. Como boas-vindas à mais nova integrante da família Vixed, bebidas e comidas serão servidas na sala de descanso às 15h.
    Venha comemorar com a gente!

    Natalie

De: Dawn Schiff
Para: Mia Hodge
Assunto: RES: Novidades

Querida Mia,

    Essa semana decorei meu cubículo. Me inspirei em Natalie porque adoro o senso estético dela. Ela tem um vaso com uma plantinha cheia de lindas flores roxas que rega todo dia. Ontem, perguntei o nome da planta e Natalie disse que era uma íris.
    Então fui ao supermercado depois do trabalho e comprei uma íris igual à de Natalie.

Eu sei o que você está pensando. Você sempre me disse que eu não deveria tentar ser como as garotas populares. Que deveria ser eu mesma e blá-blá-blá. Mas não fiz exatamente o que Natalie fez. Procurei dar o meu toque. Decorei a planta com algumas das tartarugas que tenho em casa. Não me refiro às de verdade, é claro. Tenho um monte de tartaruga de vidro com formatos, tamanhos e até cores diferentes, embora não sejam cientificamente precisas.

Coloquei uma das tartarugas na terra ao lado da íris. Depois coloquei várias outras ao redor do vaso. Também trouxe meu mouse pad de tartaruga, ele tem a foto de uma tartaruga marinha nadando em um oceano esverdeado. Ainda que eu continue me sentindo desconfortável de trabalhar em um lugar novo, ter minhas tartarugas comigo fez com que eu me sentisse melhor.

No entanto, Natalie fez com que eu me sentisse bem-vinda. Ela tem sido muito gentil. No fim da minha primeira semana, ela fez uma pequena festa de boas-vindas para mim na sala de descanso, com bebidas e comidas! Bem, as bebidas e as comidas eram apenas um saco de Doritos e uma garrafa de refrigerante diet, mas mesmo assim foi muito simpático da parte dela. Não sei se alguém já tinha me dado uma festa em toda a minha vida.

Você sempre me perguntava por que eu não dava festas de aniversário quando criança nem deixava que você fizesse uma festa para mim e eu tinha medo de responder. Mas agora vou confessar. Quando fiz 5 anos, minha mãe me deu uma festança de aniversário em casa, convidando todas as crianças da minha turma na pré-escola. Mas as crianças não paravam de brincar com as minhas coisas e eu comecei a gritar, joguei meu lindo bolo com cobertura de baunilha no chão, depois me tranquei no quarto e me recusei a sair. Depois disso, fiquei traumatizada demais para querer outra festa e meus pais nunca mais se animaram para organizar uma.

Sempre preferi ter uma festa particular só eu e você. Se lembra de quando a gente fez aquele bolo do zero, com cobertura de creme e tudo? Só que, por acidente, usamos o dobro de manteiga e a cobertura ficou com gosto de manteiga pura e o bolo não assou direito. Mesmo assim, comemos tudo e foi melhor do que uma festa com as crianças da escola.

Mas a festa de Natalie foi legal. Mesmo que eu não goste de Doritos. Nem de refrigerante diet.

Tem uma lanchonete no andar de baixo onde várias pessoas compram o almoço, mas eu levo o meu todo dia e guardo na geladeira, embora suspeite fortemente de que ninguém limpe a geladeira com regularidade. Sugeri a Seth que eu poderia criar um cronograma para as pessoas alternarem os dias de limpeza e fixá-lo na porta da geladeira. Ele disse que pensaria no assunto. Isso foi há uma semana e ele ainda não me deu uma resposta. Talvez eu deva perguntar hoje de novo.

Hoje meu almoço foi branco. Sim, ainda prefiro refeições monocromáticas. Não sei explicar o motivo. Me sinto desconfortável quando, por exemplo, estou comendo um sanduíche que é quase todo branco e encontro uma alface verde no meio dele. Não quer dizer que não vou comer o sanduíche, mas preferiria que ele fosse de uma cor só. Você é a única pessoa no mundo que não me julga por causa disso. Se lembra de como, na lanchonete da escola, as outras crianças brincavam de tentar colocar ketchup ou mostarda no meu lanche só para destruir a integridade monocromática dele?

Tenho almoçado todo dia às 11h40, com um minuto a mais ou a menos de tolerância. Vou até a sala de descanso, pego meu sanduíche na geladeira e encho minha caneca com água gelada do filtro. Eu estava me sentando para comer quando Natalie e Kim entraram na sala de descanso com seus almoços (saladas) em Tupperwares idênticos.

Natalie e Kim passam muito tempo juntas. Você não precisa se preocupar com a possibilidade de eu me tornar a melhor amiga de Natalie (como se alguém pudesse te substituir!), porque Kim parece ter preenchido esse papel. Kim ficou noiva recentemente, e sei disso porque ela sempre vai ao cubículo de Natalie e elas passam horas conversando sobre o planejamento da festa de casamento. Às vezes, penso em participar da conversa, mas, como não sei nada sobre festas de casamento, não tenho muito a oferecer. Gostaria que elas pedissem minha opinião sobre um dos vestidos das revistas que Kim traz para mostrar a Natalie, mas até agora não pediram. Mas hoje elas perguntaram se poderiam se juntar a mim e, é claro, eu disse que sim.

Em geral, prefiro comer sozinha, mas essa foi uma boa forma de conhecer Natalie melhor. Kim também. Talvez nós três pudéssemos ser amigas. Na escola, sempre fomos só eu e você, e eu sei que você disse que não precisávamos de mais ninguém, mas três pessoas também podem ser amigas. Sem problema.

Kim me perguntou se eu gostava de trabalhar aqui. Eu disse que achava legal. Não queria contar a elas que o contador anterior tinha deixado uma bagunça indecifrável. Tive que organizar tudo do zero. Mas eu nem sequer conheço esse homem e não seria legal falar sobre o péssimo trabalho que ele fez.

Natalie disse: "Eu jamais poderia ser contadora." Ela jogou aquele cabelo loiro e sedoso por cima do ombro e começou a falar sobre como era ruim em matemática, como sempre passava por um triz.

Eu não queria que Natalie ficasse desanimada por ser ruim em matemática, então falei que ela é uma vendedora muito boa. Minha mãe sempre dizia que elogiar as pessoas é uma boa maneira de fazer amigos. Eu não costumava ouvir a minha mãe, mas agora percebo que ela provavelmente estava certa. E já que tenho a chance de recomeçar, por que não aproveitá-la?

E, de qualquer forma, o elogio era sincero. Estou aqui há pouco tempo, mas já sei que Natalie é uma das melhores vendedoras da empresa. A melhor, de acordo com as planilhas. Ela é extremamente habilidosa para falar com as pessoas. Às vezes, paro o que estou fazendo só para ouvir Natalie falando com um cliente.

Kim começou a rir e disse: "Nat poderia vender gelo no polo norte. Principalmente para um *homem*."

Esse comentário fez Natalie e Kim darem risadinhas. Acho que elas queriam dizer que Natalie é muito atraente. Tem um estagiário de vendas com uns 25 anos que, na hora do almoço, sempre pergunta a Natalie se ela quer que ele traga alguma coisa para ela comer, mas ele nunca pergunta nada para mais ninguém, e tenho quase certeza de que ele não deixa Natalie pagar pelo que ele traz. Kim também é bonita, mas não tem a mesma beleza indescritível de Natalie.

Daí Natalie *me* fez um elogio. "Que caneca bonita."

Adivinha de qual caneca ela estava falando? Daquela que você me deu anos atrás de presente de aniversário. Muita gente entra em uma loja e compra a primeira coisa que vê — geralmente uma vela —, mas você sempre reflete muito sobre cada presente. Essa é a caneca de cerâmica pintada da cor do oceano, com a imagem de uma tartaruga tridimensional. Às vezes, gosto de passar os dedos pela protuberância da carapaça da tartaruga. Não consigo nem dizer o quanto amo essa caneca e toda vez que bebo algo nela penso em você e fico feliz.

As palavras de Natalie pareceram um elogio sincero. Às vezes, quando as pessoas dizem coisas boas para mim, fica claro que elas não estão falando sério. Às vezes, parece que estão tirando sarro de mim. Mas Natalie estava falando sério. Por um instante, eu me senti como se estivesse na mesa dos alunos descolados do ensino médio.

Daí eu agradeci. Depois fiz a pergunta mais importante de todas: "Você gosta de tartarugas?"

Natalie disse que sim. Então expliquei que a carapaça da tartaruga é, na verdade, parte do esqueleto, que é um pouco como uma caixa torácica, e é por isso que as tartarugas não podem ser separadas de suas carapaças. Porque elas morrem. Quando contei isso para ela, Natalie disse: "Uau."

Fiquei muito animada com o fato de Natalie e Kim estarem interessadas em aprender mais sobre tartarugas. Você foi a única pessoa que conheci que se interessou em saber mais sobre tartarugas — nem meus pais se interessam. E, sinceramente, houve momentos em que achava que você não queria ficar me ouvindo falar sobre tartarugas. Mas eu, Natalie e Kim passamos os vinte minutos seguintes comendo e contei a elas muitos outros fatos interessantes sobre tartarugas. As duas ouviram tudo o que eu tinha a dizer e até fizeram algumas perguntas que, é claro, pude responder com facilidade, pois sei muito sobre tartarugas.

    Eu poderia ter falado muito mais, mas Natalie disse que precisava atender um cliente, então as duas tiveram que ir embora. Já estou planejando algumas coisas novas e interessantes sobre tartarugas para falar com elas amanhã. Depois conto como foi.

Atenciosamente,
Dawn Schiff

De: Mia Hodge
Para: Dawn Schiff
Assunto: RES: Novidades

Viva as novas amigas! Por falar em tartarugas, tenho um presente para você! Parece que você está se adaptando muito bem ao trabalho. Eu sabia que você conseguiria!

Beijos,
Mia

CAPÍTULO 7

DIAS ATUAIS

NATALIE

Passei um minuto gritando.

Essa é a minha estimativa. Com base na minha noção de tempo e também no quanto estou sentindo minha garganta arranhada. Gritei por um minuto inteiro, depois consegui me recompor o suficiente para ligar para a polícia com as mãos trêmulas.

Nem preciso dizer que saí correndo daquela casa.

Agora a polícia está aqui. Estão se aglomerando em volta da casa, procurando impressões digitais e fazendo outras coisas que policiais fazem em uma cena de crime. Mas não quero saber. Estou sentada no meu carro desde que eles chegaram. Não posso ir embora, mas não quero chegar perto daquela casa de novo.

Liguei para Seth para contar o que estava acontecendo e avisar que não voltaria para a empresa. Ele pareceu abalado, mas nada comparado ao que estou sentindo. Normalmente, conto tudo para Kim, mas não queria falar sobre isso. Ela trataria essa história como uma fofoca, o que seria desrespeitoso. Em vez disso, mando uma mensagem para Caleb. Ele vai saber o que dizer, sei que vai.

Em seguida, recebo uma resposta:

Meu Deus! Você está bem?

Na verdade, não.

Vou me lembrar do que vi naquela sala de estar pelo resto da minha vida. Aquele sangue todo...

Quer que eu te encontre aí?

Tenho me esforçado tanto para não ser uma namorada grudenta. Nada é mais desagradável. Mas Caleb não parece ser o tipo de cara que se preocupa com isso. E ele *se ofereceu*. Além de tudo, quero vê-lo. Quero ser abraçada por ele. Então respondo:

Sim, por favor.

No instante em que estou enviando o endereço por mensagem de texto, sou interrompida pelo som de batidas na janela do meu carro. Um homem de terno cinza-escuro e gravata, e me lembro de ele ter se apresentado brevemente como detetive antes de eu me esconder no carro. Abro a janela.

— Srta. Farrell? — diz ele.
— Sim...
— Preciso falar com a senhorita. Pode sair do carro, por favor?

Um policial fardado me fez algumas perguntas assim que eles chegaram. Suponho que o detetive tenha mais um monte de perguntas. E talvez algumas respostas, espero. De qualquer forma, não tenho muita escolha, então saio do carro.

O detetive está na casa dos quarenta anos, é alto e atraente, de um jeito meio rústico, com cabelos escuros e entradas grandes o suficiente para serem notadas.

— Detetive Santoro — diz ele.

Faço que sim com a cabeça sem dizer nada.

— Me desculpe, mas preciso fazer algumas perguntas.

O detetive tem um forte sotaque de Boston. Como alguém que cresceu em Massachusetts, é reconfortante ouvi-lo. Quando ele pediu que eu saísse do carro, fez isso alongando as vogais. Eu não tenho muito sotaque, embora Caleb diga que tenho. Ele acha bonito.

— Tudo bem — digo. — E... você... conseguiu encontrar Dawn?

Ele balança a cabeça negativamente e solto um suspiro de alívio. Quando vi a enorme quantidade de sangue no carpete, tive certeza de que ela estava morta em algum lugar da casa.

— Nenhum sinal dela. Só o sangue.

— Então, talvez... — Mordo o lábio inferior com muita força. Sinto gosto de sangue. — Talvez ela tenha se machucado e conseguido uma carona até o hospital?

Santoro anui com um aceno de cabeça.

— É, estamos verificando essa possibilidade. Ligamos para todas as empresas de ambulância e para hospitais. Mas até agora não descobrimos nada.

Não estou surpresa, mas ainda assim é um soco no estômago.

— Sim...

— Por que a senhorita estava na casa de Dawn Schiff?

— Ela estava atrasada para o trabalho... — Enquanto digo isso, noto o olhar cético do detetive, então acrescento rapidamente: — Além disso, ela me mandou um e-mail estranho ontem, dizendo que precisava falar comigo sobre algo importante. — Ele ainda não parece convencido, então apresento o argumento decisivo: — E também o telefone na mesa dela começou a tocar e, quando atendi, parecia que ela estava pedindo ajuda. Como se estivesse com problemas.

— Entendo... A senhorita ouviu mais alguém na linha?

Balancei a cabeça.

— Não. Só a voz dela.
— Mais alguém ouviu a ligação?
Essa é uma pergunta estranha. O que importa se mais alguém ouviu a ligação?
— Não, só eu.
— Então a senhorita e Dawn eram amigas?
Uma rajada de vento de novembro atravessa minha blusa e fico arrepiada.
— Ã-hã. Éramos colegas de trabalho e... amigas.
— Amigas íntimas?
— Mais ou menos. — Não é verdade, mas Dawn não tinha amigos de verdade. Eu acreditaria se alguém me dissesse que eu era sua amiga mais próxima.
— A senhorita sabe se ela estava sendo ameaçada por alguém? Ou se ela sentia medo de alguém?
— Não. Ninguém que eu saiba.
— Ela tem namorado?
Quase ri do ridículo da pergunta, mas, é claro, ele não conhece Dawn. Não consigo imaginá-la com um namorado. Não consigo imaginá-la nem mesmo beijando um homem. Tenho quase cem por cento de certeza de que ela é virgem, e ela passa a impressão de que não está interessada em deixar de ser. Por exemplo, o jeito como ela sempre usa essas roupas largas que parecem feitas para um homem, com óculos com armação de tartaruga grandes demais para seu rosto fino. E como nunca usa maquiagem.
Mas eu jamais diria essas coisas para um detetive.
— Não. Ela não tinha namorado.
O detetive Santoro me lança um olhar estranho. Demoro um segundo para perceber o motivo.
— Quer dizer, ela não *tem* namorado.
Ai, meu Deus, acabei de me referir a ela no passado. Dawn vai ficar bem. Eles vão encontrá-la e ela vai ficar bem. Nada de passado. Devo falar no presente, sempre.

Mas havia tanto sangue. Como ela poderia estar bem com todo aquele sangue? E aquela ligação...
Me ajuda.
— Quando foi a última vez que a senhorita viu Dawn? — pergunta ele.
— Ontem, por volta das cinco da tarde — respondo. — Quando saí do trabalho.
— E ela não foi trabalhar hoje? — Faço que sim com a cabeça, embora pareça uma pergunta retórica. Ele já sabe que isso é verdade. — Então algo aconteceu com ela depois de sair do trabalho ontem e antes de chegar hoje de manhã às...
— Quinze para as nove — completo. — É o horário que ela sempre chega ao trabalho. Como um relógio.
— E ela não se atrasa nunca?
— Nunca.
O detetive ergue um canto dos lábios.
— Gosto disso. Também sou assim. É bom ser pontual.
Duvido muito que esse detetive seja parecido com Dawn, mas não vou dizer isso. Ele não vai entender como ela é.
— E preciso perguntar... — continua ele. — Onde a senhorita estava ontem à noite?
No susto, ergo as sobrancelhas.
— Eu?
Ele dá um sorriso amarelo.
— Preciso perguntar.
Tento não ficar muito ofendida com a pergunta. Só que não sei o que eles acham que eu fiz. Será que acham que matei Dawn, inventei uma ligação falsa em que ela pedia ajuda, depois voltei para a casa dela e "fingi" encontrar todo aquele sangue no chão?
— Eu estava com o meu namorado — respondo, por fim. — O nome dele é Caleb McCullough.
— A noite toda?

Eu não passei a noite toda com Caleb. Ficamos juntos durante parte da noite, depois ele foi embora. Abro a boca para dizer isso, mas uma voz irritante na minha cabeça me impede. Minhas impressões digitais estão por toda a casa de Dawn agora. O detetive continua me olhando com uma cara estranha, como se não acreditasse em mim.

E tem mais uma coisa que está me incomodando.

— Ã-hã — respondo. — Eu passei a noite toda com Caleb. Pronto. Isso deve acabar com as suspeitas de Santoro.

— E Caleb — diz ele — também conhece Dawn?

Dou de ombros.

— Só de vista. Ele está prestando um serviço de meio expediente na empresa em que a gente trabalha.

— E a ligação de hoje de manhã... A senhorita disse que atendeu o telefone na mesa dela?

— Isso. — Fico com uma sensação de mal-estar no estômago ao pensar em como Dawn parecia apavorada naquela ligação. Estou muito feliz por não ter ignorado o pedido de ajuda, como Seth me disse que fizesse.

Ele coça o queixo, refletindo.

— Vamos analisar as ligações feitas para esse número. E descobrir de onde veio essa.

Onde quer que Dawn esteja, espero que consigam localizá-la com base nessa ligação. Se ela está sendo mantida em cativeiro, deve ter conseguido falar por alguns segundos.

O detetive Santoro me faz mais algumas perguntas sobre como eu sabia onde Dawn morava, como entrei na casa e também sobre o vidro quebrado no chão da cozinha. Embora eu ainda esteja me sentindo péssima, pelo menos me parece que a investigação está em boas mãos. Esse detetive sabe o que está fazendo. Posso dizer o quanto está falando sério pelo fato de não ter desviado os olhos do meu rosto durante toda a nossa conversa. Ele vai encontrar Dawn, onde quer que ela esteja.

Espero que ela esteja bem.

Assim que Santoro conclui a conversa e está prestes a entrar na casa, um policial fardado sai pela porta da frente. Ele vai direto até o detetive.

— Detetive — diz o policial —, conseguimos acessar o computador do quarto dela.

Santoro coça o queixo.

— Conseguiram?

— Sim. Era protegido por senha, mas estava escrita em um Post-it embaixo do mouse pad.

Apesar de tudo, deixo escapar uma risadinha. Isso é *tão* Dawn. Extremamente cuidadosa com tudo, mas descuidada com outras coisas. Aposto que a senha dela era algo como "senha1234".

Mas rir provavelmente era a pior coisa a fazer. O detetive Santoro me olha como se eu estivesse sendo indelicada e ele provavelmente tem razão. Mas, como eu disse, ele não conhece Dawn como eu conheço.

— Certo — diz ele. — Vamos dar uma olhada no computador.

— Você ainda precisa de mim? — pergunto.

— Não, está liberada. — Ele acena com a mão. — Mas a senhorita tem um cartão de visita ou algo assim?

Pego a bolsa e tiro dela um dos meus cartões de visita. Ao entregá-lo para o detetive, percebo que ele segura o cartão com a ponta dos dedos. Isso me parece um pouco estranho, mas tento não ficar muito paranoica.

O detetive e o policial entram na casa e me deixam sozinha. Ótimo, finalmente posso ir embora. Sigo em direção ao meu carro quando um Ford verde meio detonado encosta em frente a casa ao lado.

Caleb. Graças a Deus.

Corro até ele o mais rápido que posso com meus Louboutins apertados. Caleb está saindo do carro e me jogo em seus braços antes mesmo de ele fechar a porta. Enterro o rosto no peito dele, meus olhos marejados. Esse é o pior dia da minha vida.

— Oi. — Sua mão grande acaricia minha nuca. — Está tudo bem, Nat. Estou aqui.

— Aconteceu alguma coisa terrível com ela — sussurro com o rosto grudado na camisa dele. Provavelmente estou sujando a roupa de Caleb com manchas de lágrimas e rímel, mas ele não parece se importar.

— Não diz isso. — Ele me dá um abraço apertado. — Aposto que ela vai aparecer.

Levanto a cabeça e o encaro. Mesmo com meus saltos, ele é quase um palmo mais alto que eu. Sempre gostei de homens altos.

— E você diz isso baseado em quê?

— Humm...

— Porque você não diria isso se visse a quantidade de sangue que tem naquela sala.

— Olha, não sei. — Ele dá de ombros, impotente. — Só acho que o melhor que podemos fazer é torcer para que ela esteja bem. Entende?

Eu me sinto culpada por tê-lo irritado. Ele não merecia isso depois de vir correndo me ver.

— Foi mal. Só estou muito abalada com tudo isso.

— Sim. — Ele respira. — Eu sei. É horrível.

Encosto a cabeça no peito dele. Seu coração bate tranquilizadoramente no meu ouvido. Ficamos assim por uns bons dois minutos — eu colada nele, ele fazendo cafuné em mim. Mais pontos para Caleb: ele é gentil comigo durante um evento trágico. Nosso relacionamento está avançando para o próximo nível.

— Ei — digo.
— Sim?
— Preciso que você me faça um favor.
— Precisa de uma carona para casa?

Eu adoraria uma carona para casa. Mas meu carro está aqui e não vou deixá-lo aqui de jeito nenhum. Portanto, não tenho escolha a não ser dirigir de volta pelo trânsito traiçoeiro da hora do rush.

— Não, tudo bem.
— Do que você precisa? É só falar.

Coloco uma mecha de cabelo atrás da orelha enquanto dou um passo para trás.

— Preciso que você diga para a polícia que a gente passou a noite toda de ontem junto.

Caleb fica sério.

— Quê?
— Isso é tão idiota. — Balanço a cabeça. — A polícia me perguntou onde eu estava ontem à noite. Como se eu precisasse de um álibi ou algo assim... Como se eu pudesse ter feito alguma coisa contra Dawn! É só uma formalidade e nada mais. Eu estava lá, então eles tinham que me perguntar. De qualquer forma, eu disse para eles que a gente passou a noite toda junto.

— Mas... — Ele coça o queixo. — A gente não passou a noite toda junto. Eu saí por volta das nove e meia.

— Bom, e daí? A gente ficou junto a maior parte da noite. Isso basta.

— Então é isso que eu vou dizer. Que ficamos juntos a maior parte da noite e que fui embora às nove e meia.

Semicerro os olhos.

— Isso é tão importante assim? Quer dizer, você também trabalha com Dawn. Também ajuda você ter um álibi.

Ele franze a testa.

— Mas é uma mentira.

— É uma mentirinha de nada. Nenhum de nós fez nada para machucar Dawn. Portanto não ter um álibi só vai confundir a investigação.

— Sei não, Nat. — Ele passa a mão na nuca. — Não me sinto bem de mentir para a polícia. Por que é tão importante que a gente tenha um álibi? Eles não vão pensar que a gente fez alguma coisa.

Cruzo os braços.

— Certo, mas eu já disse para ele que a gente estava junto. Se você não concordar com isso, vai parecer que estou mentindo.

— Mas você *estava* mentindo.

Ele deixa a boca aberta de um jeito que está me irritando. Caleb é um cara decente e honesto. Sempre achei que isso era uma qualidade. Agora percebo que não é necessariamente uma coisa boa.

— Caleb... — Meus olhos começam a ficar marejados de novo. — O dia foi horrível. Olha, eles não devem nem te perguntar. Mas seria tão ruim assim confirmar a minha história? — Consigo ver como ele hesita e aperto seu braço. — Por favor?

Depois de uma pausa que parece interminável, ele relaxa os ombros.

— Tudo bem. Acho que não é tão importante assim.

Fico surpresa com a sensação de alívio que sinto quando Caleb aceita confirmar minha história. Não é como se eu fosse suspeita de assassinato ou algo assim. Mas, considerando como são as coisas, é melhor ter um álibi.

CAPÍTULO 8

SETE MESES ANTES

De: Dawn Schiff
Para: Vendas Etsy
Assunto: Problema com estatueta de tartaruga

Prezado vendedor,

Comprei recentemente um produto em sua loja Etsy anunciado como uma estatueta de vidro de tartaruga marinha. Infelizmente, o produto não era uma tartaruga marinha e eu gostaria de ser reembolsada pela compra.

Atenciosamente,
Dawn Schiff

De: Vendas Etsy
Para: Dawn Schiff
Assunto: RES: Problema com estatueta de tartaruga

Sentimos muito pelo ocorrido e vamos resolver o problema para você! Qual foi o produto que recebeu?

De: Dawn Schiff
Para: Vendas Etsy
Assunto: RES: Problema com estatueta de tartaruga

Prezado vendedor,

Como eu disse, o produto foi anunciado como sendo uma estatueta de vidro de uma tartaruga marinha. Infelizmente, a tartaruga que recebi é obviamente uma tartaruga terrestre! Tartarugas marinhas têm nadadeiras em vez de patas e as duas nadadeiras dianteiras costumam ser mais longas que as duas nadadeiras traseiras, mas a tartaruga que recebi tinha todos os quatro membros de comprimento aproximadamente igual e suas patas não se assemelhavam de forma alguma a nadadeiras. Além do mais, na tartaruga que recebi, a cabeça era um pouco mais circular em vez de retangular, o que também indicaria uma tartaruga terrestre. Estou muito frustrada porque esperava uma tartaruga marinha e claramente recebi uma tartaruga terrestre.

Atenciosamente,
Dawn Schiff

De: Vendas Etsy
Para: Dawn Schiff
Assunto: RES: Problema com a estatueta de tartaruga

Você está falando sério?

De: Dawn Schiff
Para: Mia Hodge
Assunto: RES: Novidades

Querida Mia,

Ontem, enquanto voltava para casa, parei em uma dessas lojas que vendem bugiganga de todo tipo. Costumo passar nessa loja para ver se eles têm alguma coisa de tartaruga. O velho que é dono de lá me conhece e, por isso, quando passo por lá, ele sempre me avisa se tem alguma coisa que pode me interessar. Da última vez, comprei uma caixinha em formato de tartaruga: você abre o casco e pode guardar miudezas dentro dela, mas deixei a caixinha vazia e coloquei a tartaruga na minha estante.

Ontem, Ernie sorriu para mim com seus dentes amarelos e trouxe uma pequena escultura de tartaruga que, segundo ele, foi pintada à mão. A carapaça era dourada e a tartaruga estava sorrindo, embora tartarugas de verdade não sejam capazes de sorrir. Era um pouco cara, mas eu tive que comprá-la.

Como não comprei a tartaruga para mim, Ernie fez um pacote de presente usando uma caixinha branca. Hoje de manhã, levei o presente comigo para o trabalho.

Não sei bem por quê, mas Natalie e Kim pararam de almoçar na sala de descanso. Nas últimas duas semanas, elas têm saído para comer fora. E não me convidaram nenhuma vez, talvez por saberem que sempre levo almoço. Mas ainda gosto muito de Natalie e tenho esperança de virarmos amigas. Um presente pode me ajudar.

Fiquei esperando Natalie chegar. Sempre entro às 8h45, mas Natalie não tem horário fixo para começar e às vezes chega às 10h. Uma vez ela não apareceu antes do meio-dia, mas acho que estava com um cliente. Hoje, quando chegou às 9h13, parou no cubículo de Kim e as duas conversaram por cerca de vinte minutos. Quando ela finalmente entrou no próprio cubículo, pulei da minha cadeira para cumprimentá-la. Ela sorriu quando me viu e disse "oi".

Como eu estava muito empolgada, na mesma hora dei para ela a caixa embrulhada para presente. Ela ficou surpresa. Percebi isso porque ela arregalou os olhos azuis. Parecia não entender por que eu tinha comprado um presente para ela, então expliquei que comprei o presente porque ele fez com que eu me lembrasse dela.

Natalie hesitou por um instante, mas aceitou o presente. Ela se sentou e, quando começou a abrir o pacote, senti o cheiro do xampu dela. Tinha aroma de flores. Você sabe quanto odeio cheiros fortes, mas de alguma forma o cheiro de Natalie não me incomodou.

Quando abriu a caixa, ela tirou a tartaruga bem devagar. Ela a segurou por um instante sem dizer nada. Então, quando enfim disse alguma coisa, foi: "Ah."

Também comentei com ela que eu não havia trazido almoço hoje. Sugeri que poderia almoçar com ela e Kim, para que pudesse contar mais coisas sobre tartarugas. Mas Natalie insistiu que ela e Kim precisavam conversar sobre assuntos chatos do trabalho.

Tentei dizer que não me importava. Acho interessante a área de vendas da empresa. Isso não significa que eu seria capaz de fazer o que Natalie e Kim fazem. Não consigo me imaginar ligando para empresas ou pessoas a fim de convencê-las a comprar nossos produtos. Não sei como convencer alguém a comprar um suplemento para deixar os olhos mais saudáveis, especialmente quando não existe nenhum dado que prove que qualquer um dos produtos funcione melhor que placebo. Imagino que, se eu tentasse, a pessoa do outro lado da linha desligaria na minha cara.

Ela ainda acrescentou: "Além do mais, Kim tem todas essas coisas de casamento sobre as quais a gente precisa conversar."

Elas têm falado sem parar sobre a festa de casamento. Ouvi por acaso que a cerimônia vai ser no fim de setembro, uma época que Natalie achou "perfeita". Não sei como Natalie pode ajudar tanto mesmo sem nunca ter se casado. Cheguei a apontar essa inconsistência para Natalie.

Ela apertou os lábios com força quando fiz a pergunta, deixando seu batom quase invisível. "Não é preciso ter sido noiva para saber como planejar um casamento. Já ajudei muitas amigas a fazer uma festa de casamento. E, quando eu me casar, elas vão me ajudar."

E eu corrigi: "*Se* você se casar."

Ela pareceu surpresa quando eu disse isso. Sempre tenho que me lembrar de que Natalie não é uma contadora como eu. Não é boa com números, como ela mesma admite. Essa foi uma ótima oportunidade para ensinar como os números funcionam e conquistar a amizade dela. Expliquei em detalhes que, quanto mais velho se fica, mais diminuem as chances de se casar. Porque, à medida que mais pessoas de sua faixa etária se casam, o número de homens disponíveis diminui e, portanto, suas chances de encontrar alguém adequado para se casar continuam diminuindo. É claro que você ainda pode se casar com alguém bem mais jovem, mas a maioria das mulheres, em média, procura homens da mesma idade ou mais velhos. Além disso, a maioria dos homens procura mulheres mais jovens. Portanto, considerando seu status atual de solteira, é provável que Natalie nunca se case.

Quando terminei de explicar tudo da forma mais simples possível, ela me disse: "Isso é bobagem."

Ressaltei que ela não tinha namorado nem noivo no momento. Portanto, na sua idade, parecia absurdo pensar que algum dia iria se casar. Foi quando Natalie me disse que precisava voltar ao trabalho.

Tive a sensação de que havia chateado Natalie, o que não fazia sentido, pois eu estava apenas contando os fatos. Se você estivesse lá, teria percebido. Você é lógica como eu. Natalie não pensa da mesma forma que nós, mas eu ainda gostaria de ser amiga dela.

Tentei contar a ela alguns outros fatos interessantes sobre tartarugas. Por exemplo, existem tartarugas que podem chegar a mais de novecentos quilos e a quase dois metros e meio de comprimento. Claro que não é o tipo de tartaruga que você vai encontrar em um pet shop. Um exemplo seria a tartaruga-de-couro, que é a maior espécie de tartaruga marinha. Mas, acredite você ou não, ela não pareceu tão interessada.

Por fim, voltei para o meu cubículo. Fiquei feliz de ter dado um presente para Natalie e parece que ela gostou bastante, mas fiquei surpresa com a falta de educação dela. Até eu sei que quando alguém lhe dá um presente você deve agradecer.

Você tem alguma ideia de presente para Natalie? Eu queria algo que ela adorasse e você sempre tem as melhores ideias.

Atenciosamente,
Dawn Schiff

De: Mia Hodge
Para: Dawn Schiff
Assunto: RES: Novidades

Não conheço a Natalie, mas, sinceramente, concordo que ela deveria ter agradecido pelo presente! Lembre-se de que nem todo mundo é uma boa pessoa. Se ela não vale a pena, você deve se afastar dela. Sinta-se à vontade para me ligar se quiser conversar mais sobre isso.

Beijos,
Mia

CAPÍTULO 9

DIAS ATUAIS

NATALIE

Acabo aceitando sair para jantar com Caleb. Não quero ficar sozinha nem voltar para a minha casa vazia, então vamos a um desses restaurantes de rede para comer alguma coisa. Mas não conversamos muito. Não consigo parar de pensar em Dawn e no que poderia ter acontecido com ela. Não consigo nem articular meus maiores medos.

Quando Caleb e eu saímos do restaurante, o sol está se pondo. Vai escurecer em dez ou quinze minutos. Ele encara o horizonte de olhos semicerrados.

— Você vai ficar bem sozinha em casa? Ainda parece um pouco abalada.

— Vou — respondo, embora esteja nervosa mesmo, dada a tarde que tive.

Ele ergue as sobrancelhas.

— Sei que nós dois estamos de carro, mas posso acompanhar você, se quiser. Para garantir que chegue bem em casa.

— Que fofo. — Levanto o queixo e me encolho, fazendo com que ele me beije. Ele sorri e leva os lábios aos meus. — Você é *muito* fofo. Mas estou bem. De verdade.

— Tá bom. Mas me manda uma mensagem quando chegar em casa.

Aperto a mão dele. Gostaria de não estar de carro e poder pegar uma carona para casa no Ford de Caleb. Mas parece bobagem fazer com que ele me acompanhe, principalmente porque ele mora na direção oposta. E o que vamos fazer quando chegarmos à minha casa? Dar uns amassos? Não estou com a menor vontade de fazer isso.

Mesmo assim, gostaria que ele viesse comigo. Talvez eu devesse ter aceitado a oferta.

Quando estou na metade do caminho para casa, meu telefone começa a tocar. "Mãe" está piscando no display do carro. Penso em deixar a ligação cair no correio de voz, mas tenho um mau pressentimento de que sei por que ela está ligando. Se eu não atender, ela vai ligar de novo.

— Natalie! — Parece que minha mãe está sempre gritando do outro lado da linha. Ela nunca aprendeu a regular o volume da voz ao telefone. — Acabei de saber da notícia na televisão. Disseram que uma mulher da sua empresa desapareceu!

— Pois é. — Não menciono o fato de que fui eu quem descobriu que Dawn estava desaparecida. Acho que essa informação não seria bem recebida.

— Você conhecia essa mulher?

— Um pouco. — Mais uma vez, ela não precisa saber que Dawn ocupava o cubículo ao lado do meu, que compartilhamos uma divisória por nove meses.

— Meu Deus, que horrível. — Ela funga. — É seguro trabalhar lá? Não gosto daquele bairro.

— Não aconteceu nada no trabalho. Foi na casa dela, em Quincy.

— O *que* aconteceu? Achei que ela tivesse desaparecido.

Mordo a parte interna da bochecha.

— Olha só, o trabalho é seguro. Eu não faço nada que não seja seguro.

— Eu sei. Mas, querida, o seu pai e eu nos preocupamos com o fato de você morar sozinha. Não acho que seja seguro para você ficar em uma casa sozinha.

— Você não pensaria isso se eu fosse homem.

— Exatamente! Não é seguro para uma mulher solteira. — A voz dela assume um tom choroso que me deixa arrepiada. — Você precisa se casar, Natalie. Chega dessa história de... seja lá o que você estiver fazendo. Encontra um cara legal e sossega.

Cerro os dentes.

— O que você acha que estou tentando fazer?

— Então precisa se esforçar mais! Você é uma garota linda. Poderia ter qualquer homem que quisesse. É só escolher!

Começo a explicar que não é bem assim. Mas já tive essa conversa com ela centenas de vezes, senão milhares. Possivelmente milhões de vezes. Ela nunca vai entender. Estou só me desgastando.

É claro que eu poderia falar de Caleb para ela. Posso dizer que as coisas estão indo muito bem com ele e que ele pode virar genro dela no futuro. Ele é bonito, é um bom rapaz e se saiu bem em situações traumáticas. Mas não quero alimentar as esperanças da minha mãe. Ainda é cedo para isso e, na verdade, não estou com vontade de responder a um zilhão de perguntas sobre Caleb.

— Tenho que desligar — resmungo.

— Onde você está agora?

— Estou no trânsito, indo para casa.

— Você vai me ligar quando chegar em casa?

Uma veia pulsa na minha têmpora. Quando Caleb pediu que eu mandasse uma mensagem quando chegasse em casa, foi gentil. Quando minha mãe pede a mesma coisa, é irritante.

— Mãe. — Estou a ponto de perder a paciência. — Sou uma mulher adulta. Não vou ligar para você todo dia quando chegar em casa do trabalho. Eu estou bem. Você precisa confiar em mim.

Antes que isso se transforme em uma discussão, desligo. De qualquer forma, estou a um quarteirão da minha casa.

Assim como Dawn, alugo uma casa pequena. É um sobrado com dois quartos pequenos e um banheiro e, infelizmente, não tem garagem. Eu poderia ter arranjado um apartamento igual ao de Caleb, mas gosto da privacidade de ter a minha própria casa. Os aluguéis não são baratos em Dorchester, mas vale a pena. Tecnicamente, Dorchester faz parte de Boston, mas ela surgiu como um município independente e, por ser tão grande, é como se você estivesse em outra cidade. Quando vou da minha casa para o Back Bay ou para o South End, costumo dizer "Estou indo para Boston", mesmo que, na realidade, eu já esteja em Boston.

A maioria das pessoas do meu bairro mora de aluguel e boa parte das casas é pequena. A minha é mais parecida com um chalé, construída com tijolos marrons no início do século XX e um pouco desgastada agora, com trepadeiras correndo ao longo das paredes laterais. Ela nunca foi reformada e dá para perceber. Sempre que giro a maçaneta de uma porta, parece que ela está prestes a se soltar na minha mão, e a casa inteira tem um total de três tomadas elétricas. Ainda assim, o aluguel custa uma pequena fortuna.

Durante o dia, minha casa parece pitoresca. Mas, quando entro na minha rua tranquila, não consigo deixar de compará-la com a casa que vi hoje cedo. A casinha em uma rua tranquila como a minha, com todas as luzes de dentro apagadas.

Meu estômago se revira. Eu costumava andar com uma lata de spray de pimenta na bolsa. Precisei dela por um tempo, mas felizmente minha situação mudou e, em algum momento, larguei mão do spray de pimenta. Fiz um curso de defesa pessoal há alguns anos, mas minhas habilidades estão muito enferrujadas e, além disso, não há nada melhor do que uma arma.

Eu deveria ter aceitado a oferta de Caleb de voltar para casa comigo.

Saio do carro segurando a bolsa contra o peito. Aperto o botão do alarme e a buzina toca duas vezes enquanto as portas travam. Não tem lua essa noite. Minha vizinhança parece muito escura à noite, com apenas algumas luzes fracas na calçada, especialmente desde que terminou o horário de verão, na semana passada.

Corro o mais rápido que posso da calçada até a porta de casa. Minhas chaves já estão na mão e insiro uma delas na fechadura. Giro a chave para a direita para destrancar a porta, mas ela não gira. Então percebo:

A porta não está trancada.

Dou um passo para trás. Por que a porta da minha casa não está trancada? Mas que coisa.

Tá bom, é possível que eu tenha me esquecido de trancá-la hoje de manhã. Apesar do que minha mãe disse, moro em um bairro decente. Não há arrombamentos por aqui. Então, sim, às vezes me esqueço de trancar a porta.

Será que esqueci hoje de manhã? É perfeitamente possível.

Vou até a janela. Faço conchas com as mãos para olhar dentro de casa. O interior dela parece completamente escuro. Não vejo nenhum movimento. Nenhum ladrão. Nenhum assassino.

Não posso ligar para a polícia por causa disso. *Alô, polícia, a porta da minha casa está destrancada.* Eu poderia ligar para Caleb, mas vou consumir muitos dos meus créditos de namorada se pedir que ele venha até aqui só para entrar comigo em casa por dois minutos.

Que se dane. Tenho certeza de que está tudo bem.

Giro a maçaneta e abro a porta, observando se há qualquer sinal de movimento. A casa continua completamente escura. Silenciosa.

— Olá? — chamo. É a mesma coisa que fiz quando estava na casa de Dawn. Tento não pensar nisso.

Respiro fundo e dou um passo para dentro. Aperto o interruptor.

Metade de mim espera encontrar um intruso de agasalho preto e máscara no meio da minha sala de estar. Em vez disso, a sala está vazia. Está exatamente do jeito que a deixei hoje de manhã.

Tomo um susto quando o meu celular toca dentro da bolsa. Tateio entre um pacote de lenços de papel e meu estojo de maquiagem e pego o celular. A tela avisa que é um número privado, exatamente como aconteceu no trabalho. Deslizo o dedo para atender.

— Alô?

Espero ouvir uma gravação ou alguém me perguntando se quero atualizar o seguro do carro, mas, em vez disso, ouço apenas silêncio.

Ou talvez uma respiração.

— Alô? — digo mais uma vez.

Nada.

Com o coração na boca, afasto o telefone do ouvido para desligar. Eu costumava receber ligações como essa o tempo todo, às vezes ninguém dizia nada, mas às vezes a pessoa do outro lado da linha lançava uma série de ameaças a mim. Mas não recebo uma ligação dessas desde... Bem, já faz vários meses. Duvido que seja a mesma pessoa — ela não tem mais motivo para me odiar.

Embora eu tenha recebido aquela outra ligação de um número privado durante o podcast. Poderia ser do mesmo número?

Quando estou começando a entrar em pânico, uma mensagem de texto aparece na tela. É de Caleb, e a visão dela me enche de alívio.

Chegou bem em casa?

Entro na sala de estar. Acendo mais uma lâmpada. Todo o primeiro andar da minha casa agora está completamente silencioso. Não tem ninguém aqui.

Estou bem. Obrigada pela mensagem.

Deixo as chaves na mesinha que fica ao lado da porta e deito no sofá de couro da sala. Preciso me acalmar. O que aconteceu com Dawn é horrível, mas não tem nada a ver comigo. Não tem ninguém atrás de mim.

CAPÍTULO 10

Vejo o noticiário local pela manhã torcendo para que Dawn tenha sido encontrada, sei lá, em uma lanchonete ou algo assim, tomando um café gelado. E que todo aquele sangue tenha sido causado por um corte muito feio enquanto ela raspava as pernas. Mas sem sorte. O jornal informa que Dawn Schiff continua desaparecida.

Ainda assim, meio que torço para que ela esteja no cubículo quando chego ao trabalho, alheia ao fato de que todo o departamento de polícia está procurando por ela. Mas não. Seu cubículo está vazio.

Passo pelo cubículo dela para chegar ao meu. A primeira coisa que vejo na minha mesa é a estatueta de tartaruga que apareceu ontem de manhã. Depois de ver aquela enorme estante cheia de tartarugas, a visão de mais um animal de olhos vidrados me deixa um pouco mal.

Além do mais, me lembro muito bem de que peguei a estatueta de tartaruga e a coloquei no canto mais distante da minha mesa, para não ter que olhar para ela. Mas, de alguma forma, ela foi parar no meio da mesa. Bem em frente ao meu teclado.

Deve ter sido uma daquelas zeladoras idiotas.

Depois de ver todo aquele sangue na casa de Dawn, fiquei pensando no que era aquela coisa vermelho-escura na tartaruga. Será que era sangue? Será que alguém colocou uma estatueta de tartaruga ensanguentada na minha mesa?

Pego a tartaruga e fico olhando para ela. Dessa vez, pelo menos, está limpa. Sem sangue, tinta ou o que quer que fosse. Mas ainda não quero essa coisa na minha mesa nem perto de mim. Não quero olhar para isso nunca mais.

Jogo a tartaruga no lixo. Pronto. Pelo menos esse é um problema que consigo resolver.

— Ai, meu Deus, Natalie! — Escuto a voz estridente de Kim. — Dá para acreditar numa coisa dessas?

— Pois é — resmungo. Minhas têmporas estão latejando de leve. Não estou com vontade de falar com Kim. — É horrível.

Os olhos de Kim parecem dois pires.

— O que você viu na casa dela?

— Tinha um monte de sangue no chão. — Abaixei a cabeça. — Tipo, muito sangue.

Ela tapa a boca com uma das mãos.

— Nossa. Que coisa assustadora. Espero que ela esteja bem.

Faço que sim com a cabeça sabendo que, a cada minuto que passa com Dawn desaparecida, fica menos provável que ela esteja bem.

Kim coça o nariz com o indicador da mão esquerda, aquele que tem um diamante gigante. Ela desenvolveu o hábito logo após o noivado. Achei que, quando ela se casasse, pararia de esfregar seu anel gigante na minha cara, mas deve ser mais forte que ela. Kim não consegue se conter.

— Você ainda vai participar da corrida no sábado?

Com tudo o que estava acontecendo, quase me esqueci da corrida no fim de semana. Nem sequer corri hoje de manhã, embora estivesse tentando fazer isso quase todo dia para ficar em forma para o sábado.

Mesmo assim, cancelar a corrida está fora de cogitação. Arrecadei muito dinheiro para a fundação que desenvolve pesquisas sobre paralisia cerebral e não posso simplesmente desistir de tudo porque Dawn desapareceu.

— Tenho certeza de que vamos ter mais informações até sábado — afirmo. — Mas não posso cancelar. Se ela ainda estiver desaparecida, podemos correr em sua homenagem. Pode até acabar sendo uma coisa boa.

Kim franze a testa.

— Uma coisa boa?

Pigarreio.

— Quis dizer que vai ter muita publicidade em torno da corrida e, se ela ainda estiver desaparecida, talvez o evento ajude a encontrar Dawn. Entende?

— Ah, sim.

— Enfim. — Olho de relance para o computador. — É melhor eu começar a trabalhar, se conseguir me concentrar.

— A propósito — diz Kim —, Seth estava te procurando. Ele disse que queria falar com você assim que chegasse.

Ótimo. O que o meu chefe quer de mim? Acho que não quero saber.

Depois que Kim se afasta, eu me ajeito na cadeira, sem vontade de falar com Seth. Tiro o estojo de maquiagem da bolsa e me olho no espelhinho. Minha aparência está ainda pior do que ontem. Meus olhos estão levemente vermelhos e há círculos roxos embaixo deles. Tentei passar um corretivo hoje de manhã, mas obviamente não usei o suficiente. Tive muita dificuldade para dormir na noite passada e, quando consegui, não foi um sono tranquilo.

Faço menção de ligar o computador, mas meu celular toca. Tiro o aparelho da bolsa e olho para a tela. Há uma mensagem de Seth:

Assim que você chegar, por favor, venha falar comigo.

Suspiro. Lá vou eu para a sala do meu chefe.

CAPÍTULO 11

Seth está tão abatido quanto eu.

Ele está com o cabelo desgrenhado e a camisa um pouco amarrotada, o que é incomum. Seth gosta de camisas brancas muito bem passadas. Nunca soube se ele as levava para lavar a seco ou se a esposa passava as camisas para ele. Considerando o sumiço da aliança, a segunda opção poderia explicar o porquê da camisa amarrotada.

— Oi, Nat. — Os olhos castanhos dão sinais de preocupação quando ele me vê. — Tudo bem?

— Tudo — digo, enquanto me ajeito na cadeira em frente à mesa dele.

— Meu Deus, que confusão. — Ele passa a mão pelo cabelo e o deixa ainda mais bagunçado. — Me desculpe por não ter levado você a sério ontem.

— Não tem problema. Você não tem culpa.

— Estou um pouco surpreso por você ter vindo trabalhar hoje. Se quiser um dia de folga...

Balancei a cabeça.

— Não, prefiro trabalhar.

— Certeza?

— Absoluta. Preciso ocupar a cabeça.

— Ã-hã, faz sentido. — Ele coça os olhos com a ponta dos dedos. — Espero que Dawn esteja bem.

Quero dizer algo como: *Tenho certeza de que ela está bem.* Mas não é isso que penso de verdade. Então fico em silêncio.

— Falei com um detetive por telefone hoje de manhã — comenta Seth. — Detetive... Santoro? Ele disse que vai passar aqui para interrogar todo mundo.

— Ah. — Eu me contorço na cadeira. A última coisa que quero é ser interrogada por aquele detetive uma segunda vez. Ele foi bastante simpático, mas a ideia de falar com ele de novo me faz começar a suar frio. — Quer saber? Acho que é melhor eu ir para casa. Estou sentindo... a cabeça girando. Quase não dormi na noite passada.

— Claro. — O olhar de Seth fica mais tranquilo. — Tira o dia de folga. Se quiser, pode encaminhar todas as suas ligações para a minha sala.

Meus ombros relaxam.

— Obrigada, Seth.

— Fique por aqui até o detetive chegar, depois você pode ir para casa.

Volto a suar frio.

— O quê?

Seth olha para o Rolex no pulso.

— Não é nada de mais. Ele deve estar aqui em trinta minutos. Talvez menos. Ele disse antes das dez.

— Eu sei, mas... — Pressiono a têmpora esquerda. — Estou com uma dor de cabeça terrível. E já falei com o detetive ontem. Então, tenho certeza de que ele não precisa falar comigo de novo.

— Na verdade, ele me perguntou especificamente se você estaria aqui e disse que precisava falar com você.

— Ah. — Que maravilha. — Acho que vou esperar, então.

Eu me remexo na cadeira, imaginando o que mais aquele detetive poderia me perguntar. Já contei tudo o que sei. Parece perda de tempo, mas, agora que Seth disse que tenho que ficar, não tenho escolha. Não posso ir embora e alegar que não sabia que ele vinha.

Seth brinca com uma caneta esferográfica. Mais uma vez, meus olhos são atraídos para a marca da aliança que desapareceu. Ele acompanha meu olhar até o dedo anelar. Tento disfarçar, mas é tarde demais.

— Melinda e eu nos separamos — diz ele.
— Sinto muito.

Ele arqueia a sobrancelha direita.

— Sente mesmo?

Sinto um nó na garganta. Não tenho certeza do que pensar de seu tom de voz. Ele não parece estar com raiva. Parece mais... curioso.

— Sinto.

Sua sobrancelha continua erguida.

— Você ainda está saindo com Caleb?
— Estou.

Ele anui com um aceno de cabeça.

— Ele parece ser um cara legal.
— Ele é.
— Que bom.

Ainda estou com aquele nó na garganta. Parece que vou me engasgar ou algo assim.

— É melhor eu voltar para a minha mesa.

Seth faz que sim e se vira para o monitor. Mas sinto seus olhos em mim quando saio da sala.

CAPÍTULO 12

SEIS MESES ANTES

De: Dawn Schiff
Para: Seth Hoffman
Assunto: Cronograma de limpeza da geladeira

Seth,

Criei um cronograma para a limpeza da geladeira na sala de descanso duas vezes por semana, com uma data de limpeza para cada funcionário. Com sua permissão, gostaria de fixar esse cronograma na geladeira. Além disso, anexei um folheto informativo sobre as bactérias mais comuns de se desenvolverem em temperaturas baixas.

Atenciosamente,
Dawn Schiff

De: Dawn Schiff
Para: Seth Hoffman
Assunto: Acompanhamento do cronograma de limpeza da geladeira

Seth,
Você recebeu meu e-mail sobre o cronograma de limpeza da geladeira? Por favor, me informe o mais rápido possível!

Atenciosamente,
Dawn Schiff

De: Dawn Schiff
Para: Mia Hodge
Assunto: RES: Novidades

Querida Mia,

Hoje meu dia foi ótimo. Tive uma ideia para fazer a empresa economizar muito dinheiro. Você vai ficar muito orgulhosa de mim.

Pensei em conversar com Seth sobre isso em particular, mas ele nunca parece disposto a falar comigo. As únicas vezes que consigo encontrá-lo é quando ele vai até o cubículo de Natalie para conversar com ela. Tentei falar com ele na semana passada, mas ele estava ao telefone. Esperei na porta até que desligasse, mas então ele afastou o telefone do ouvido e disse: "Meu Deus, Dawn, estou falando com a minha esposa. Você pode voltar outra hora?"

Portanto, a reunião parecia ser um momento tão bom quanto qualquer outro. A reunião era para falar sobre como as vendas estavam indo com um novo produto que tinha acabado de ser lançado pela Vixed. Ele se chama Collahealth. Pelo que sei, é um produto feito de colágeno que supostamente ajuda o cabelo, a pele, as unhas e as articulações. Pelo menos, é o que diz o folheto de vendas, embora, mais uma vez, não existam estudos para comprovar. Além disso, trata-se de uma fórmula avançada. Não sei o que é a fórmula não avançada, porque essa é a única fórmula que eles parecem ter.

Estava todo mundo na sala de reuniões: Seth, a secretária dele, nossa equipe de vendas, nossa equipe de marketing e eu. Ele se sentou em uma ponta da mesa e Natalie se sentou ao lado dele, como em toda reunião. Fazia sentido, porque ela sempre parece ser uma figura importante dessas reuniões.

Todos olhavam para Seth com expectativa enquanto comiam os croissants que ele sempre compra para essas ocasiões. Ou talvez seja a secretária que compra. Embora essas reuniões sejam em grande parte inúteis porque nunca decidimos nem resolvemos nada, ele sempre dá o seu melhor. As pessoas acham Seth simpático na maioria das vezes. Não há nada de desagradável nele, suponho, embora ele não seja tão charmoso agora que o conheço.

Já ouvi algumas vendedoras comentando que o consideram sexy. Mas não sei por que elas fazem esse tipo de comentário, uma vez que ele é casado.

Seth estava falando sobre como Natalie está "arrasando" nas vendas, o que é verdade. Ele gosta de Natalie, mas, objetivamente, os números dela são superiores aos de todos os outros na empresa. Ele brincou com ela, perguntando qual era seu segredo? Ela sorriu e disse que o produto é de ótima qualidade.

Gostaria de saber se Natalie usa suplementos de colágeno. O cabelo dela é muito saudável e brilhante, e sua pele sempre tem um brilho imaculado, como se ela fosse um anjo. E suas unhas estão sempre perfeitas. Hoje estavam pintadas de roxo, sem nenhum defeito. Eram as unhas mais perfeitas que eu já tinha visto.

Lembra-se daquela vez que minha mãe me arrastou até a manicure? Depois de cinco minutos, saí em pânico porque o cheiro era tão tóxico que tive medo de respirar. Ela ficou furiosa comigo, dizendo que eu tinha feito uma cena. Hoje em dia, mantenho as unhas extremamente curtas, assim como o cabelo.

Seth continuou: "Quanto aos demais, a maioria de vocês não está cumprindo as metas. Não vou apontar dedos, mas poderíamos fazer muito melhor. Muito melhor. A filial de Syracuse teve o dobro do lucro que nós tivemos nesse trimestre, e eles estão em Syracuse. Como vamos mudar essa situação?"

Eu não disse nada enquanto ouvia as pessoas ao redor da mesa dando ideias. Minha ideia era muito simples. Mas eu queria esperar um pouco, porque na primeira reunião, Seth me disse que eu falava com muita frequência. Ele disse: "Meu Deus, Dawn. Se controla."

As ideias eram bem previsíveis. Todas elas envolviam enormes gastos. Minha ideia era justamente o oposto disso.

Quando me dei conta de que ninguém tinha nada brilhante a dizer, levantei a mão e esperei que Seth me chamasse. (É claro que ele ficou irritado por eu levantar a mão. Ele fez um comentário sobre como "a gente não está na escola", o que fez todo mundo rir.)

Foi quando soltei a bomba.

Eu estava analisando detalhadamente os números nas últimas duas semanas. E nossas vendas estão boas. Tomei a liberdade de obter o relatório de despesas de Syracuse, que é uma filial muito mais lucrativa, e é aí que as coisas mudam de figura. Nossas despesas são muito maiores, como expliquei para todo mundo na reunião.

Natalie disse: "Dorchester não é Syracuse. É claro que nossas despesas são maiores."

Então mostrei a pasta com todos os meus números. A maior despesa diz respeito aos benefícios que oferecemos aos clientes. Alimentação é uma das maiores. Gastamos metade do nosso orçamento apenas em almoços. Encontrei um recibo de almoço que custou o equivalente a mais de 25 frascos de Collahealth! Vinte e cinco. Não é um absurdo?

Natalie estava nervosa, o que pude perceber pela forma como seus longos cílios tremulavam. Os cílios dela têm quase o dobro do comprimento dos meus e são muito mais escuros. Além disso, ela não os esconde atrás de óculos como eu. Ela começou a tagarelar sobre como seria fácil recuperar o dinheiro, que os almoços eram um investimento.

Mas isso não é verdade, e eu disse isso. Coletei dados cuidadosamente. Adoro números porque eles não mentem. E os números mostram que a maioria desses almoços não resulta em 25 frascos vendidos ou mais. As lojas em geral concordam em estocar uma pequena quantidade do produto para ver se ele vende. Em média, elas compram uma caixa, o que equivale a 16 frascos. Portanto, os almoços dão prejuízo para nós.

Quando terminei de falar, Seth estava coçando o queixo. Ele sempre está com a barba bem-feita pela manhã, mas alguns pelos começam a despontar no fim da tarde. Enquanto coçava o queixo, ele dizia: "Interessante, interessante."

Mas Natalie não estava convencida. Ela começou a falar sobre como, no curto prazo, as vendas podem não justificar a despesa, mas, no longo prazo, sim. Só que não é bem assim. E eu disse isso para ela.

E ela disse: "Bom, no dia que você fizer uma venda, talvez esteja numa posição melhor para opinar."

Eu não entendi o que ela quis dizer com isso. Eu tinha uma boa ideia para economizar o dinheiro da empresa. Percebi que Seth também pensava assim. E, de qualquer forma, como eu poderia fazer uma venda? A minha área é contabilidade.

Então suponho que não tenha sido um sucesso total. Natalie não parecia concordar comigo, mas porque ela não tinha analisado os números. Tentei mostrar para ela mais tarde, mas ela me deu um fora. No entanto, Seth me disse que ia pensar no assunto. Eu lembrei a ele que poderia economizar dezenas de milhares de dólares para a empresa.

É claro que você é a primeira pessoa a quem quero contar sobre o ótimo trabalho que fiz! Você é a única pessoa que entende isso. Nem mesmo meus pais se importavam com minhas conquistas. Quando saí da casa deles, às vezes eu ligava para contar como estavam as coisas, mas deixei de fazer isso. Depois que meu pai morreu do coração, minha mãe passou a criticar ainda mais tudo que eu faço. Você acha que ela era ruim antes? Pois ela está muito pior agora.

Por exemplo, se eu contasse para ela da reunião, ela provavelmente concordaria com Natalie. Ela diria que Natalie sabe das coisas melhor que eu. Portanto, eu deveria ficar quieta porque ninguém quer me ouvir.

Você é a única pessoa que não me critica. Quando estávamos no ensino médio, todos os dias minha mãe implicava comigo. Por que eu usava roupas que pareciam ser de uma senhora idosa? Por que eu sempre cortava o cabelo tão curto? Por que eu nunca sorria? Mas, quando eu ia para a escola e via você, você sempre tinha algo bom para me dizer. Você nunca me perguntou por que eu nunca sorria, porque, quando estávamos juntos, eu sentia vontade de sorrir de verdade.

Gostaria que você viesse me visitar em breve. Sinto sua falta.

Normalmente, adoro ficar em casa à noite. Moro sozinha, mas você me conhece: gosto de silêncio. Não há nada pior do que muito barulho. Moro em uma casinha de dois quartos e um banheiro, em um bairro tranquilo de Quincy. Você se lembra do quanto minha mãe odiava meu quarto quando éramos crianças? Mais uma coisa que ela adorava criticar. Ela achava que eu tinha que decorar as paredes com cartazes de boy bands "que nem uma criança normal". Mas na minha casa posso fazer o que quiser. Quando você vier aqui, vou te mostrar a casa toda.

Meus móveis são quase todos simples: um sofá comprado em uma loja de móveis com desconto, uma mesa de centro, uma televisão. Tenho duas estantes, uma delas cheia de livros e a outra cheia de tartarugas. A peça central é uma tartaruga grande de cerâmica que comprei há alguns anos aproximadamente do tamanho de uma bola de basquete. Não precisa se preocupar com a possibilidade de eu ser assaltada porque, se alguém entrar na minha casa, posso acertá-lo na cabeça com essa tartaruga e causar ferimentos graves.

Além disso, não vivo *completamente* sozinha. Tenho a Júnior. Bem, o nome completo dela é Mia Júnior. Sim, eu a batizei em sua homenagem! Ela é uma tartaruga-corcunda do Mississippi. Tartarugas dão ótimos animais de estimação e você sabe que eu sempre quis ter uma.

Toda noite dou um pouco de ração de tartaruga para Mia Júnior. É basicamente o que ela come, mas eu também compro alguns grilos secos para variar de vez em quando. Três ou quatro vezes por semana acrescento algumas folhas verdes. Mia Júnior não come muito, mas quero que ela tenha uma dieta bem balanceada. Mal posso esperar para que você a conheça. Acho que vocês duas vão se dar muito bem.

Atenciosamente,
Dawn Schiff

De: Mia Hodge
Para: Dawn Schiff
Assunto: RES: Novidades

Estou muito orgulhosa de você por ter mandado bem na reunião. George também está empolgado por você! Não se deixe intimidar. Você é muito melhor do que isso!

E não se preocupe. Logo, logo vou visitar você. Preciso conferir minha agenda e depois entro em contato para falarmos sobre possíveis datas.

Beijos,
Mia

CAPÍTULO 13

DIAS ATUAIS

NATALIE

Quando volto para o meu cubículo, meu telefone está tocando. Não estou com vontade de falar com ninguém, mas tenho um trabalho a fazer e talvez isso me ajude a deixar de lado tudo o que está acontecendo. E, quando reconheço o número de Carmen Salinas, sei que não será uma conversa desagradável. Fazer uma venda hoje me daria ânimo.

— Natalie! — dispara Carmen ao ouvir minha voz. — Fiquei sabendo o que aconteceu na sua empresa! Aquela mulher que desapareceu. Você está bem?

— Estou, sim. — Sinto um nó na garganta. — Mas foi um dia difícil.

— Imagino! Eles têm alguma ideia do que aconteceu com ela?

Apesar de tudo, quase dei risada. Só Carmen para me ligar atrás de fofoca. Mas ela não vai ouvir nenhuma fofoca de mim.

— Acho que não.

— Ai, meu Deus... — Carmen solta um longo suspiro e quase consigo imaginá-la brincando com os muitos colares e miçangas que sempre usa no pescoço. Nunca vi essa mulher usando menos de cinco colares ao mesmo tempo. — Eu nem trabalho com vocês, mas tudo isso está me deixando estressada. Não consigo nem imaginar como você deve estar se sentindo!

— Você deveria tomar algumas cápsulas de LoStress — digo a ela. — Esse produto faz milagres contra ansiedade. Não recebemos nada além de ótimos comentários.

— Sabe de uma coisa, querida? Acho que estamos quase sem. Você conseguiria trazer uma caixa para mim ainda hoje?

Sei exatamente o que Carmen está pensando. Ela quer arrancar mais informações sobre o desaparecimento de Dawn, mas acho que não vou ter nenhuma novidade hoje. Infelizmente, temos um estoque baixo de LoStress no momento, ele é sempre um sucesso de vendas. Sozinha, já vendi mais caixas desse produto do que qualquer um na empresa. Eu me sinto bem por estar ajudando as pessoas a reduzir o estresse. Quantas pessoas podem dizer que realmente ajudam os outros em seus empregos?

— Vou ter que encomendar — digo a Carmen num tom de lamento.

Ela fica desapontada e fico preocupada que mude de ideia, mas então ela me surpreende pedindo duas caixas. Depois que desligamos, insiro as informações no computador, mas, quando estou prestes a enviar o pedido, minha atenção é atraída por uma movimentação na entrada do escritório. Eu me levanto e, por cima dos cubículos, vejo o detetive Santoro conversando com Seth. Eles estão trocando um aperto de mãos. Não consigo ouvir nada do que estão dizendo, o que me deixa apreensiva. Especialmente quando Seth aponta para o meu cubículo.

O detetive acena para mim. Aceno também.

Ele está vindo na minha direção. Aliso o cabelo e coloco uma mecha solta atrás da orelha. Não há motivo para ficar nervosa. Não fiz nada errado. Tenho certeza de que o detetive vai fazer exatamente as mesmas perguntas de ontem e depois passará para outra pessoa.

Alguns segundos depois, o detetive Santoro chega ao meu cubículo. Ele sorri para mim e preciso admitir que seu sorriso me desarma. Ele não parece chateado ou desconfiado de mim, e isso também faz com que apareçam covinhas em suas bochechas. O detetive sabe ser sexy.

— Srta. Farrell, certo?

Faço que sim com a cabeça.

— Isso. Detetive Santoro?

Ele sorri para mim.

— A senhorita tem uma boa memória.

— Quem trabalha com vendas precisa ter boa memória.

— É verdade. Os clientes adoram quando você se lembra de todos os detalhes que eles lhe contaram sobre sua vida e seus negócios. É por isso que faço anotações. — Descobriu alguma coisa sobre Dawn?

O sorriso desaparece instantaneamente do rosto dele.

— Infelizmente, não. Estamos fazendo o melhor possível para encontrar sua amiga. Garanto.

— Obrigada por isso. Você falou com a mãe dela?

Ele acena positivamente com a cabeça de um jeito sombrio, mas não entra em detalhes.

— Srta. Farrell, gostaria de fazer mais algumas perguntas. Estou tentando reunir o maior número possível de informações para encontrá-la.

— Claro. Tudo o que eu puder fazer para ajudar.

— Ótimo. — Ele inclina a cabeça para a esquerda. — Seu chefe disse que poderíamos usar a sala de reuniões. A senhorita se importa?

Não é como se eu tivesse escolha. Então sigo o detetive até a sala de reuniões, enquanto luto contra a sensação de mal-estar no estômago.

CAPÍTULO 14

— Srta. Farrell, quão próxima a senhorita era de Dawn Schiff?

Os olhos do detetive Santoro estão grudados em mim enquanto ele me faz a pergunta. Os olhos dele são bem escuros. Tão escuros que não dá para distinguir a íris da pupila. De alguma forma, isso me dá a ilusão de que ele consegue ver minha alma. E ele saberia se eu estivesse mentindo.

— Não muito — admito.

— Não?

Dou de ombros.

— Ela trabalha no cubículo ao lado do meu. A gente conversa às vezes e tem uma relação amigável, mas eu não diria que somos grandes amigas.

— Certo. — O detetive faz que sim com a cabeça como se tivesse entendido. — Não dá para ser amiga de todo mundo, não é?

— Isso, exatamente.

— Mas a senhorita sabe onde ela mora.

Eu me ajeito na cadeira.

— Levei Dawn para casa uma vez e me lembro do endereço. Como eu disse, tenho boa memória.

— E por que foi até a casa dela?

Um músculo da minha mandíbula se contrai.

— Já te contei. Ela não apareceu para trabalhar ontem de manhã e eu recebi aquela ligação...

— Certo. A senhorita disse que houve uma ligação para a linha de Dawn no escritório e ouviu a voz dela.
— Isso. Você rastreou as ligações que chegaram no número dela ontem de manhã?
— Ã-hã — confirma ele. — E todas eram ligações internas.
— Internas?
— Todas vieram de dentro do prédio.

Santoro não parece impressionado com essa revelação, mas é o suficiente para me deixar com uma sensação de mal-estar no fundo do estômago. Dawn ligou para cá ontem, implorando por ajuda. E a ligação veio de *dentro do escritório*.

Ai, meu Deus.

Por um instante, estou apavorada demais para falar qualquer coisa. Mas Santoro não parece nem um pouco preocupado. Isso porque ele não ouviu a voz de Dawn.

— Então a senhorita já esteve na casa de Dawn Schiff antes? — pergunta ele.
— Não. Só dei uma carona para ela uma vez. Nunca entrei na casa. — Enxugo as mãos suadas na saia. — Por que você está me perguntando tudo isso? Por que isso é importante?
— Só estou tentando entender algumas coisas que encontramos na casa de Dawn Schiff.
— Eu... O que você quer dizer com isso?

O detetive Santoro se inclina para a frente como se estivesse prestes a me contar um segredo.

— A questão é que encontramos suas impressões digitais em uma faca na casa de Dawn Schiff.

Fico paralisada. Minhas impressões digitais?
— Como vocês têm minhas impressões digitais?
— Elas estavam no cartão de visita que a senhorita me deu.

Eu me sinto violada. Ofereci o cartão de visita por livre e espontânea vontade, e ele o usou para obter minhas impressões digitais.

Mas, de qualquer forma, isso não faz diferença. As impressões digitais são muito fáceis de explicar.

— Peguei uma faca na cozinha porque estava com medo de que tivesse um intruso na casa. Depois, quando vi o sangue, deixei a faca cair no chão. Contei isso para um dos policiais.

— Certo. — Ele concorda dando um aceno de cabeça. — Nós já sabíamos disso. Mas encontramos suas impressões digitais em outra faca. Uma que ainda estava no suporte de facas.

Por um instante, fico sem palavras. Minhas impressões digitais estavam em *duas* facas? Mas faz sentido.

— Eu não peguei a primeira faca do bloco. Acho que mexi nelas até encontrar uma do tamanho certo.

Eu fiz isso, não fiz? Deve ter sido isso. Porque de que outra forma minhas impressões digitais poderiam estar em uma segunda faca?

— Tá bom, isso explica a faca. — Um canto de seus lábios se curva em um sorriso de lado. — Mas como as suas digitais foram parar na taça de vinho que estava no balcão da cozinha?

A pergunta me deixa sem fôlego. Minhas impressões digitais estavam na taça de vinho? Como assim?

Eu me lembro de ver a taça de vinho no balcão. E a outra taça quebrada no chão. Mas não me lembro de ter encostado em nenhuma delas. Peguei a faca, talvez até tenha mexido no cabo de outras facas, mas nunca encostei nas taças de vinho.

Encostei?

Não me lembro de ter feito isso, mas, se encontraram minhas digitais na taça, devo ter encostado nela. É a única explicação. E agora que estou pensando nisso...

É, com certeza, devo ter encostado na taça.

— Encostei na taça quando estava na cozinha — disse. — Movi a taça para o lado. Parecia... que ela ia cair no chão como a outra tinha caído. Sinto muito. Não percebi na hora que se tratava de uma cena de crime.

O detetive Santoro se recosta na cadeira, considerando minha explicação.

— Então a senhorita nunca dividiu uma taça de vinho com Dawn Schiff?

— Não. — Umedeço os lábios. — Olha, Dawn era uma boa pessoa, mas não éramos boas amigas.

— Por que não?

— Ela era... estranha. É difícil explicar exatamente, mas ela era uma pessoa muito estranha. Se você a conhecesse, saberia o que quero dizer.

— Entendo. — Ele parece estar considerando a afirmação. — Sabe, é interessante...

— O quê?

— A maneira como a senhorita continua se referindo a Dawn Schiff no passado.

Fico boquiaberta. Ele está me olhando com atenção, obviamente tentando obter uma reação de mim.

— Eu tenho um álibi — aviso.

— Um álibi — repete ele.

Eu nunca deveria ter usado essa palavra. Ela me faz parecer culpada. Pessoas inocentes não precisam de álibis.

— Quero dizer, eu estava com alguém.

— Certo. A senhorita estava com o seu namorado. Eu me lembro.

Só que eu não estava de fato com Caleb. Estou contando com ele para me ajudar — acho que ele vai me ajudar. Na hora, pareceu ridículo inventar um álibi. Mas agora estou feliz por ter feito isso.

— Tenho mais uma pergunta, Srta. Farrell. — Santoro enfia a mão no bolso do paletó e eu recuo, esperando que ele pegue um par de algemas. É claro que essa é uma ideia ridícula. Por que ele me prenderia? Dito e feito, ele tira do bolso uma foto.

— Poderia dar uma olhada nessa foto?

Ele desliza a foto sobre a mesa. Pego-a e fico olhando para a imagem que é familiar. É a estante da casa de Dawn, aquela que estava cheia de estátuas de tartarugas. Só de ver a foto sinto um arrepio na espinha.

— A senhorita reconhece?

Eu me encolho.

— Sim. Estava na sala de estar de Dawn.

— Notou algo estranho nela?

Ele só pode estar de brincadeira comigo. Será que eu noto algo estranho em uma estante cheia de *estátuas de tartarugas*? Há algo nela que *não* seja estranho?

— Humm...

O detetive indica o centro da foto.

— Bem aqui. Está faltando alguma coisa.

Ele aponta para o espaço que me lembro de ter visto na estante quando estava na casa de Dawn. A estante estava muito cheia, mas havia um espaço vazio bem no meio. Achei que fosse uma escolha deliberada.

— Já estava assim quando cheguei — falei. — Você acha que tinha alguma coisa nesse espaço?

— Pela poeira da estante, dá para ver que algo foi removido.

Balancei a cabeça.

— Me desculpe, não faço ideia do que seja.

— Tem certeza?

Ele me olha com os olhos escuros e sombrios. Minhas mãos estão suadas de novo, embora eu as tenha enxugado na saia duas vezes desde que entrei aqui.

— Tenho.

Ele não baixa os olhos. Fica me encarando como se esperasse que eu parasse de resistir e contasse tudo o que sei. Mas eu *já contei* tudo o que sei.

— Mais uma coisa — diz ele em voz baixa, quase conspiratória. — Encontramos um e-mail que Dawn enviou para a senhorita há dois dias, pedindo para falar sobre algo importante. — Ele faz uma pausa dramática. — Sobre o que ela queria falar?

— Não sei. Nunca tivemos a chance de conversar.

— Não? Tem certeza disso?

Não acreditava que Santoro pudesse me considerar suspeita até esse momento. Mas, quando meu olhar finalmente encontra o dele, percebo que ele sabe de alguma coisa. Alguma coisa ruim.

— Queria que a gente *tivesse* conversado. — Luto para manter a voz firme. — Talvez isso a tivesse mantido viva.

Ele não tem uma resposta para isso. Mantenho as mãos sob a mesa porque não quero que ele veja quanto estão tremendo.

Olho de relance para a porta da sala de reuniões.

— Precisa de mais alguma coisa?

— Não. — O detetive não tira os olhos de mim. — Não preciso. Não por enquanto.

CAPÍTULO 15

SEIS MESES ANTES

De: Dawn Schiff
Para: Seth Hoffman
Assunto: Minha sugestão

Seth,

Gostaria de saber se você considerou a implementação da minha sugestão de eliminar os almoços de negócios.

Atenciosamente,
Dawn Schiff

De: Dawn Schiff
Para: Seth Hoffman
Assunto: Acompanhamento de minha sugestão

Seth,

Anteriormente, perguntei sobre as despesas comerciais. Envio anexada uma proposta que mostra como a limitação das despesas economizaria muito dinheiro para nossa empresa. Natalie sozinha é responsável por pelo menos metade dos gastos.

Atenciosamente,
Dawn Schiff

De: Dawn Schiff
Para: Seth Hoffman
Assunto: Acompanhamento de minha sugestão 2

Seth,

Você recebeu a proposta que enviei por e-mail?

Atenciosamente,
Dawn Schiff

De: Dawn Schiff
Para: Seth Hoffman
Assunto: Acompanhamento de minha sugestão 3

Seth,

Você recebeu o e-mail que mandei perguntando se você tinha recebido minha sugestão enviada anteriormente por e-mail?

Atenciosamente,
Dawn Schiff

De: Seth Hoffman
Para: Dawn Schiff
Assunto: RES: Acompanhamento de minha sugestão 3

Sim, recebi. Decidi direcionar nossos esforços em outro sentido.

De: Dawn Schiff
Para: Mia Hodge
Assunto: RES: Novidades

Querida Mia,

Fiz uma coisa que provavelmente não deveria ter feito.

Hoje de manhã, bati à porta da sala de Seth. Ele estava fazendo alguma coisa no computador e, quando apareci na porta, ele não sorriu.

Não sabia bem como reagir a isso. Na maioria das vezes, tenho dificuldade em ler expressões faciais. Outras pessoas parecem saber quando alguém está com raiva, triste ou feliz apenas pelo rosto. Não faço ideia de como elas fazem isso. Se alguém está sorrindo, presumo que esteja feliz, mas, além disso, não sei o que fazer. Você é a única pessoa cuja expressão eu consigo ler. Fora a da minha mãe, mas essa é fácil porque ela está sempre irritada comigo.

Então achei que havia uma chance de Seth não estar feliz comigo. Recentemente, enviei alguns e-mails a ele sobre minhas ideias de como economizar o dinheiro da empresa, e, quando ele respondeu, foi com uma frase só. Por isso, achei que seria melhor falar com ele pessoalmente. Só que, quando entrei na sala, ele disse: "O que foi agora?"

Não sei por que ele disse isso. Não é como se eu o perturbasse muito.

Eu me sentei em uma das cadeiras de madeira em frente a sua mesa. Ele estava olhando para mim agora, então fui em frente e expliquei mais uma vez por que seria sensato implementar meu plano. Enquanto eu falava, ele passava a mão no cabelo, que é um pouco mais ralo na parte de cima. Mas não é tão ruim para um homem da idade dele. Ele tem uma foto em cima da mesa e, sempre que estou em sua sala, olho para ela. É de Seth e uma mulher — a esposa dele, presumo. A esposa tem mais ou menos a idade dele e uma aparência simples, com cabelos castanhos e rosto redondo, mas parece ser uma boa pessoa. Ela parece ser o tipo de pessoa de quem poderíamos ser amigas.

Quando finalmente terminei de falar, ele deu de ombros. O mesmo aconteceu com suas respostas por e-mail. Ele nem sequer me deu uma explicação. Então perguntei. Por quê? Por que não podemos limitar os gastos?

De novo, ele não tinha uma boa resposta. "Deixa que eu resolvo isso." Foi isso que ele me disse.

Então respondi: "Essa é uma atitude muito ruim para um gerente."

Talvez eu não devesse ter falado isso. Mas você sempre diz que tenho que bater o pé. Pela primeira vez, decidi bater o pé.

Seth não gostou do que eu disse. Ele não estava sorrindo. Na verdade, estava franzindo a testa quando disse: "Ainda bem que você não é o gerente."

Foi a coisa errada a dizer. Eu não deveria ter dito que ele tinha uma atitude ruim como gerente. A atitude dele era de fato ruim, mas ele não queria saber disso. Algumas pessoas só querem que você concorde com elas.

Minhas pernas estavam um pouco bambas quando saí da sala de Seth. Não precisei conferir a expressão dele para saber que estava com raiva de mim. E pior, ele não ia aceitar minha sugestão. Eu lhe dei um conselho que poderia salvar a empresa e ele simplesmente o ignorou. Sem motivo algum.

De qualquer forma, foi aí que meu dia foi de mal a pior.

Decidi tomar uma xícara de café antes de voltar ao trabalho. Não gosto de perder muito tempo pela manhã, mas todo mundo faz isso, então por que não? Tem uma máquina de café na sala de descanso e um pote cheio daquelas cápsulas de café. Seth provavelmente desperdiça uma fortuna com elas, mas tenho certeza de que ele não quer ouvir meus conselhos a respeito disso.

Escolhi uma torra francesa e coloquei na máquina de café. Fui até o armário para pegar minha caneca de tartaruga, mas tive uma grande surpresa.

Minha caneca estava na prateleira acima da pia em pedaços.

Quase chorei quando vi a caneca quebrada. Não consegui me conter. Você que comprou essa caneca para mim! É um dos meus bens mais preciosos. Eu a levei comigo para todo emprego que tive!

Peguei os cacos na prateleira. A princípio, achei que poderia montar a caneca de novo, mas os pedaços eram muito pequenos. Além do mais, estavam faltando alguns pedaços. A caneca estava perdida.

Foi quando percebi que Natalie estava parada na entrada da sala de descanso. Ela estava me observando. Tentei juntar os pedaços da caneca, mas não tinha como. Para piorar, um dos pedaços caiu no chão e se espatifou.

— Ai, não! — gritou Natalie. — Sua caneca! Que pena.

Fiquei com um nó na garganta, mas não chorei. Não queria que Natalie me visse chorando por causa de uma caneca quebrada. Não queria que ela pensasse que eu era uma idiota que chorava por qualquer coisa.

Ela suspirou e disse: "Que chato. Sabe o que eu acho que aconteceu? Acho que você deixou a caneca na beira da prateleira e, quando alguém foi pegar alguma coisa, ela caiu."

Não me pareceu que foi isso. Tenho o cuidado de nunca deixar a caneca perto da beira da prateleira exatamente por esse motivo. Na verdade, me lembro de ter dito isso a Natalie quando ela estava colocando a caneca de volta muito perto da beira. Eu disse para ela que esse tipo de coisa poderia acontecer. Eu disse que ela deveria ter mais cuidado.

Mas acho que ela estava certa. Obviamente, minha caneca caiu e quebrou, então alguém deve tê-la derrubado.

E ela disse: "Da próxima vez, você deveria ter mais cuidado."

Com essas palavras, ela deu meia-volta em seus saltos vermelhos e saiu da sala de descanso. Peguei os pedaços da minha caneca e os guardei na bolsa para levar para casa. Hoje à noite, de novo, tentei juntar os pedaços, mas não era a mesma coisa. Acabei tendo que jogar a caneca fora.

Você poderia me dizer onde comprou a caneca? Sei que foi há muitos anos e que vai ser impossível encontrar outra igual, mas me sinto perdida sem ela. Estou contando com você.

Atenciosamente,
Dawn Schiff

De: Mia Hodge
Para: Dawn Schiff
Assunto: RES: Novidades

Ai, não! Que pena! Vou procurar outra caneca para você o mais rápido possível. Só que agora meu irmão veio me visitar e está me arrastando para tudo que é atração turística. Talvez ele possa me ajudar a procurar outra caneca. A propósito, ele mandou um abraço. Sei que você sempre teve uma quedinha por ele.

Beijos,
Mia

De: Dawn Schiff
Para: Mia Hodge
Assunto: RES: Novidades

Querida Mia,

Eu mal me lembro do seu irmão e garanto que não tive nenhum tipo de atração física por ele. Mas, se você acha que ele seria útil para encontrar outra caneca de tartaruga, fique à vontade para levá-lo com você.

Atenciosamente,
Dawn Schiff

CAPÍTULO 16

DIAS ATUAIS

NATALIE

No fim das contas, acabo não indo embora do trabalho. Não *consigo*. Seria pior ficar em casa, me perguntando o que se passa aqui. Imaginando o que todos estão dizendo para aquele detetive.

Consigo ver a sala de reuniões se ficar de pé no meu cubículo. Parece que Santoro está interrogando todo mundo que trabalha na empresa. Tive a honra de ser a primeira. E a única cujas impressões digitais foram encontradas na casa de Dawn.

Seth foi o segundo. Como eu, ele não parecia empolgado com a ideia de ser interrogado pela polícia. A conversa com o detetive demorou um tempo. Definitivamente, mais de meia hora. Fico imaginando se Santoro perguntou de mim para Seth.

Não sei por que Santoro está tão desconfiado de mim. Eu estava apenas sendo uma boa colega, indo atrás de Dawn porque estava preocupada. Se eu tivesse feito alguma coisa com ela, teria ficado bem longe de sua casa. Como ele poderia suspeitar de mim? E ele acha que ela queria falar o que comigo?

Não é possível que ele saiba do...

Não, estou sendo paranoica.

Costumo almoçar com Kim, mas hoje estou muito ansiosa. Compro um saco de batata frita na máquina de venda automática que fica no andar de baixo e volto para comer no meu cubículo. Ligo para alguns clientes para me distrair, mas a cada vinte minutos, mais ou menos, fico de pé para ver o que está acontecendo na sala de reuniões.

Logo após o almoço, Caleb vai falar com o detetive.

Eu nem sabia que Caleb estaria no escritório hoje. Ele normalmente não vem nas quartas. Mas lá está ele, sentado em frente ao detetive Santoro. Parece nervoso, tremendo a perna esquerda. Duas vezes ele coça a cabeça até bagunçar o cabelo.

Caleb mal conhecia Dawn. É improvável que o detetive esteja perguntando muita coisa sobre ela. Presumo que esteja fazendo perguntas sobre mim.

Ontem, ele concordou em contar ao detetive que passamos a noite toda juntos. Mas ele ficou incomodado com isso. Se eu soubesse que Caleb seria interrogado hoje, teria falado com ele de novo para confirmar se estava de acordo com a minha versão. Caleb é muito honesto. Consigo imaginá-lo se arrependendo e dizendo a verdade para o detetive — que estivemos juntos naquela noite, mas não a noite *toda*.

Confiro o relógio. Há quanto tempo ele está lá dentro? Pelo amor de Deus, sobre o que eles poderiam estar conversando por tanto tempo?

Finalmente (finalmente!) Caleb sai da sala de reuniões. Assim que sai, ele olha para mim do outro lado da sala. Ele não desvia o olhar, o que considero um bom sinal. Levanto as sobrancelhas para ele e ele vem até mim. Quase o arrastei para dentro do cubículo.

— Sobre o que vocês estavam falando esse tempo todo? — Estou tentando parecer casual, mas minha voz sai estridente.

— Na verdade — diz Caleb —, ele me perguntou muito sobre você.

Minhas pernas ficam bambas. Eu estava preocupada com isso, mas tentei me convencer de que era só paranoia minha. Aparentemente, não era.

— Ele perguntou o quê?

— Sei lá. Um monte de coisa.

Isso é *tão* homem da parte de Caleb. Ele não fala nada. É tão irritante.

— Me dá *um* exemplo.

Ele dá de ombros.

— Perguntou se você e Dawn eram amigas, e se Dawn alguma vez falou comigo sobre você. Foi estranho.

— Ele perguntou sobre a noite de segunda?

— Perguntou...

Sinto um aperto no peito.

— E o que você disse para ele?

— Eu... disse que passamos a noite toda juntos.

Não consigo me conter e abraço Caleb.

— Obrigada.

— É, mas... — Ele se afasta, as bochechas rosadas. — Não estou me sentindo bem com isso, Nat.

— É só uma mentirinha de nada.

Ele abaixa o tom de voz.

— Como é que mentir para a polícia sobre onde estávamos é "só uma mentirinha de nada"?

Cerro os dentes.

— Então... O quê? Você acha que eu matei Dawn ou coisa assim?

— Claro que não! — Ele hesita. — Mas... quando a gente disse que ia se encontrar, você falou que tinha outro compromisso naquela noite. Lembra?

Fico olhando para ele sem entender nada.

— Quê?

— Lembro que você disse isso. Quando eu falei para você ir lá para casa, você respondeu dizendo que tinha outro compromisso naquela mesma noite. O que era?

Minhas bochechas ficam tão quentes que tenho certeza de que meu rosto está vermelho.

— Eu só tinha que entregar algumas caixas de Collahealth para um cliente. Está falando sério? Você acha mesmo que eu tive algo a ver com o que aconteceu com Dawn?

— Não. Foi mal, eu só...

— Olha, você só está poupando a gente de ter dor de cabeça. Quero dizer, de nós dois, você tem muito mais força física para machucar Dawn e também precisa de um álibi. Então *de nada*.

Caleb dá um passo para trás, o rosto sério.

— Mas eu não tenho motivo nenhum para fazer isso.

— E eu tenho?

Ele desvia o olhar.

— Tudo bem. Não faz diferença. De qualquer forma, está feito.

Estou lidando com isso da forma errada. Estou começando a antagonizar meu namorado, que já está se sentindo ambivalente em relação a tudo isso. Preciso ser mais branda. E fazer com que ele se lembre dos bons momentos que passamos juntos.

— Olha só... — Passei um dedo pelo tecido fino de sua camisa social. — Por que você não aparece na minha casa hoje à noite? Preparo um jantar para você.

Ele olha para o relógio.

— Não posso. Vim aqui porque Seth disse que eu precisava conversar com o detetive, mas tenho que ir para Newton agora e vou ficar preso lá até tarde. Isso demorou muito mais do que eu imaginava.

— Ah. Amanhã, talvez?

— Ã-hã, talvez. — Ele parece distraído. — Te mando uma mensagem, tá bom?

É difícil esconder minha decepção. É difícil não notar que Caleb não está mais olhando para mim como se tivesse sorte de estar comigo. Parece que ele quer ir embora. Eu realmente achava que Caleb poderia ser o homem da minha vida, alguém com quem eu poderia passar muito tempo. Achei que tinha encontrado um cara legal. E agora esse cara legal está escapando por entre meus dedos.

Mas, antes que eu possa me preocupar demais com isso, ele segura meus ombros e me dá um beijo na boca.

— Tenho que ir — diz ele. — Até mais, Nat.

Fico observando Caleb enquanto ele vai embora, os ombros caídos. Ainda não sei dizer se estraguei tudo ou não.

CAPÍTULO 17

Quando saí de casa hoje de manhã, conferi três vezes para ter certeza de que havia trancado a porta. E, dito e feito, ela ainda estava trancada quando voltei.

A primeira coisa que faço quando entro é acender todas as luzes. Está muito escuro lá fora. Parece que estamos no meio da noite, quando, na verdade, são só cinco e meia da tarde.

Detesto dividir a casa, mas essa semana tem feito com que eu me sinta cada vez mais desconfortável por morar sozinha. Afinal de contas, Dawn morava sozinha e olha o que aconteceu com ela. Na verdade, não sabemos o que aconteceu com ela. Mas não foi nada bom. Encontrei um monte de sangue no chão e ninguém consegue encontrá-la em lugar nenhum. Seja qual for o resultado, não parece bom para Dawn. Ainda não consigo parar de pensar na maneira como ela falou comigo naquela ligação.

Me ajuda.

Meu celular toca dentro da bolsa. Saco o aparelho, cruzando os dedos para que seja Caleb, dizendo que mudou de ideia sobre o jantar. Ou talvez seja Kim. Mas, em vez disso, é um número privado.

Exatamente como aconteceu ontem, quando entrei em casa.

Meses atrás, eu estava recebendo muitas ligações como essa. Números privados de alguém desligando na minha cara ou sussurrando ameaças no meu ouvido. Só que a diferença é que, naquela época, eu sabia quem era o responsável pelas ligações, e essa pessoa não tem mais motivos para me incomodar. Parece ainda menos provável que isso esteja relacionado ao desaparecimento de Dawn — talvez seja apenas mais uma daquelas ligações estúpidas de telemarketing. Eu nem deveria atender, mas, antes que me dê conta, deslizo o dedo na tela.

— Alô?

Igual ao que aconteceu ontem. Não se trata de uma mensagem gravada tentando me vender qualquer coisa. Ninguém diz nada. Silêncio.

Seguro firme o telefone.

— Quem está falando?

Sem resposta.

Depois de esperar mais um pouco, pressiono o botão vermelho para encerrar a chamada. Olho para a minha casa vazia, tão silenciosa que consigo me ouvir respirando. Tiro os sapatos de salto alto e vou até a mesa de centro. Pego o controle remoto e ligo a televisão.

Pronto. Agora não está mais tão silencioso.

Só que, sem querer, liguei no jornal da noite. A principal notícia é o desaparecimento de Dawn Schiff. A imagem mostra a casinha amarela dela e, em seguida, uma imagem do prédio de quatro andares onde trabalhamos. Outra transição, agora para uma imagem do detetive Santoro.

— Ainda não localizamos Dawn Schiff. — Os olhos escuros piscam sob a luz da câmera. — Mas identificamos uma pessoa possivelmente envolvida no desaparecimento.

Pessoa possivelmente envolvida? O que *isso* quer dizer? Mas ele não entra em detalhes.

— Estamos confiantes de que seremos capazes de descobrir o que aconteceu com Dawn Schiff — continua Santoro.

Será que eu sou a pessoa possivelmente envolvida? Daria para saber se eu fosse? A polícia diz esse tipo de coisa para você?

Pego o controle remoto e mudo de canal. Está passando *Wheel of Fortune*. Alguém está escolhendo uma vogal.

Pego o celular, que eu havia largado em cima do sofá. Olho fixamente para a tela, que está preta. A verdade é que só há uma pessoa com quem quero falar agora.

Mas eu não deveria. Eu realmente, realmente não deveria.

Por outro lado, tomar decisões idiotas é minha especialidade.

Oi, quer vir aqui em casa?

Envio a mensagem antes que mude de ideia. É um erro. Eu sei que é um erro. Mas... agora está feito.

Apenas trinta segundos depois, uma mensagem aparece na minha tela:

Quando?

Que tal agora?

Observo os três pontinhos se alternando na tela. Alguns segundos depois, a resposta aparece.

Chego em quinze minutos.

CAPÍTULO 18

CINCO MESES ANTES

De: Seth Hoffman
Para: Melinda Hoffman
Assunto: Noite de hoje

Vou chegar tarde hoje. Não me espere para jantar. Vou comprar alguma coisa para comer no caminho para casa.

De: Melinda Hoffman
Para: Seth Hoffman
Assunto: RES: Noite de hoje

De novo??? Você vai chegar muito tarde? Posso te esperar...

De: Seth Hoffman
Para: Melinda Hoffman
Assunto: RES: Noite de hoje

Estamos com muito trabalho para fazer. Completamente atolados. Acho que só chego depois das dez. Não me espere para jantar. Desculpa, mas eu vou te compensar.

De: Melinda Hoffman
Para: Seth Hoffman
Assunto: RES: Noite de hoje

Mas me promete que não vai chegar tarde amanhã, tá bem?

De: Seth Hoffman
Para: Melinda Hoffman
Assunto: RES: Noite de hoje

Prometo. Te amo.

De: Dawn Schiff
Para: Mia Hodge
Assunto: RES: Novidades

Querida Mia,

Tive uma experiência terrível hoje de manhã.

Quando cheguei ao meu cubículo às 8h45, já havia uma mulher parada no meio do pequeno espaço quadrado. Ela estava de sobretudo preto e tinha o cabelo castanho preso em um coque meio frouxo. Natalie às vezes usa coques frouxos, mas os dela são elegantemente desarrumados. Essa mulher só parecia desarrumada mesmo. Como se tivesse dormido na rua.

O mais assustador era o brilho nos olhos dela. Posso não ser boa em ler expressões faciais, mas era óbvio que essa mulher estava furiosa. Ela parecia tão assustadora que dei um passo para trás. Ela me abordou e começou a perguntar de quem era aquele cubículo, e parecia que ela estava procurando por Natalie, então apontei para o cubículo de Natalie.

É claro que logo em seguida me ocorreu que essa mulher talvez quisesse prejudicar Natalie e talvez não fosse prudente dizer a ela onde ficava o cubículo de Natalie. Mas já era tarde demais.

A mulher passou por mim, empurrando meu ombro. Girei a cabeça para vê-la entrar no pequeno espaço de Natalie, ainda desocupado. A mulher tirou algo da bolsa enquanto eu estudava seus traços faciais. Ela parecia familiar. Eu já tinha visto essa mulher em algum lugar antes. Certeza.

Por fim, a mulher tirou um papel dobrado da bolsa. Depois de hesitar, ela o colocou na mesa de Natalie e posicionou a tartaruga em cima para que o papel não saísse voando.

Ela me instruiu: "Faça Natalie ler esse bilhete."

Fiz que sim com a cabeça, com medo de contrariar a mulher. Quando ela estava indo embora, percebi por que me parecia familiar. Eu a reconheci. Da foto que estava na mesa de Seth.

Era a esposa de Seth.

Corri os olhos pelo escritório. Natalie não estava por lá. Ela raramente aparecia antes das nove, então demoraria um pouco até que ela entrasse e descobrisse o bilhete da esposa de Seth. Fiquei me perguntando o que ele dizia.

Você sabe que não sou o tipo de pessoa que costuma bisbilhotar. Considero isso detestável, para ser sincera. Mas achei importante descobrir o que o bilhete dizia. E se ele dissesse que havia uma bomba no prédio? Se eu não desse uma olhada no bilhete, todo mundo poderia morrer. Seria irresponsável da minha parte não dar uma olhada no bilhete.

Conferi mais uma vez para ter certeza de que ninguém estava me observando. Depois, entrei no cubículo de Natalie, bem ao lado do meu. Peguei o bilhete embaixo da tartaruga e o desdobrei com cuidado.

O bilhete estava escrito com caneta vermelha. Rabiscado, na verdade. A letra era um garrancho, mas grande o suficiente para que fosse fácil de ler o que dizia:

Se chegar perto do meu marido de novo, te mato.

Fiquei ali parada por um instante, lendo e relendo a mensagem. "Se chegar perto do meu marido de novo, te mato." A mensagem foi escrita pela esposa de Seth. Isso significa que o marido dela era... Seth. Então ela estava dizendo a Natalie que, se ela chegasse perto de Seth, ela ia matar Natalie.

Não, na verdade, ela disse que, se Natalie chegasse perto de Seth *de novo*, ela ia matar Natalie.

Eu ainda estava pensando nisso tudo quando senti um olhar fulminante. Desviei os olhos do bilhete. Natalie estava parada de braços cruzados na entrada do cubículo. Pude perceber pela forma como os cantos dos lábios se curvaram para baixo que ela não estava feliz comigo.

Fiquei muito envergonhada por ela ter me flagrado. Você sabe que não costumo bisbilhotar, mas, depois de algo assim... não consegui me conter. Comecei a balbuciar um pedido de desculpas, explicando minha preocupação com uma possível ameaça de bomba, mas, mesmo para meus próprios ouvidos, a desculpa soou incrivelmente inadequada. Eu não deveria ter lido o bilhete. Foi uma invasão indesculpável de sua privacidade.

Felizmente, Natalie não insistiu mais no assunto. Ela arrancou o bilhete das minhas mãos e observei a cor desaparecendo do rosto dela conforme aquelas dez palavras eram lidas.

Ela murmurou um "Merda", o que pareceu uma resposta muito razoável, dadas as circunstâncias.

Mas, pelo menos agora, sua ira estava voltada para a outra mulher e não para mim. Achei que essa era uma boa oportunidade para compensar minha transgressão, então perguntei se havia algo que eu pudesse fazer.

No fim ela disse: "De agora em diante, você pode cuidar da sua vida, tá bom?"

Eu disse para ela que faria isso, mas ela continuou me pressionando. Disse que eu não podia contar isso a ninguém. E que, se eu contasse, ela faria com que eu me arrependesse. Profundamente.

Fiquei tão assustada que dei um passo para trás e esbarrei na mesa dela. Meus dedos bateram na tartaruga, que caiu no chão. Assim como minha caneca, ela caiu no chão e se espatifou.

É claro que ela gritou comigo por eu ter sido desastrada e disse que eu deveria dar um jeito nos cacos da tartaruga que eu tinha sido tão atenciosa em comprar para ela — e que agora estava irremediavelmente destruída. Para ser justa, fui eu que derrubei a estátua, portanto era razoável que eu limpasse a sujeira. Enquanto limpava, um dos cacos cortou meu dedo, mas ignorei isso, mesmo quando uma gota de sangue escorreu. Joguei os pedaços da tartaruga no lixo.

E me ofereci para comprar outra, mas ela disse que eu não deveria me dar ao trabalho.

Mantive minha promessa a Natalie pelo resto do dia. Não contei a ninguém sobre o bilhete na mesa dela. Não que houvesse alguém a quem eu pudesse contar. Não era como se eu tivesse uma amiga com quem compartilhar fofocas. Eu teria que me esforçar muito para contar a alguém.

Mas, apesar de ter mantido a boca fechada, isso não significa que não pensei no assunto. Não consegui parar de pensar nisso o dia inteiro.

Natalie e Seth.

Agora que sei a verdade, faz muito sentido. Ele está sempre sorrindo para ela e falando sobre como ela é maravilhosa. E está sempre com a mão no braço ou no ombro dela. Eu achava que ele era apenas amigável, mas ele nunca me tratou dessa forma. Nem qualquer outra pessoa. Só Natalie. E por que ele não gostaria de Natalie? Ela é bonita, simpática, inteligente e todo mundo gosta dela.

Não é à toa que ele não gostou da minha ideia de acabar com os almoços. Ele está comendo na mão de Natalie. Ele não consegue dizer não para ela.

Mas, depois de pensar nisso o dia inteiro, não me sinto tão mal. Fiquei chateada porque Seth não gostou da minha ideia, mas, na verdade, isso não teve nada a ver com o fato de ele ter gostado ou não. E agora Natalie e eu compartilhamos um segredo.

No fim, talvez possamos ser amigas. Afinal de contas, não há nada melhor para unir duas pessoas que um segredo em comum.

Atenciosamente,
Dawn Schiff

CAPÍTULO 19

DIAS ATUAIS

NATALIE

Os faróis iluminam minha janela da frente. Olho para fora bem a tempo de ver o Audi prata encostando logo atrás do meu carro. Tiro o estojo de maquiagem da bolsa e dou uma última conferida. Não que isso importe muito, mas a essa altura é quase instintivo.

Então a campainha toca.

Corro de meias até a porta. Não verifico o olho mágico nem pergunto quem é. Eu sei quem é. Destranco a fechadura, tiro o ferrolho e abro a porta.

Seth Hoffman, meu chefe, está parado na minha porta. Sua camisa está ainda mais amarrotada do que estava hoje de manhã, e dá para ver uma barba de fim de tarde no queixo. Ele sempre faz a barba de manhã, mas os pelos crescem rápido.

— Oi — diz ele.

— Oi — eu digo.

Agora que já dispensamos a conversa fiada, Seth dá um passo à frente e me agarra, pressionando os lábios nos meus. Ele fecha a porta ao entrar e, um segundo depois, estamos arrancando as roupas um do outro.

Meu Deus, eu senti muita, muita falta disso. Eu sou louca por Caleb, mas acho que nunca ninguém mexeu tanto comigo quanto meu chefe casado. Mesmo sabendo que era a coisa mais idiota que eu poderia fazer, acabei me apaixonando por ele. Mas fui eu que terminei o caso porque tinha certeza de que

Melinda cortaria minha garganta se isso continuasse e porque eu estava cada vez mais convencida de que ele nunca a deixaria.

Eu estava errada sobre essa última.

Quando eu e Seth desabamos no sofá, com os lábios dele ainda nos meus, me sinto quase tonta de tão excitada. Deve ser assim que um viciado em drogas se sente quando cheira cocaína depois de ficar longe dela por quatro longos meses.

Seth afasta os lábios por um instante.

— O que aconteceu com Caleb?

— Não aconteceu nada.

— Sério?

— Sério. Essa é a última vez, tá bom?

Ele nem precisa pensar a respeito.

— Tá bom.

Então volta a me beijar. Senti muita falta disso.

Mais de uma hora depois, estávamos os dois no sofá com os corpos ainda entrelaçados, nus, suados e felizes. Eu *realmente* precisava disso. Nem tinha percebido quanto. Não foi exatamente uma traição. Caleb e eu ainda nem dormimos juntos. Não se pode trair alguém com quem não se está transando. De qualquer forma, essa foi a última vez com uma paixão antiga. Não conta.

— Meu Deus — murmura Seth com o rosto no meu cabelo. — Você é inacreditável, Natalie.

— Você também não é nada mau.

Ele ri.

— Culpa sua. Você desperta isso em mim.

— Até parece.

— É verdade. — Ele levanta a cabeça para olhar para mim. — Foi por isso que eu me separei de Melinda. Por sua causa.

— Você não disse isso para ela, disse?

— Não — responde ele de um jeito que me faz não acreditar.

Não gosto da ideia de Melinda pensar que é minha culpa o casamento dela ter terminado. Quando ela descobriu nosso caso, não aceitou bem o fato de o marido estar dormindo com uma funcionária quinze anos mais nova que ela. Vieram as ligações e os bilhetes ameaçadores. Eu acordava às duas da manhã com as ligações, uma voz feminina sibilando no meu ouvido que eu era uma "ladra de maridos vagabunda". Mesmo quando eu bloqueava o número, ela dava um jeito de me ligar. Certa vez, vi seu Lexus bronze estacionado em frente à minha casa, tarde da noite, e quase tive um ataque do coração.

Foi quando arranjei o spray de pimenta e passei a carregá-lo sempre na bolsa. Pensei em entrar com uma ordem de restrição, mas o fato é que terminar com Seth fez o assédio parar quase que instantaneamente.

— Eu te amo, Nat — diz ele enquanto aperta meu corpo contra o seu. — Não me dei conta de quanto até você terminar comigo.

— Humm. Seu timing é meio ruim para essas coisas.

— Eu sei. — Ele suspira. — Estraguei tudo. Eu queria fazer a coisa certa, mas não sabia como. Faz anos que não amo mais Melinda. Mesmo antes de você aparecer, a gente parecia dois estranhos morando na mesma casa. Talvez a história fosse outra se a gente tivesse tido filhos, mas ela não podia e... Não sei.

Seth me contou sobre os problemas de infertilidade de Melinda. E sobre como ela nunca o perdoou por ter se recusado a adotar.

— Enfim — diz ele. — Eu não suportava mais ficar perto dela. E isso não era justo com nenhum de nós dois.

Eu me afasto dele e me apoio no cotovelo.

— Mas você sabe que estou namorando outra pessoa agora.

— Eu sei.

— E você está separado de Melinda tem...?

— Duas semanas.

— Ai, meu Deus — lamento. — Sério, Seth. Acho que é melhor continuarmos amigos.

Ele olha para meus seios nus e ergue as sobrancelhas.

— Amigos?

— Eu disse para você que essa era a última vez!

Ele desliza a mão pela minha coxa e sorri para mim.

— Só mais uma?

Minha vontade é dizer não. Definitivamente, eu deveria dizer não. Tenho um namorado de quem gosto muito. E Seth está separado há só duas semanas da esposa com quem foi casado por doze anos. Ele ainda é casado. Há motivos de sobra para não fazer isso.

Mas, por outro lado, ele já está aqui. Então por que não?

CAPÍTULO 20
QUATRO MESES ANTES

De: Kimberly Healey
Para: Natalie Farrell
Assunto: DS

Você acha que ela é virgem?

De: Natalie Farrell
Para: Kimberly Healey
Assunto: RES: DS

Óbvio! Você consegue imaginar essa mulher fazendo sexo?

De: Kimberly Healey
Para: Natalie Farrell
Assunto: RES: DS

Vai saber...

De: Natalie Farrell
Para: Kimberly Healey
Assunto: RES: DS

Se ela já fez sexo alguma vez na vida, deve ter sido com uma tartaruga.

De: Kimberly Healey
Para: Natalie Farrell
Assunto: RES: DS

Meu Deus, como você é MALDOSA. Consegue imaginar uma coisa dessas?????

De: Natalie Farrell
Para: Kimberly Healey
Assunto: RES: DS

É fácil. Você não a imagina acariciando o casco duro de uma tartaruga? Falando como ela é grande e verde, e como ela é sexy por ser uma tartaruga marinha e não uma tartaruga terrestre.

De: Kimberly Healey
Para: Natalie Farrell
Assunto: RES: DS

Duvido você perguntar para ela se ela já transou!

De: Natalie Farrell
Para: Kimberly Healey
Assunto: RES: DS

Com uma tartaruga ou no geral?

De: Kimberly Healey
Para: Natalie Farrell
Assunto: RES: DS

Meu Deus! Eu vou morrer!!!!!

De: Zelda Morris
Para: Natalie Farrell
Assunto: Péssimo produto

Natalie,

Estou escrevendo para expressar minha indignação com a Vixed e a péssima qualidade dos seus produtos. Comecei a tomar o Collahealth há dois meses para aumentar meu nível de energia e porque vocês disseram que ele faz bem para a pele e para o cabelo. Desde então, estou vivendo um pesadelo do qual gostaria de acordar.

Três semanas depois de começar meu regime diário de Collahealth, acordei com o quarto girando. Consegui chegar ao banheiro, mas fui me apoiando nas paredes. Além disso, meus dedos e meus pés estavam formigando. Achei que estava gripada e fui idiota de continuar tomando o produto na esperança de que ele me ajudasse a superar a doença mais rápido.

Infelizmente, aconteceu o contrário. Sentia tontura o tempo todo, a ponto de não conseguir dirigir. Minhas mãos e meus pés doíam e formigavam, o que atrapalhava meu sono à noite. E, alguns dias depois do início dos sintomas, comecei a perder muito cabelo.

Você me deu seu cartão, então liguei para você e contei sobre os sintomas. Você me garantiu que o Collahealth não era responsável pelos meus sintomas, mas que provavelmente era uma deficiência de vitaminas que estava causando o problema e que eu deveria DOBRAR a dose. Fui idiota e fiz o que você falou.

Nas semanas seguintes, meus sintomas pioraram. Eu não conseguia mais sentir os pés e comecei a cair. Precisava de uma bengala para andar pela minha própria sala. Sempre tive uma visão excelente, mas agora meus olhos estavam embaçados e comecei a ter visão dupla.

A princípio, meu médico ficou perplexo, mas, quando mostrei a ele um frasco do seu produto, ele ficou horrorizado. Falou que o produto é responsável por todos os meus sintomas. Parei de tomar há quase um mês e ainda não melhorei. O Collahealth acabou com a minha vida. Assim como as mentiras que vocês me contaram. Sinceramente, não sei como vocês conseguem dormir à noite!

Meu advogado vai entrar em contato com vocês.

Atenciosamente,
Zelda Morris

De: Dawn Schiff
Para: Mia Hodge
Assunto: RES: Novidades

Querida Mia,

Hoje de manhã fiz algo que não deveria ter feito. Atendi o telefone de Natalie.

Essa não foi uma decisão fácil de tomar. A essa altura, Natalie já estava no escritório. Eu a vi entrar por volta das 9h15, mas logo depois ela desapareceu. Por volta das 10h, o telefone tocou. E caiu na caixa de mensagens. Mas depois tocou de novo. E mais uma vez. Estava difícil me concentrar no trabalho.

Primeiro, procurei por Natalie. Procurei mesmo. Levantei da cadeira e fui até o corredor. Mas, quando não consegui encontrá-la, não tive escolha. Para que não houvesse confusão, atendi o telefone dizendo:

— Mesa de Natalie Farrell.

A mulher do outro lado da linha começou a me contar a história mais maluca do mundo. Ela disse que Natalie lhe vendeu um creme de vitamina A que estava fazendo a pele dela descamar. Descamar! Ela disse que o rosto estava vermelho e parecia ter sido queimado. Depois, começou a chorar de soluçar dizendo que parecia um zumbi. Ela repetia isso várias vezes. "Eu pareço um zumbi! Eu pareço um zumbi!" Foi terrível.

Ela queria falar com Natalie o quanto antes, mas expliquei que ela não estava disponível. Anotei uma mensagem em um dos bloquinhos de Post-its na mesa de Natalie e escrevi o número de telefone da mulher, embora ela provavelmente já tenha deixado meia dúzia de mensagens.

A mulher chorou mais alguns minutos, falando sobre sua pele de zumbi, então finalmente desligou. Minhas mãos tremiam depois que desliguei. Você sabe como odeio lidar com situações tensas como essa. Não sou boa em atendimento ao cliente. Foi por isso que virei contadora.

Peguei o Post-it com as informações da mulher e comecei a procurar por Natalie. Não fiquei surpresa quando a encontrei na sala de descanso com Kim, folheando uma revista de noivas enquanto tomava uma xícara de café. Substituí minha adorada caneca de tartaruga por uma caneca branca simples que comprei na farmácia. Escrevi meu nome na parte inferior com caneta permanente.

Natalie levantou os olhos das páginas da revista de noivas quando me viu. Eu me pergunto se Natalie usa aquele creme de vitamina A, porque a pele dela é tão linda e luminosa. Ela poderia facilmente conseguir um emprego de modelo de produtos para pele. Deve ser por isso que ela é tão boa em vendê-los. Ela disse: "Dawn! Eu estava torcendo para que você aparecesse."

Desde que descobri que Natalie estava dormindo com Seth, ela não tem sido muito legal comigo. É estranho porque o normal seria ela me agradar para garantir que eu não conte nada para ninguém. Mas ela não parece muito preocupada que eu revele seu segredo. Ou então ela sabe que vou ficar em silêncio de qualquer maneira.

Ela estava brincando com um dos brincos e foi então que notei como ele brilhava. Diamantes. Mas deviam ser falsos. O salário aqui não é tão bom assim. "Kim e eu estávamos pensando..." Nessa hora, Kim cutucou Natalie, que a cutucou também. "Dawn, você é virgem?"

Kim caiu na gargalhada, mas Natalie manteve a cara séria, mesmo quando senti minhas bochechas esquentarem. A parte triste é que essa não foi a primeira vez que alguém me fez essa mesma pergunta. Resmunguei alguma coisa e as duas continuaram rindo. Por fim, Kim deu um tapa no braço de Natalie e disse: "Para com isso. Você é muito malvada." Natalie se limitou a dar de ombros e disse que eu não precisava responder se não quisesse.

Sei que esse é um assunto sobre o qual a gente não fala há bastante tempo. Eu não queria que você se sentisse culpada por estar feliz com George e eu realmente acho que vocês dois vão passar o resto da vida juntos. Mas eu nunca, jamais vou ter esse tipo de relacionamento. A verdade é que sim, eu sou virgem. Ainda não tive namorado. Nunca tive um encontro que não tenha sido arranjado pela minha mãe sem meu conhecimento ou consentimento. E nenhum deles deu em nada.

A verdade é que nunca beijei ninguém.

O mais próximo que cheguei disso foi naquele jogo de girar a garrafa, quando a gente estava no quinto ano, e foi naquela festa de aniversário horrível na casa de Jenny Horan. Fiquei tão surpresa e contente quando Jenny nos convidou. Foi você que descobriu que ela só convidou a gente porque a mãe dela falou para convidar a turma toda. Quando as crianças se sentaram em um círculo para jogar, você não quis participar, e eu deveria ter feito o mesmo.

Quando Ned O'Keefe girou a garrafa e ela apontou para mim, vi a expressão de repulsa no rosto dele. Antes que ele pudesse protestar dizendo que não queria me beijar, fugi e me escondi no armário até o fim da festa. Me recusei a sair, mesmo quando você bateu à porta e implorou que eu saísse. Fiquei no armário até minha mãe me buscar.

Então Kim disse para Natalie me deixar em paz porque eu não estava interessada nesse tipo de coisa. A essa altura, eu estava desesperada para mudar de assunto, então contei a Natalie sobre a mensagem deixada na ligação. Entreguei o Post-it. Quando ela viu o recado, revirou os olhos e jogou o papel fora. Tentei explicar sobre a pele de zumbi, mas Natalie só balançava a cabeça, então disse: "Ela está exagerando. Essa mulher é louca. As pessoas que usam esses produtos são todas malucas."

Fiquei surpresa ao ouvir Natalie dizer isso, pois achava que ela experimentava os produtos que vendia. Mas, quando perguntei se ela usava os produtos da Vixed, ela e Kim começaram a rir. Não sei exatamente por quê. Não fiz nenhuma piada.

Natalie se levantou e disse a Kim algo sobre a página dezesseis da revista e como o vestido ficaria perfeito nela. Achei que nossa interação tinha chegado ao fim, mas então Natalie se virou para falar comigo. Não sei explicar, mas me sinto especial sempre que ela me dá atenção. Preciso dela.

Mas ela disse: "Dawn, não atende o meu telefone de novo. Nunca mais. Entendeu?"

Não era o que eu esperava. Esse foi mais um momento da minha vida que eu desejei desesperadamente ter uma carapaça para poder desaparecer dentro dela. Tartarugas têm tanta sorte. Mesmo que eu as ame, às vezes também as invejo. E é claro que prometi não atender mais o telefone de Natalie. Nunca mais.

Ela passou por mim para sair da sala de descanso, deixando para trás o suave aroma floral do perfume. Apesar de tudo, ainda adoro o perfume dela. Será que consigo comprar um igual? Você acha que, se eu começasse a usar o mesmo perfume, ela poderia gostar mais de mim?

Atenciosamente,
Dawn Schiff

De: Mia Hodge
Para: Dawn Schiff
Assunto: RES: Novidades

Meu Deus, NÃO compre um perfume para impressionar essa mulher! Ela NÃO vale o seu tempo! Fica longe dela! Repito: fica bem longe de Natalie!

Fico triste por você sentir que não pode me contar da sua vida amorosa. Dawn, você é uma pessoa maravilhosa. Tenho certeza absoluta de que existe um homem que vai entender o quanto você é incrível, inteligente e linda. E todo dia ele vai se sentir sortudo por ter conhecido você. Garanto que você vai encontrar alguém assim. Espero que acredite em mim.

Beijos,
Mia

CAPÍTULO 21

DIAS ATUAIS

NATALIE

Hoje acordei me sentindo *bem*.

Seth e eu tivemos uma noite muito agradável. Depois do segundo round, pedimos comida chinesa e ficamos no sofá vendo TV. Na época em que ele ainda estava com Melinda, havia sempre uma sensação de urgência. Ele nunca podia ficar até muito tarde porque ela poderia desconfiar. Gostei mais desse Seth descontraído, que ficava feliz em se aconchegar em mim no sofá por tempo indeterminado.

Eu o mandei embora antes da meia-noite. Embora já tivéssemos dormido juntos, senti que seria trair Caleb se ele passasse a noite comigo. Quero dizer, seria trair ainda mais. Reconheço que o que fiz ontem à noite não faz de mim a namorada do ano. Mas foram dois dias estressantes e Caleb pareceu distante quando eu mais precisava dele. Ele perdeu muitos créditos comigo pela maneira como agiu ontem.

De qualquer forma, tive uma ótima noite de sono depois de toda a atividade noturna. Acordei bem cedo hoje de manhã, tomei uma xícara de café e agora estou fazendo minha corrida matinal. Prendi meu cabelo loiro em um rabo de cavalo, minha playlist do Spotify está explodindo com hits do pop nos fones de ouvido e estou de legging e camiseta. Quando saí de casa, estava uma manhã fria de novembro, fazendo quatro graus, e eu estava congelando quando comecei a correr, mas agora o tempo parece perfeito.

Fico feliz de ver que o intervalo de alguns dias não diminuiu minha resistência. A corrida de cinco quilômetros será em apenas dois dias e seria constrangedor se eu não estivesse no primeiro pelotão, considerando que fui eu quem organizou o evento.

A endorfina está fluindo pela minha corrente sanguínea. Eu poderia escalar uma árvore ou até mesmo uma montanha. Fazia dias que não me sentia tão bem.

Quer dizer, até ver o detetive Santoro encostado em um Volvo cinza estacionado em frente à minha casa.

Antes de ir para a cama ontem à noite, verifiquei um site de notícias local no meu telefone para ver se havia alguma atualização sobre Dawn. A matéria mais recente mencionava que a polícia ainda estava procurando por ela. A impressão era de que a polícia não tinha descoberto nada novo. Dawn continuava desaparecida.

E, se o detetive está aqui para me ver, não parece provável que Dawn tenha surgido viva e bem.

Paro um pouco, sem saber o que fazer. Por um instante, penso em dar meia-volta e percorrer mais um ou dois quilômetros. Mas isso não adianta nada. O detetive não vai desistir até falar comigo. E não é como se eu pudesse ir para o trabalho toda suada de legging e camiseta.

De qualquer forma, acho que ele me viu.

Como era de se esperar, o detetive ajeita a postura e acena para mim. Faço careta porque não queria ter que falar com ele suada e com roupas de academia. Na verdade, não queria falar com ele de jeito nenhum, mas minhas roupas só pioram a situação.

— Srta. Farrell! — Ele acena de novo. — Tem um minuto?

O sotaque de Boston deixou de ser cativante.

Caminho o meio quarteirão que falta até minha casa. O detetive Santoro me avalia de cima a baixo com os olhos escuros e astutos.

— Correndo um pouco?
— Sim...
Ele olha para o céu.
— O tempo está bom para correr. E a previsão é de um dia bonito no sábado, o que é bom para aquela sua corrida.
É claro que ele sabe tudo sobre minha agenda da semana.
— Não é exatamente uma corrida. É mais um evento beneficente.
Ele faz que sim com a cabeça como se não estivesse nem aí.
— A senhorita se importa se a gente entrar para conversar?
— Já encontraram Dawn?
Em vez de me responder, ele move a cabeça indicando a porta de casa.
— Tenho só mais umas perguntas, se não se importa.
Eu deveria concordar. Não tenho nada a esconder. No entanto, sinto minha mandíbula tensa. Não fiz nada de errado e é como se esse detetive tivesse alguma coisa contra mim. Não é *justo*.
— Acho que já te contei tudo o que sei.
— Então vai ser bem rápido.
Os olhos pretos de Santoro estão concentrados em mim, o que é enervante. Eu me contorço nos meus tênis, desejando tomar um banho antes de conversar com ele. Afinal de contas, estou com manchas de suor debaixo dos braços. Mas parece que não tenho escolha.
— Tudo bem — digo. — Mas tenho que ir para o trabalho daqui a pouco.
— Não vou demorar. Se quiser, posso escrever um bilhete para a senhorita apresentar na empresa.
Fico irritada com a ideia de ver esse homem escrever um bilhete para mim, como se eu fosse uma adolescente e ele fosse meu pai me dispensando das aulas. Não me dou ao trabalho de responder. Em vez disso, sigo pelo caminho que dá para a porta de casa. Destranco a porta e ele entra atrás de mim.

Santoro permanece na entrada.

— Podemos nos sentar?

— Na verdade, não. — Cruzo os braços. — Como eu disse, não tenho muito tempo. O que você precisa saber?

Ele me olha como se estivesse surpreso com minha coragem, mas não recuo. Não vou deixar esse detetive me pressionar.

— Só quero ter uma noção melhor do seu relacionamento com Dawn.

Minha pálpebra direita treme.

— Já te expliquei que a gente era colega de trabalho. Tinha uma relação amigável, mas não era amiga. Mais alguma coisa?

— O que a senhorita quer dizer com "amigável"?

Eu o encaro.

— Quero dizer que a gente se cumprimentava todo dia. Dei carona para ela uma vez. Às vezes, ela almoçava comigo. E é isso.

— Tá bom, entendi. — Ele faz que sim com a cabeça. — E vocês brigaram alguma vez?

— Não — digo com firmeza. — Nunca.

— A senhorita já tirou sarro dela?

— Se eu já tirei sarro dela? — repito. — Como se a gente estivesse na escola?

— Bom — diz ele, pensativo —, pelo que ouvi, Dawn era meio estranha. Quando as pessoas são diferentes, é comum que os outros tirem sarro.

— Eu nunca tirei sarro dela.

— Nunca?

— Nunca!

— Então a senhorita nunca disse a ninguém que achava que Dawn tinha perdido a virgindade para uma tartaruga?

Fico de queixo caído.

— Eu... Isso... Quem te disse isso?

Ele ergue uma das sobrancelhas escuras.

— Várias pessoas, na verdade.

— Merda — resmungo. — Tá bom, olha só... Posso até ter falado algo assim. Como uma piada. Eu não disse isso para Dawn. Eu só... estava fazendo uma piada. Você sabe, porque ela gostava tanto de tartaruga. Não fiz isso para ofender ninguém. — Cravo as unhas na palma da mão. — Eu só fiz uma piada, não sou uma pessoa horrível.

— Claro que não. — Mas algo em sua voz me faz pensar que ele acredita no contrário. — E a senhorita fez mais alguma piada sobre Dawn?

— Não. Quero dizer, não me lembro de mais nenhuma.

— A senhorita convidava Dawn para as festas do escritório? Pisco, meio incrédula.

— Ã-hã, é claro que convidava.

— Porque várias pessoas me disseram que a senhorita deliberadamente mantinha Dawn fora das festas com o pessoal do trabalho...

— Eu não fiz isso! — explodi. — Sempre enviei um e-mail convidando todo mundo do escritório. Eu não excluiria Dawn de propósito.

— E ela foi às festas?

— Não, mas isso não é culpa minha, é? — Coloco as mãos nos quadris. — Eu deveria ter mandado um convite especial? — Olho bem para Santoro. — Do que você está me acusando, exatamente?

Ele inclina a cabeça para o lado.

— Vários colegas de trabalho acham que a senhorita estava fazendo bullying com Dawn Schiff.

Agora, minha mandíbula parece estar prestes a cair.

— Fazendo bullying com Dawn? Está falando sério? Quem te disse isso?

— Não estou autorizado a dizer. Mas não foi só uma pessoa.

— É mentira. — Sinto uma gota de saliva saltar da minha boca enquanto falo. — Eu nunca fiz bullying com Dawn. Não estamos mais na escola. O que isso significa?

Ele franze a testa.

— Significa que havia um padrão de crueldade na forma como a senhorita a tratava.

— Padrão de crueldade? — Não consigo acreditar no que estou ouvindo. — Porque eu fiz uma *piada*?

— Porque não deixou Dawn participar dos eventos da empresa. Ela perdia as reuniões por sua causa. E a senhorita danificou objetos pessoais dela...

— Eu... O *quê*? — Minha cabeça está girando. — Eu nunca fiz nada disso. Eu era legal com ela. Mais do que ela merecia.

— Mais do que ela merecia? O que isso quer dizer?

Na mesma hora, me arrependo da minha escolha de palavras.

— Só quero dizer que Dawn era estranha. As pessoas não gostavam dela. Mas eu tentei ser legal com ela, tá bom? Talvez eu tenha feito algumas piadas, mas todo mundo fazia. Eu *nunca* fiz bullying com ela.

Santoro me olha com cara de quem não acredita em uma palavra do que estou dizendo. Queria saber quem disse essas coisas terríveis a meu respeito. Provavelmente alguém que tem inveja do meu recorde de vendas.

— A senhorita não precisava ser cruel com Dawn — diz ele — só porque ela era diferente.

— Mas eu não fui cruel! — Lágrimas brotam nos meus olhos e me esforço para evitar que elas caiam. — Pode perguntar para o meu chefe, Seth Hoffman. Ele vai te dizer que fui legal com ela.

As sobrancelhas de Santoro sobem até a linha do cabelo.

— Seth Hoffman? O chefe casado com quem a senhorita estava tendo um caso?

Tá bom, agora sinto que estou prestes a ter um ataque cardíaco. Como ele sabe disso? Entendo que ele é detetive, mas isso parece estar fora do escopo da investigação do desaparecimento de uma pessoa que não tem nada a ver com minha vida íntima.

— Foi Seth que disse isso?

— Não. Ele só disse coisas boas sobre a senhorita.

— Então quem te disse que eu estava tendo um caso com ele?

Ele hesita por uma fração de segundo.

— Dawn escreveu sobre isso nos e-mails que mandou para uma amiga. Encontramos no computador dela.

Ai, meu Deus.

Sim, Dawn sabia de mim e Seth. Não foi como se eu tivesse desabafado com ela. Ela testemunhou a esposa de Seth me deixando um bilhete ameaçador. Mas ela foi gentil. Prometeu não contar a ninguém. Só Deus sabe quem é essa "amiga" para quem ela falou das minhas proezas. Eu nem sabia que ela tinha uma amiga.

E fico pensando no que mais ela escreveu sobre mim.

Mas que diferença faz? E daí que Dawn falou de mim em alguns e-mails idiotas? Ela com certeza tinha uma visão peculiar do mundo e isso não significa que as coisas ditas por ela eram verdade. Nada disso é prova real de nada.

— Isso é assédio, detetive. — Cerro os dentes. — Tenho que trabalhar. E a gente ainda nem sabe o que aconteceu com Dawn. Ela provavelmente viajou sem contar nada para ninguém.

Uma ruga profunda se forma entre suas sobrancelhas.

— Não. Ela não viajou.

— E como você sabe disso?

— Eu sei — diz ele — porque encontramos o corpo de Dawn hoje cedo.

CAPÍTULO 22

Minhas pernas ficam bambas. Eu me seguro no corrimão da escada, mas não é o suficiente. Tenho que me sentar no primeiro degrau. Minha cabeça está girando e, por um instante, preciso colocá-la entre as pernas.

Encontramos o corpo de Dawn hoje cedo.

Não. Não pode ser.

— Ela... — Engulo em seco. — Ela está morta?

— Está.

Até aquele momento, eu acreditava que Dawn ainda estava viva. E não tinha me dado conta disso. Mesmo tendo visto o sangue no chão da casa, eu achava que ela estava bem.

Mas não está. Ela nunca mais vai ficar bem. Agora ela vai passar a eternidade debaixo da terra. Haverá um velório no qual falaremos sobre quanto sentimos falta de Dawn, sobre como ela era uma ótima pessoa, sobre como ela foi tirada de nós muito, muito cedo.

— O que aconteceu com ela? — consigo perguntar.

Ele hesita por um instante, como se não tivesse certeza de que quer me contar.

— Ela foi agredida até a morte com algum objeto rudimentar. Morreu por conta de um traumatismo craniano.

Dei um grito angustiado. Essa parece ser uma forma horrível de morrer. Agredida até a morte. Pobre Dawn. Embora fosse estranha, havia uma inocência nela que a fazia parecer quase uma criança às vezes. Quem faria algo assim com ela?

Levanto a cabeça de novo e olho para o detetive. Ele acha que fui eu que fiz isso com ela. Ele acha que, de alguma forma, agredi Dawn até a morte. Como se eu pudesse fazer uma coisa dessas.

Na verdade, fisicamente, acho que eu poderia. Dawn era tão pequena. Ela mal devia chegar aos cinquenta quilos, sendo otimista. E eu estou numa condição física muito boa. Ele acabou de me ver saindo para correr. Portanto, suponho que, *teoricamente*, eu poderia ter feito isso com ela.

Mas *por quê*? Por que ele pensaria que eu fiz isso?

— Que coisa horrível. — Minha voz treme enquanto uma lágrima rola pela minha bochecha. — Eu... Eu não consigo acreditar.

— É uma coisa horrível — concorda ele. — Então você entende por que queremos que a pessoa responsável pelo crime seja levada à justiça.

Enxugo os olhos com as costas da mão.

— Sim. Sim, é claro.

— Então a senhorita se importaria se eu desse uma olhada na sua casa?

Olho bem para ele.

— Na minha casa? Por que você...

— Como eu disse, só queremos que a pessoa responsável pelo crime seja levada à justiça.

— Eu... — Minha boca está quase seca demais para falar. Pigarreio. — Eu tenho um álibi para aquela noite. E já te disse isso.

— Certo. — Ele acena com a cabeça. — A senhorita estava com o seu namorado. Esqueci.

— Estava — digo com firmeza.

— A não ser...

— A não ser o *quê*? Eu tenho um álibi.

Ele dá de ombros.

— A não ser que vocês dois tenham matado Dawn.

Não tenho nem palavras para responder a essa pergunta. Mas uma ideia está martelando na minha cabeça. Eu deveria procurar um advogado. Preciso de um advogado antes que isso saia do controle. Preciso de um advogado antes que aconteça alguma coisa definitiva.

Mas isso indica culpa? Por que eu deveria gastar um monte de dinheiro com um advogado? Eu não fiz nada, pelo amor de Deus!

— Detetive, agora tenho que trabalhar. — Estou lutando para manter a compostura. — Se não tiver mais nenhuma pergunta, eu realmente preciso ir.

Ele enfia as mãos nos bolsos do casaco.

— Tudo bem. Conversamos mais tarde.

Não. De jeito nenhum.

— Espero que você encontre quem fez isso com Dawn — digo.

— Vou encontrar. Pode ter certeza disso.

CAPÍTULO 23
QUATRO MESES ANTES

De: Dawn Schiff
Para: Mia Hodge
Assunto: RES: Novidades

Querida Mia,

Antes de mais nada, quero lhe agradecer as lindas flores que mandou. Você é a única pessoa no mundo que lembra que tulipa é a única flor que não me dá alergia. Elas alegraram meu dia. Ainda mais depois da semana terrível que estou tendo.

Você sabe quanto me orgulho de ser pontual. Na escola, nunca recebi nem sequer uma advertência de atraso — e você vivia se atrasando! Desculpe, não quero fazer com que se sinta mal por seus atrasos, mas é apenas um fato. Quando alguém me diz para estar em algum lugar em um horário específico, pode apostar que vou chegar lá na hora certa. Sem desculpas. Na verdade, em geral chego alguns minutos antes.

Não há nada pior que chegar atrasado.

Portanto, você pode imaginar como fiquei constrangida quando entrei na sala de reuniões hoje à tarde e vi que a reunião já havia começado. Conferi o relógio, e eu não estava atrasada. A reunião deveria começar às duas horas, e faltavam poucos minutos para as duas. No entanto, todos estavam sentados à mesa de reuniões, a maioria dos croissants já havia sido comida e Seth estava no meio de uma frase.

"Puxa, obrigado por se juntar a nós, Dawn."

Quando respondi "De nada", algumas pessoas riram. Mas não entendi o que foi tão engraçado. Quando alguém agradece, a resposta educada é dizer "de nada". Isso se aprende no jardim de infância. Só que eu não sabia ao certo por que Seth me agradeceu em primeiro lugar, porque cerca de 60 segundos depois ele encerrou a reunião e todos foram embora. Olhei novamente para o relógio, me sentindo ainda mais confusa. Principalmente quando Seth me perguntou com uma voz irritada por que eu estava uma hora atrasada para a reunião.

Tentei explicar que não estava atrasada, que a reunião começava às duas horas e que eu estava no horário. Só que Seth tentou insistir que a reunião havia começado à uma da tarde, o que eu sei que não é verdade, mas era difícil argumentar quando todos chegaram antes de mim e a reunião claramente havia terminado.

Em seguida, Seth mencionou o fato de eu não ter comparecido a uma reunião no dia anterior, embora essa reunião tenha sido cancelada. Só que Seth me disse que ela não havia sido cancelada e que estavam todos lá, menos eu.

Eu não soube o que dizer. Fiquei lá parada, com os joelhos tremendo. Isso não era coisa minha. Sempre sou pontual para as reuniões. E nunca deixaria de comparecer se fosse chamada. Definitivamente, havia um e-mail dizendo que a reunião de ontem tinha sido cancelada. Recebi o e-mail no início do dia.

Enviado por Natalie.

Natalie, como vendedora sênior, geralmente é quem envia os e-mails sobre as reuniões de vendas. Foi ela quem enviou o e-mail ontem dizendo que a reunião tinha sido cancelada. E foi ela quem me enviou o e-mail dizendo que a reunião de hoje seria às 14h.

Expliquei tudo isso a Seth. Ele pareceu não acreditar em mim. Cruzou os braços e ficou balançando a cabeça. Para ele, Natalie não faz nada errado, então perguntou: "Por que ela faria isso?"

Eu gostaria de ter uma resposta. Até agora estou quebrando a cabeça para entender. O que eu fiz para que Natalie me odiasse tanto? Sei que às vezes, sem perceber, faço coisas que deixam as pessoas chateadas. Obviamente, devo ter feito algo para Natalie. Gostaria de poder resolver o problema. Só quero ser amiga dela.

Depois, Seth me disse que, seja lá o que estiver acontecendo entre Natalie e eu, é responsabilidade minha dar um jeito nisso. Foram estas as palavras dele para mim: "Dê um jeito, Dawn."

Mas como? Natalie não gosta de mim. Não sei como mudar isso. Nem sequer entendo por que ela não gosta de mim. Não contei o segredo dela para ninguém. Quer dizer, contei para você, mas você não vai contar para ninguém.

Talvez ela esteja com raiva de mim porque quebrei a tartaruga que tinha dado para ela. Talvez eu devesse comprar outra. Mas não acho que seja isso. Ela parecia estar com raiva de mim antes de isso acontecer.

Às vezes, fico muito frustrada. Por que é tão difícil fazer amigos? É tão fácil para as outras pessoas. Quando vejo Natalie e Kim conversando, elas têm um ótimo relacionamento e fico com muita inveja. Continuo tentando, mas nunca dá certo. Você sabe que essa não é a primeira vez que alguém me odeia sem motivo. Já perdi a conta de quantas vezes isso aconteceu.

Quero dar um jeito nessa situação. Tenho que encontrar um jeito. Sou inteligente. Se pensar bastante, posso encontrar uma forma de resolver isso. Mas, se você tiver alguma ideia, gostaria de ouvi-la.

Atenciosamente,
Dawn Schiff

CAPÍTULO 24

DIAS ATUAIS

NATALIE

Assim que o detetive Santoro vai embora, procuro na internet informações sobre Dawn.

São furos de reportagem. Poucos sites deram a notícia e todos eles oferecem poucos detalhes. Dawn foi encontrada parcialmente enterrada em um bosque de Cohasset, uma cidade a quarenta quilômetros de Boston. E não dizem muito mais que isso, mas aposto que outras informações devem surgir ao longo do dia.

Pensei em dizer que não estou bem para não ir ao trabalho, mas resolvo ir para o escritório. Afinal de contas, as pessoas de lá podem ter mais informações que eu. E a verdade é que quero algumas respostas.

Como aquele detetive pôde pensar que eu estava fazendo bullying com Dawn? Como alguém pode pensar isso? Não sou esse tipo de pessoa. Eu era legal com ela. Não sei se faz diferença, mas até tentei ser amiga dela.

Mas, obviamente, devo ter feito alguma coisa para que as pessoas pensassem que eu a estava maltratando. Várias pessoas disseram isso. E a própria Dawn escreveu sobre isso em um monte de e-mail para uma amiga. E isso me tornou suspeita de assassinato.

Não acredito que ela tenha pensado isso a meu respeito. E eu realmente gostaria de saber quem mais disse isso. E quem era essa *amiga*? Fiquei chocada ao descobrir que Dawn tinha uma amiga de quem se sentia próxima o suficiente para contar coisas íntimas.

Porém, aparentemente, eu não era o maior dos problemas dela. Outra pessoa a odiava. Outra pessoa a odiava o suficiente para agredi-la até matá-la.

E se fosse a suposta amiga? Essa para quem ela enviava e-mails sobre mim. Deus sabe que Dawn tinha tendência a irritar as pessoas. Talvez a amiga dela não tenha aguentado mais e decidido...

Meu Deus, não consigo parar de pensar no que aconteceu com ela.

Quando chego ao escritório, vou direto para o meu cubículo. Preciso parar de pensar nisso e me dedicar ao trabalho. O que aconteceu com Dawn é horrível, mas não é culpa minha. E, graças ao meu maravilhoso namorado, a quem vou me dedicar com exclusividade a partir de agora, tenho um álibi. Portanto, o detetive Santoro pode pensar o que quiser: sou intocável.

Porém, quando chego ao meu cubículo, paro de repente.

Dois dias antes, cheguei ao trabalho e havia uma estatueta de tartaruga na minha mesa. Ontem, eu a joguei no lixo. E me lembro de ter feito isso. Não queria olhar para aquela coisa nunca mais.

Mas, de alguma forma, ela voltou para a minha mesa.

Estou tão apavorada quanto qualquer pessoa poderia estar com uma estatueta de tartaruga de cinco centímetros de comprimento. Joguei essa maldita coisa no lixo e, ainda assim, contra todas as probabilidades, ela está de volta. Não consigo parar de olhar para ela, com seus olhos pretos e vítreos e seu casco verde brilhante.

Mas. Que. Inferno.

Tá bom, preciso me acalmar. Talvez o pessoal da limpeza tenha feito isso. Talvez tenham visto a estatueta no lixo quando estavam esvaziando o cesto e presumiram que ela havia caído lá por acidente. E decidiram guardá-la para mim.

É possível.

De qualquer forma, vou me livrar dessa coisa de uma vez por todas. E ninguém da limpeza vai me impedir.

Pego a tartaruga da minha mesa. Agarro-a com a mão direita, enquanto os bracinhos e as perninhas se cravam na palma da minha mão. E vou até a sala de descanso e jogo a tartaruga no lixo comum. E com "jogar" quero dizer que atiro a estatueta com toda a minha força, de modo que ela faz um barulhão ao atingir o fundo da lata de lixo. Na hora do almoço, a tartaruga estará enterrada em lixo.

E nunca mais vou vê-la.

Estou quase voltando para o meu cubículo quando o telefone da minha mesa começa a tocar. Normalmente, seleciono as chamadas. Mas, como não estou bem no momento, pego o telefone sem pensar. Uma voz grave ecoa no meu ouvido.

— Natalie Farrell?

— Sim... — Odeio não saber com quem estou falando quando atendo uma ligação. O identificador de chamadas mostra o aviso de número privado. Sinto um aperto no peito. De novo não. — Quem está falando?

— É Dave Fulton. Da Cabana das Vitaminas.

— Ah, sim. — Suspiro aliviada. Fiz uma venda para Fulton há cerca de um mês. Ele estava um pouco relutante em experimentar nossos produtos, mas, depois de um longo e agradável almoço, consegui fazê-lo mudar de ideia e ele comprou cinco caixas. — Em que posso ajudá-lo?

— Olha, Natalie. — Há um tom ríspido em sua voz. Assim como o detetive, seu sotaque de Boston é carregado. — Ninguém está comprando Collahealth. Ninguém quer comprar. E nas poucas vendas que fiz as pessoas devolveram. Disseram que não funciona. Com exceção de uma mulher, que disse ter sofrido uns efeitos colaterais estranhos, como formigamento nos pés.

— Sim, mas leva de dois a três meses para fazer efeito — explico. — Você disse isso para os clientes?

— Você disse de duas a três semanas.

— Não, de dois a três *meses*. Esse é o tempo que leva para aumentar os níveis de colágeno.

— Não importa — resmunga ele. — A questão é que não consigo vender essa porcaria. E não quero lidar com pessoas reclamando dos efeitos colaterais.

— Não existem efeitos colaterais. Estudos demonstraram que o Collahealth é perfeitamente seguro.

— Essa não é a questão. Quero ser reembolsado. Tenho três caixas que ainda nem abri.

— Sinto muito, Sr. Fulton. A Vixed não faz reembolsos.

Há um longo silêncio do outro lado da linha.

— Como assim, Natalie? Você me disse que eu poderia pedir reembolso se não conseguisse vender o produto.

— Você deve ter entendido errado — digo, usando um tom respeitoso. — Os produtos da Vixed têm um prazo de validade limitado e não fazemos reembolsos.

— Está falando sério? Essa porcaria é cara. Você está dizendo que vou ter que ficar com três caixas dessa porcaria que não consigo vender?

Fulton está falando cada vez mais alto. Imagino as veias salientes no pescoço grosso e os olhos saltando das órbitas.

— Sinto *muito* — digo. Meu Deus, é muito cedo para isso. — É que essa é a política da empresa. Eu não faço as regras. Eles fazem. Se dependesse de mim, eu te daria o reembolso.

— Mas você disse que eu podia pedir reembolso! Foi por isso que comprei o produto!

— Eu... não sei o que dizer. Sinto muito.

Fulton está respirando com dificuldade do outro lado da linha. Agora imagino fumaça saindo das orelhas peludas.

— Quero falar com o seu gerente.

— Claro — digo. — Só um minuto.
Pressiono o botão de espera e baixo o telefone. Olho para as unhas — há uma borda irregular no meu indicador esquerdo. Procuro a lixa de unha dentro da bolsa. Arrumo a borda irregular. Limpo. Mexer nas unhas sempre me faz bem.
Pressiono o botão de espera com minha unha lixada e pego o telefone.
— Sr. Fulton?
— Sim?
— Sinto muito. — Suspiro. — Acabei de falar com o meu gerente e ele está em outra ligação, mas pediu que eu informasse o senhor de que não podemos abrir exceções. Não damos reembolso.
Mais uma vez, silêncio do outro lado da linha.
— Você mentiu para mim.
— É o quê?
— Você mentiu para mim — declara ele. — Você disse que eu podia pedir reembolso pela porcaria do seu produto, e foi só por isso que comprei. Foi por isso e porque você esfregou os seus peitos na minha cara.
— Sr. Fulton...
— Você é uma piranha mentirosa — dispara ele. — E espero que essa sua empresa de merda vá à falência.
Com essas palavras, ouve-se um clique alto do outro lado da linha. Dave Fulton desligou o telefone na minha cara.
Fico olhando para o telefone na minha mão, um pouco abalada com a conversa inteira. Mas, falando sério, isso é um negócio. E não se chega a melhor vendedor da empresa distribuindo reembolsos.
Normalmente, eu teria dado de ombros para uma ligação como essa. A maioria das pessoas gosta dos nossos produtos, mas haverá sempre alguém que não vai gostar. E não é como se eu me importasse com uma lojinha escondida no meio de Cambridge. Ele vai fechar as portas antes de nós.

Mas, hoje, o que ele disse me deixou abalada.
Você é uma piranha mentirosa.
Isso não é verdade. Eu expliquei qual era a nossa política de reembolso. Não é culpa minha se ele estava distraído demais com os meus peitos para prestar atenção. Não sou uma piranha mentirosa. Estou fazendo o que tenho que fazer para vender nosso produto. Estou fazendo *o meu trabalho*.
Não é culpa minha.

CAPÍTULO 25

Depois de respirar fundo algumas vezes, volto para a sala de descanso para tomar um café. Kim também está lá, segurando uma caneca de café com uma das mãos e mexendo no celular com a outra. Ela costuma passar a primeira hora do dia de trabalho na sala de descanso. E volta lá mais três ou quatro vezes ao longo do dia. Minha estimativa é de que Kim trabalha pra valer só uma ou duas horas por semana.

Tentei dar a Kim algumas dicas para melhorar suas vendas, mas ela não está muito interessada. Sinceramente, às vezes acho que ela está tentando ser demitida. O que será uma ótima desculpa para ficar em casa e viver sendo mimada pelo marido rico.

— Ei, Nat! — Ela olha para mim. Noto que a pele da testa de Kim está começando a descascar um pouco por causa da queimadura de sol que ela sofreu na lua de mel. — Você soube que Dawn foi encontrada? Ou, pelo menos, o que sobrou dela...

Faço careta ao ouvir o comentário. Não é bem uma piada, mas me parece muito inapropriado.

— Fiquei sabendo.

Kim pisca várias vezes.

— Quem será que fez isso com ela? Quero dizer, todo mundo já teve vontade de esganar Dawn, mas quem seria capaz de fazer uma coisa dessas de verdade? Que negócio horrível.

— Pois é... — Ocupo o lugar ao lado dela. — Olha só, Kim, você falou com aquele detetive ontem?

— Ah, sim. — Ela toma um gole de café. — Ele era meio gato, né?

Torço o nariz. Se achei Santoro atraente antes, com certeza já não acho mais.

— Não acho, não.

— Parece que ele sabe o que está fazendo. — Ela coloca mais um pouco de leite no café. Kim gosta de café marrom-claro. — Aposto que ele vai pegar quem fez isso. E fazer com que passe o resto da vida na cadeia.

Por alguma razão, o comentário dela me deixa muito desconfortável.

— Sim...

— Meu Deus, quem você acha que foi?

Hoje de manhã, eu estava lendo sobre o que geralmente acontece quando uma jovem é assassinada da forma como Dawn foi. Em casos como esse, o marido ou o namorado costuma ser é o culpado. Mas Dawn não tinha nenhuma pessoa importante na vida. A menos que ela tenha sido morta por sua tartaruga.

— Talvez tenha sido um ladrão — sugiro.

Mas isso não faz sentido. A não ser pelo objeto que estava naquele vão da estante, parece que não faltava nada na casa de Dawn. E, se ela assustou o ladrão e ele a matou, por que ele esconderia o corpo? Não faz sentido.

Nada disso faz sentido.

— Então — pigarreio —, sobre o que você conversou com o detetive ontem?

Ela dá de ombros e olha para o telefone.

— Sei lá. Ele fez um monte de pergunta sobre Dawn.

— Você disse para o detetive que eu estava fazendo bullying com ela?

Sei dizer quando Kim está mentindo porque ela fica corada. Infelizmente, seu bronzeado tornou isso mais difícil.

— Sei lá. Por quê?

Tenho vontade de sacudi-la.

— Kim, *você disse para o detetive que eu estava fazendo bullying com Dawn?*

Por fim, ela suspira.

— Você meio que estava.

— Não, eu não estava!

Ela me dá uma olhada.

— Não culpo você. Dawn era tão estranha. Ela era obcecada por tartarugas. Quem é obcecado por *tartarugas*? Tartaruga é um negócio *chato*. Sabe o que seria melhor que tartaruga? *Qualquer coisa.*

Não consigo deixar de pensar na tartaruga que encontrei na minha mesa nos últimos três dias. Ou naquela tartaruga viva que encontrei em um tanque na casa de Dawn. Ou na estante repleta de tartarugas. Ela não faz ideia de como tartarugas podem ser assustadoras.

— Eu não estava fazendo bullying com Dawn — insisto. — Eu jamais faria isso.

— Você disse que ela perdeu a virgindade com uma tartaruga.

— Ai, meu Deus, era uma piada. — Eu me encolho. — Não foi nada de mais. Todo mundo fazia piada com ela. Se eu estava fazendo bullying, vocês também estavam.

— Não faz diferença, Nat.

— Olha, Kim — digo entre os dentes —, você precisa parar de mentir sobre mim para o detetive, tá bom? Porque está ficando *bem* feio para mim.

— Só contei para ele o que realmente aconteceu.

— Ah, foi isso que você fez? — Levantei as sobrancelhas. — Bom, talvez eu devesse contar ao seu novo marido o que *realmente aconteceu* na noite da sua despedida de solteira. Sobre aquele cara no bar que você...

— Natalie! — Kim agarra a minha mão do outro lado da mesa na velocidade da luz. — Você *prometeu* que não ia contar para ninguém...

— E não vou. — Olho para ela. — Mas você precisa parar de me prejudicar. Tá bom? A gente está falando de uma investigação de assassinato. Não é brincadeira.

Por um instante, Kim parece à beira das lágrimas.

— Tudo bem, foi mal. Não achei que fosse grande coisa. E daí que você provocou Dawn um pouquinho. Todo mundo fez a mesma coisa.

— É — digo —, todo mundo fez a mesma coisa.

Dou uma última olhada em Kim. Tenho certeza de que vai ficar de boca fechada — ela não quer que o marido saiba o que ela fez naquela noite. Para minha sorte, tive a feliz ideia de tirar muitas fotos durante a despedida de solteira.

Infelizmente, meus problemas são maiores do que os de Kim.

CAPÍTULO 26

Almoço de novo na minha mesa. Normalmente sou uma pessoa muito sociável, mas o único assunto disponível é o assassinato de Dawn e isso está começando a me deixar doente. Além disso, detesto a ideia de que várias pessoas no escritório pensaram que eu estava fazendo bullying com Dawn. Ainda não entendo como alguém pode ter dito uma coisa dessas. Na verdade, fui a única que tentou ser legal com ela!

Enquanto dou uma mordida no meu sanduíche de peito de peru, uma mensagem de texto aparece no meu celular. É de Caleb.

Podemos conversar?

Uma boa conversa jamais começa com essas duas palavras. Se tivesse algo de bom para me dizer, ele simplesmente diria. Não começaria perguntando se podemos conversar. Essa é uma mensagem que anuncia o fim da relação.

Pego o telefone na mesa e olho para a tela. Não quero terminar com Caleb. Apesar do meu pequeno lapso na noite passada, ainda acho que ele é o namorado perfeito. Na verdade, quero levar as coisas adiante. Antes dessa semana, eu teria dito que ele me adorava, que ele estava estupidamente apaixonado por mim.

E se ele souber de Seth? E se ele foi até a minha casa ontem à noite e viu o carro de Seth estacionado em frente? Isso lhe daria motivos suficientes para começar uma conversa sobre o fim do namoro.

Fico feliz que ele não tenha ouvido o comentário do detetive sobre como ele e eu poderíamos ter matado Dawn juntos. Isso é muito ridículo. É claro que não matamos Dawn. Na verdade, nem estávamos juntos naquela noite. Mas é claro que eu não poderia dizer *isso* para o detetive.

Não aguento mais. Tenho que falar com Caleb.

Clico no número de Caleb na minha lista de chamadas recentes. Sinto um pouco de alívio quando ele não parece totalmente irritado ao atender o telefone.

— Oi, Nat — diz ele.

— Oi...

— Fiquei sabendo de Dawn — diz ele calmamente. — Você... está bem?

Meus olhos se enchem de lágrimas.

— Na verdade, não. Eu... não consigo parar de pensar nisso. O que aconteceu com ela...

— Eu sei...

— Ela foi *agredida até a morte*, Caleb. Você consegue imaginar?

— Sim. É horrível. — Há um silêncio interminável do outro lado da linha. — Olha, eu só queria dizer que sinto muito por ontem. Fui um pouco idiota com você.

— Ah. — Essa era a última coisa que eu esperava que ele dissesse. — Está tudo bem. Foi um dia estressante.

— Foi *mesmo*. — Sua voz soa um pouco rouca, como se ele não tivesse dormido o suficiente. — Eu nunca tinha sido interrogado por um detetive antes. E aquele cara era *barra-pesada*. Ele não parava de me pressionar, tentando ver se eu cedia.

— Mas você não cedeu.

— Não — confirma ele. — Olha, eu acho que teria sido melhor dizer a verdade, mas entendo por que você sentiu que precisava de um álibi. E, nossa, é óbvio que você não é culpada.

Talvez seja óbvio para ele. Mas o detetive não parece ter a mesma opinião.

— De qualquer forma — diz ele —, foi mal por ter surtado. Me perdoa?

Só se você me perdoar por ter transado com outro cara ontem à noite. Mas não, provavelmente é melhor não tocar nesse assunto. Ele não precisa saber. E, como eu disse, foi a última vez. Seth sabe disso.

— Você quer ir lá em casa hoje à noite? — pergunto. Odeio a ideia de voltar sozinha para minha casa vazia mais uma vez.

Ele resmunga.

— Bem que eu queria, mas vou trabalhar até tarde hoje. Nem sei até que horas. Que tal amanhã?

— Pode ser. — Eu gostaria que ele viesse hoje à noite, mas tudo bem desde que não demore muito. — E talvez você possa passar a noite comigo.

Ele parece chocado.

— Sério?

— Por que não?

— Eu... achei que, com tudo o que está acontecendo com sua amiga, você não iria querer...

— Dawn não era minha amiga — digo, lentamente. — Ela era minha colega de trabalho. Eu gostava dela. Mas não éramos amigas.

— Ah.

Será que eu disse algo errado? É realmente tão inadequado receber meu namorado em casa depois que uma colega de trabalho que eu mal conhecia foi assassinada?

— Além disso — digo —, a corrida de cinco quilômetros é no sábado. Você ainda vai correr, não vai?

Mais uma vez, ele parece surpreso.

— A corrida ainda vai acontecer?

Apesar de tudo, sinto uma pontada de irritação.

— Nós arrecadamos muito dinheiro para caridade, Caleb. Não posso simplesmente cancelar o evento.

— OK, tudo bem...

— É um evento beneficente para crianças com paralisia cerebral. Não é como se eu estivesse dando uma festa de debutante.

— Entendo — diz ele. — Então... acho que vou correr.

Eu tinha imaginado Caleb e eu correndo juntos o caminho todo. Ele tem pernas mais longas, mas tenho treinado mais que ele. Ele corre na esteira da academia, mas não está treinando especificamente para isso. Vou me garantir.

Mas, agora, não sei o que vai acontecer com a corrida. O assassinato de Dawn mudou tudo. Mas não quero estragar o evento depois de tudo que fizemos. Talvez eu precise dar um novo rumo às coisas.

CAPÍTULO 27

TRÊS MESES ANTES

De: Natalie Farrell
Para: Funcionários da Vixed
Assunto: Chá de panela!!!!

Na tarde desta sexta-feira, às 15h, faremos um chá de panela para comemorar o casamento de Kim! Presentes são permitidos, incentivados e não há limite de gastos! Afinal de contas, Kim só vai se casar uma vez. (Assim esperamos!) O esquema vai ser de festa americana. Por favor, me avise quais pratos cada um de vocês vai levar para que a gente não leve todo mundo a mesma coisa!

De: Dawn Schiff
Para: Funcionários da Vixed
Assunto: RES: Chá de panela!!!!

Estou muito animada! Levarei meus famosos cupcakes de tartaruga. Às vezes, no que diz respeito a sobremesas, "tartaruga" se refere a doces feitos com noz-pecã e caramelo mergulhados em chocolate, mas os meus são cupcakes em formato de tartaruga! O interior será de chocolate e, embora eu não revele todos os meus segredos, acredite em mim quando digo que esses cupcakes são idênticos a uma tartaruga. Estou muito animada para compartilhar meus cupcakes com vocês!

Atenciosamente,
Dawn Schiff

De: Natalie Farrell
Para: Funcionários da Vixed
Assunto: RES: Chá de panela!!!!

Pelo amor de Deus, Dawn, você não precisa clicar sempre em "responder a todos" nos e-mails!!! Eu te aviso se mais alguém sugerir cupcakes.

De: Dawn Schiff
Para: Mia Hodge
Assunto: RES: Novidades

Querida Mia,

Hoje de manhã, levei para o trabalho uma bandeja com doze cupcakes. Natalie nunca respondeu se eu poderia levá-los, mas achei que esse tipo de coisa nunca era demais. Fiz de chocolate, porque sabemos que todo mundo adora chocolate. Mas usei cobertura de baunilha, porque assim consegui adicionar corante alimentício azul para fazer com que a cobertura parecesse o oceano, e depois acrescentei balinhas verdes para transformá-los em cupcakes de tartaruga. Eu me esforcei muito para fazer esses doces. Estou anexando uma foto para você ver como ficaram lindos.
    O chá de panela foi às 15h na sala de reuniões. Natalie passou a maior parte do dia se preparando. Sempre que eu olhava para cima, ela estava decorando a sala de reuniões. Pensei em perguntar se poderia ajudar, mas não queria irritá-la. Por isso, mantive distância.
    Às 15h, meus colegas de trabalho começaram a entrar na sala de reuniões com bandejas de comida. Corri para a sala de descanso para pegar meus cupcakes, que guardei na prateleira de baixo da geladeira.
    Só que os cupcakes não estavam lá.
    Eu tinha certeza de que tinha colocado os doces na geladeira. Fiz isso assim que cheguei, para que os cupcakes

permanecessem frescos. Verifiquei todas as prateleiras, embora a bandeja fosse grande o suficiente para se destacar na geladeira. Em seguida, comecei a verificar os armários acima da pia, me perguntando se alguém havia escondido os cupcakes lá.

Após cerca de cinco minutos de busca, comecei a entrar em pânico. Meu coração estava acelerado enquanto eu vasculhava todas as gavetas e armários da sala de descanso. Eu estava tão animada para mostrar meus cupcakes para todo mundo. O que poderia ter acontecido com eles?

Mas então me dei conta. Alguém provavelmente viu os cupcakes e os levou para a sala de reuniões, achando que eram para o chá de panela.

A festa já estava acontecendo há cerca de quinze minutos. Lavei as mãos e fui encontrar os outros na sala de reuniões. Vi que quase todo mundo do escritório estava participando. Essa ia ser uma excelente oportunidade de conversar com meus colegas de trabalho em um ambiente mais descontraído.

Natalie estava perto da mesa de reuniões, conversando com Seth, que segurava uma bandeja de comida. Seth estava com um sorriso nos lábios, como sempre acontecia quando conversava com Natalie. Nunca descobri se ele sabia que sua esposa tinha aparecido no trabalho e deixado aquele bilhete ameaçador para Natalie. Cheguei a pensar em contar para ele, mas decidi seguir seu conselho e não me meter.

Mas hoje observei os dois por um instante do lado de fora da sala de reuniões. Foi estranho, mas quase pude imaginá-lo se inclinando para a frente e pressionando os lábios nos dela, passando a mão em seu cabelo longo e sedoso. Não é difícil ver por que ele gosta dela.

Agarrei a maçaneta da porta da sala de reuniões. Instantaneamente, Natalie ergueu a cabeça. Ela abandonou Seth e atravessou a sala correndo até a porta para me cumprimentar. Mas ela não parecia feliz em me ver. Começou a fazer um milhão de perguntas sobre o que eu estava fazendo ali, embora eu estivesse entre os destinatários do e-mail que ela mandou para a empresa inteira.

Em seguida, ela disse que era uma festa americana e que eu não tinha trazido nada. Eu ainda esperava encontrar os cupcakes na festa e então poderia dizer que eles eram meus. Mas, quando eu disse isso, ela agiu como se não soubesse do que eu estava falando. "Não tem nenhum cupcake de tartaruga aqui." Depois me acusou de estar mentindo. "Dawn, por favor, não mente. Isso não cai bem."

Quando ela disse "isso não cai bem", fez um gesto apontando para minha roupa. Ao contrário de Natalie, costumo usar calça para trabalhar. Saias me deixam desconfortável. Também não uso blusas justas como ela — blusas que marcam os seios —, embora, para ser sincera, eu não tenha muito o que exibir nesse departamento. Minha mãe sempre dizia que eu tinha o corpo de um garoto pré-adolescente.

Eu insistia em dizer que tinha feito doze cupcakes de chocolate, mas Natalie não me deixava entrar na festa. Por fim, ela disse que não entendia por que eu estava ali, uma vez que nem sequer sou amiga de Kim. Quando falei que ela havia me convidado, ela se limitou a balançar a cabeça. E disse: "Enviei o convite para todo mundo, mas presumi que as pessoas que não eram amigas de Kim não viriam. Só precisa ter um pouco de bom senso."

Só que, quando olhei por cima do ombro de Natalie, parecia que todo mundo da empresa estava naquela sala de reuniões. Não só os amigos de Kim. Era todo mundo mesmo. Todo mundo, menos eu.

Antes que eu pudesse argumentar, Natalie fechou a porta na minha cara e voltou a conversar com Seth.

Eu não sabia o que fazer depois disso. Poderia ter voltado a trabalhar no escritório vazio, mas não conseguia me concentrar. Eu tinha pensado que essa festa seria uma oportunidade para finalmente conhecer alguns dos meus colegas de trabalho. Talvez até fazer uma amiga. Obviamente, reconheço que nunca terei outra amiga como você. Abandonei essa ideia besta. Mas, como estamos morando em extremos diferentes do país, eu adoraria ter alguém com quem pudesse almoçar de vez em quando.

Por fim, optei por voltar para a sala de descanso. Sem dúvida eu tinha levado os cupcakes para o trabalho de manhã. Eu tinha certeza de que, se conseguisse encontrá-los e levá-los para a sala de reuniões, Natalie me deixaria entrar na festa. Tinha que deixar. Todos iriam querer experimentar esses cupcakes. Quem não ia gostar de cupcakes de tartaruga?

Então, enquanto todos estavam na festa, voltei para a sala de descanso sozinha. Verifiquei a geladeira uma última vez e depois vasculhei sistematicamente cada gaveta e armário. E, num impulso, pisei no pedal para abrir a lixeira.

E foi lá que encontrei meus cupcakes. Todos amassados em um grande bolo deformado no fundo do lixo.

Todo o meu trabalho árduo estava no lixo. Ninguém teve a oportunidade de vê-los ou prová-los. Passei horas fazendo aqueles cupcakes. Para nada.

Você sempre dizia que eu nunca deveria dar às pessoas a satisfação de me ver chorar. Se estivesse à beira do abismo, você me diria como sou incrível e que preciso ser forte.

Mas era fácil não chorar quando você estava aqui comigo. É muito mais difícil quando estou sozinha. Mas você tem razão. Aconteça o que acontecer, não se pode deixar que os outros saibam que foi atingida. Porque é assim que vencem.

Então voltei para o meu cubículo de cabeça erguida. Eu não daria a eles essa satisfação. Você teria ficado orgulhosa de mim.

Atenciosamente,
Dawn Schiff

De: Mia Hodge
Para: Dawn Schiff
Assunto: RES: Novidades

Meu Deus, Dawn!!!! Essa Natalie passou dos limites! Você precisa ir ao RH e denunciá-la. Estou falando sério.

De: Dawn Schiff
Para: Mia Hodge
Assunto: RES: Novidades

Querida Mia,

Entendo por que você disse isso, mas prefiro não ir ao RH. Vou apenas fazer outra fornada de cupcakes e guardá-los no meu cubículo para a próxima festa. Além do mais, o chefe do RH adora Natalie.

Atenciosamente,
Dawn Schiff

CAPÍTULO 28

DIAS ATUAIS

NATALIE

Tenho outra entrevista no fim da tarde para promover a corrida em uma estação de rádio local. Não estou totalmente concentrada no evento, mas será uma boa distração. Passei a manhã inteira fazendo ligações para clientes e não fechei nenhuma venda. Mas posso dar uma entrevista com a mão nas costas. Já me disseram que minha voz é boa. Uma vez alguém me disse que eu deveria virar locutora.

Eu deveria receber uma ligação de Rita Duke às quatro, mas, depois de quinze minutos de atraso, pego o número dela na minha agenda de endereços. Talvez eu tenha me enganado com o horário, embora tenha anotado no calendário. Não costumo cometer erros assim.

Depois de vários toques, tenho certeza de que a ligação vai para a caixa de mensagens, mas então Rita atende.

— Natalie?

— Oi, Rita! — exclamo. — A nossa entrevista não era às quatro? Será que me enganei?

— Não... — Ela ficou em silêncio por um instante. — Achei que você não queria mais falar da corrida depois que a sua colega de trabalho... — ela abaixa o tom de voz — ... foi morta.

Não me surpreende que ela saiba de Dawn. Está em tudo que é noticiário, desde que o corpo dela apareceu.

— Na verdade, achei que poderíamos falar sobre isso durante a entrevista. Estamos arrecadando dinheiro para pesquisas sobre paralisia cerebral, mas agora também vamos correr em homenagem a Dawn.

Ela fica em silêncio por tanto tempo que chego a pensar que desligou. Por fim, diz:

— Sério? Você acha de bom tom?

— Bom tom? Não entendi a pergunta. Dawn foi brutalmente assassinada e o assassino ainda está à solta. Isso vai chamar mais atenção para o caso, talvez até ajude a encontrar o bandido que fez isso com ela.

— Natalie, você sabe o que todo mundo está dizendo na internet?

Uma sensação horrível invade meu estômago.

— O quê?

— A sua empresa está entre os assuntos do momento. — Rita diz isso como se fosse *grande coisa*. — Todo mundo está dizendo que Dawn sofria bullying pesado de todo mundo na empresa. Não se fala de outra coisa.

Pego o celular e abro o Twitter.

— Como eu pesquiso?

— A hashtag BullyingnaVixed.

Ai, meus Deus.

— Não é verdade — digo a Rita. — É só um boato horrível. Você sabe como essas coisas começam.

— Ã-hã...

— Eu gostava de Dawn. — Minha voz soa quase chorosa, mas não consigo evitar. — Ela e eu éramos amigas. Boas amigas. Era eu que protegia Dawn das outras pessoas. Ela era *diferente*, sabe? Mas eu gostava dela. Gostava do fato de ela ser diferente.

— Entendi — diz Rita —, mas sinto que agora o clima não está bom. Não posso ficar do lado do inimigo, sabe?

— Mas eu não sou o inimigo! — Quero bater com os punhos na mesa. — Fui eu que descobri que ela estava desaparecida!

— Sim, eu vi um post mencionando. — Rita tosse. — Isso foi hashtag suspeito.

Estou atordoada demais para falar. Leva um segundo para eu recuperar a voz.

— Sabe, eu tenho um álibi para a noite em que ela desapareceu.

— Tenho certeza de que tem — diz Rita vagamente. — Olha, não acho que seja uma boa ideia dar essa entrevista agora. Mas espero que tudo dê certo para você, Natalie.

— Puxa, obrigada, Rita. Agradeço seu apoio.

Antes que ela possa responder, desligo o telefone. Isso foi inacreditável. Rita tem me entrevistado todos os anos desde que comecei a organizar essa corrida. Pensei que fôssemos amigas. Não acredito que ela me abandonou desse jeito depois de um simples boato.

Agora que desliguei o telefone, preciso ver do que Rita estava falando. Abro o Twitter e digito a hashtag.

Ai, não. É pior do que eu imaginava.

CAPÍTULO 29

Estamos entre os assuntos do momento. Em duzentos e oitenta caracteres ou menos, todo mundo na internet está compartilhando histórias sobre bullying no local de trabalho e se comovendo com o terrível fato de Dawn ter sido atormentada da maneira como foi. Apesar de ser quase fisicamente doloroso, acompanho a ladainha de comentários horríveis sobre minha empresa e as pessoas que trabalham lá. É quase horrível demais para ler. Quando as pessoas se juntam, elas podem ser cruéis. Comportamento de manada e tal.

> As pessoas que trabalham nessa empresa deveriam ir para a cadeia. #BullyingnaVixed
> Crianças que fazem bullying viram adultos que fazem bullying. #justiçapordawn #BullyingnaVixed
> Collahealth foi o suplemento mais inútil que experimentei na vida. Eram basicamente pílulas de açúcar. Não fez nada. #VixedÉPéssima
> Você teve sorte de ele não fazer nada. Porque eu perdi o cabelo. #VixedÉPéssima

Ai, meu Deus, o Collahealth *não* faz o cabelo cair. Isso é uma mentira deslavada. Sim, ele não funciona para todo mundo. Mas, para as pessoas que experimentam seus benefícios, os efeitos podem ser incríveis. Quero dizer, eu não tomo

Collahealth. Não tenho problema de colágeno. Mas li os dados associados ao produto e ele é muito bom.

Depois de um tempo, pesquiso o meu nome. Na maior parte do tempo, quem divulgou a história de Dawn não chegou a citar meu nome. Graças a Deus. Mas algumas pessoas optaram por me criticar como funcionária da Vixed.

> Natalie da Vixed é uma mentirosa sem vergonha. Ela é capaz de fazer qualquer coisa para você comprar a porcaria que eles vendem. #VixedÉPéssima

É difícil não levar isso para o lado pessoal.

— Nat?

Seth aparece na entrada do meu cubículo de sobretudo. Eu estava tão envolvida no Twitter que demorei para perceber. Ele franze a testa.

— Oi — murmuro.

— Você está bem, Nat?

Evito olhar para o celular.

— Você viu que estamos sendo massacrados na internet?

— Vi. — Ele parece imperturbável, apesar de seu nome ter sido mencionado várias vezes. "O gerente Seth Hoffman não fez nada para impedir o bullying." — Você deveria parar de ler essas coisas.

— Não consigo. — Mesmo enquanto falo com ele, olho para o telefone a fim de ler o comentário seguinte. Não tem fim.

— É fácil. — Ele estende a mão e pega meu telefone da mesa. — É só parar. Isso não vai ajudar a descobrir quem matou Dawn.

— Ei!

— É para o seu próprio bem, Nat.

— Todo mundo acha que eu fiz bullying com Dawn, que sou uma pessoa terrível.

— Isso é besteira. — Seth diz essas palavras com tanta veemência que quase tenho vontade de dar um abraço nele. Até Kim parecia acreditar que eu estava fazendo bullying com Dawn e ela é minha melhor amiga. — Você foi legal com Dawn. Não fez nada de errado. Essas pessoas na internet estão só especulando. Querem alguém para culpar. Elas não conhecem você como eu conheço.

Seguro uma mecha do meu cabelo.

— Como é que você não está pirando? A empresa não vai ficar feliz com tudo isso.

— Está tudo bem. Eles sabem que é só um boato e que isso vai passar. O que aconteceu com Dawn é terrível, mas não foi culpa nossa.

— E se mandarem você embora?

Ele dá um sorriso de lado.

— Daí minha renda vai cair vertiginosamente, o que seria ótimo para o meu processo de divórcio. Relaxa, Nat. Vai dar tudo certo.

— Devolve o meu telefone.

— Vou acompanhar você até o carro, aí devolvo.

Seth parece decidido a manter meu celular como refém, então pego o casaco no encosto da cadeira e o coloco sobre os ombros. Há uma chance de ele estar certo. Tenho certeza de que nada de bom vai sair da leitura desses posts. É perda de tempo.

Pelo menos ninguém me chamou de assassina.

Acompanho Seth pelo corredor até os elevadores. Ele ainda está com meu celular no bolso do casaco. Não consigo entender por que as pessoas estão com tanto ódio. Não fizemos bullying com Dawn e Deus sabe que poderíamos ter feito, porque ela desrespeitava descaradamente um monte de convenção social. Mas a gente era gentil com ela. Quer dizer, na maioria das vezes. Houve situações em que fiquei irritada com ela? Claro, sou humana. Mas em geral tentei ser paciente com Dawn, de verdade. Até fiz um esforço para incluí-la nos eventos do trabalho, como o chá de panela que organizamos para Kim. Embora Dawn não fosse amiga de Kim, sendo até grosseira com ela de vez em quando, fiz questão de convidá-la. Mas, no fim, Dawn acabou não indo.

E, mesmo que a gente tenha feito bullying com ela, o que isso tem a ver com seu assassinato, pelo amor de Deus? Será que acham que a gente matou Dawn de tanto bullying?

— Você ainda está pensando nos posts — comenta ele.

— Não consigo evitar! — Agarro minha meia-calça, que rasga levemente sob minha unha. Que droga. — Não estou acostumada a ser odiada pelas pessoas. — A não ser pela esposa de Seth. Mas até ela parece ter perdido o interesse em me assediar.

— Ninguém odeia você, Nat. — Seus olhos castanho-claros se encontram com os meus no elevador. — Eu, com certeza, não.

Desvio o olhar. Isso não vai acabar bem.

O sol já havia se posto quando saímos do prédio. Está fresco, quase chuviscando. Novembro acabou de começar e promete ser um mês úmido e frio. Logo começará a nevar. Pelo menos o sábado deve ser agradável.

Seth fica perto de mim enquanto andamos pelo estacionamento em direção ao meu carro. Percebo que ele está estacionado a poucas vagas de mim. Algumas vezes, enquanto andamos, o ombro dele roça no meu. Não faço nenhum comentário sobre isso.

Quando chegamos ao meu carro, olho para ele.

— Você pode devolver o meu celular agora?

Ele saca o telefone do bolso e o entrega para mim. Quando o pego, meus dedos roçam nos dele. Não posso deixar de notar como ele está perto de mim.

— Então — diz ele.

Meu cabelo está começando a enrolar por causa do ar úmido.

— Então.

Ele se inclina para me beijar. Fica a cerca de um centímetro dos meus lábios, mas eu recupero o juízo. Pressiono a palma da mão no peito dele e o afasto de mim.

— Não, Seth — digo. — Não posso.

— Por favor — pede ele. — Só mais uma vez.

— A noite passada foi a última — argumento. — Se fizermos isso de novo, não vai ser só mais uma vez. Vai ser traição. E eu não quero trair Caleb. Ele é um cara legal.

— Então termina com ele. E fica comigo.

Posso ver em seus olhos que ele está falando sério. Ele quer que eu largue Caleb e fique com ele. Deve estar louco. Claro, a noite passada foi incrível e ele é muito sexy. Mas ele tem um monte de problema. Sua vida pessoal é uma bagunça. E minha cabeça ainda está girando depois de tudo o que aconteceu essa semana. Simplesmente não posso fazer isso.

— Sinto muito — digo.

Antes que ele comece a declarar seu amor por mim outra vez, como na noite passada, pego as chaves na bolsa e entro no carro. Seth se afasta para me deixar sair, mas não entra no próprio carro. Mesmo enquanto estou saindo do estacionamento, ele continua me observando.

CAPÍTULO 30

DOIS MESES ANTES

De: Dawn Schiff
Para: Rhonda Schiff
Assunto: Conselho

Prezada mãe,

Qual é a melhor maneira de fazer com que um colega de trabalho goste de você? Você tem alguma sugestão para me dar?

Atenciosamente,
Dawn

De: Rhonda Schiff
Para: Dawn Schiff
Assunto: RES: Conselho

De que colega de trabalho você está falando? É um homem?

De: Dawn Schiff
Para: Rhonda Schiff
Assunto: RES: Conselho

Prezada mãe,

Não, é uma colega de trabalho.

Atenciosamente,
Dawn

De: Rhonda Schiff
Para: Dawn Schiff
Assunto: RES: Conselho

Quem se importa com uma mulher que não gosta de você? Provavelmente é uma causa perdida, então não se preocupe. De qualquer forma, você precisa de um homem. Você não está ficando mais jovem. Além disso, vou precisar de um pouco mais de dinheiro esse mês. Acho que dois mil dólares resolvem o problema, mas seria melhor se me mandasse mais. O carro quebrou.

De: Dawn Schiff
Para: Rhonda Schiff
Assunto: RES: Conselho

Prezada mãe,

Sinto muito, mas não posso. Meu aluguel é mais caro em Quincy e não tenho muito dinheiro guardado. O máximo que consigo mandar esse mês é mil dólares a mais.

Atenciosamente,
Dawn

De: Rhonda Schiff
Para: Dawn Schiff
Assunto: RES: Conselho

Você não pode me mandar dois mil dólares extras depois de tudo que aguentei de você? O tempo todo me ligando e reclamando que não tem amigos. Gostaria de ter recebido um dólar para cada vez que ouvi você falar dessas malditas tartarugas. Você não consegue dar para sua própria mãe um pouco mais de dinheiro esse mês?

De: Dawn Schiff
Para: Rhonda Schiff
Assunto: RES: Conselho

Prezada mãe,

Infelizmente, não consigo. Peço desculpas.

Atenciosamente,
Dawn

De: Rhonda Schiff
Para: Dawn Schiff
Assunto: RES: Conselho

É inacreditável como você é ingrata. Não venha me pedir conselhos nunca mais.

De: Dawn Schiff
Para: Mia Hodge
Assunto: RES: Novidades

Querida Mia,

Devo estar desesperada, porque mandei um e-mail pedindo conselho para minha mãe. Não que seus conselhos não tenham sido ótimos, mas preciso tentar algo diferente.

 Tentei sorrir mais para Natalie e ser o mais simpática possível, mas não está funcionando. Não tenho certeza se foi ela quem jogou fora meus cupcakes, mas tenho uma forte suspeita. E, mesmo que ela não tenha feito isso e que tenha sido um acidente terrível, ela ainda foi cruel comigo quando tentei entrar na festa.

 Ela também me deu informações erradas sobre duas outras reuniões. Agora tenho o hábito de ligar para a secretária de Seth só para ter certeza de que não vou perdê-las.

Pensei em tentar falar com Seth de novo, mas ele não vai fazer nada. Mesmo se eu tivesse provas de que ela jogou fora meus cupcakes, ele simplesmente me diria para resolver o problema sozinha. Ou pior, ficaria do lado dela.

Preciso fazer alguma coisa. Tenho que fazer Natalie deixar de ser minha inimiga para virar minha amiga.

Infelizmente, mandar um e-mail para minha mãe pedindo conselho foi um grande erro. Fazia meses que eu não escrevia para ela e mais tempo ainda que não ligava. Quando saí da casa dos meus pais em Beverly, eu ligava uma vez por semana. Mas sempre tive medo. Antes de fazer a ligação, eu sentia um nó no estômago e não conseguia comer nada. Você sabe como minha mãe pode ser e, agora, ela está um milhão de vezes pior.

Até mesmo mandar um e-mail para minha mãe me deixava nervosa. Tão nervosa que eu mal conseguia comer. Hoje à noite, a cor foi amarelo. Fiz arroz amarelo com milho. Mas a comida não desceu bem.

De qualquer forma, ela não deu nenhum conselho útil. Além disso, começou a me pressionar para que eu mandasse mais dinheiro. Contei para você que tenho enviado cheques para a minha mãe todo mês? Só o suficiente para ajudá-la a sobreviver agora que meu pai morreu. Ela não pediu ajuda, mas, se por acaso o cheque atrasa, ela me liga e pergunta quando vou mandar o dinheiro.

Não consegui dizer a ela que estou ganhando menos dinheiro na Vixed do que no meu último emprego. Nunca contei a ela por que saí daquele emprego.

Mas minha mãe não gostou de saber que eu não podia mandar mais dinheiro. Foi então que decidi nunca mais falar com ela.

Em vez disso, procurei ideias na internet.

Encontrei uma matéria que listava maneiras de fazer com que as pessoas gostem de você. Algumas das coisas eram óbvias. "Seja empático." É claro. "Faça com que elas se sintam bem." Naturalmente. "Sorria." Essa eu já sabia.

Havia muitas dicas sobre linguagem corporal. Além de sorrir, a matéria recomendava inclinar a cabeça na direção da outra pessoa. A ciência por trás disso é que, evolutivamente, inclinar a cabeça expõe a artéria carótida, de modo que você deixa a outra pessoa saber que não está querendo brigar. Você também pode tocar a outra pessoa para estabelecer um vínculo.

Também mencionaram contato visual. Você sabe que sou péssima em contato visual. Não sei por quê, mas isso me deixa muito desconfortável. Às vezes, me esforço para olhar o nariz da pessoa, mas olhar nos olhos dela é praticamente impossível para mim. Você é a única pessoa com quem consigo fazer contato visual.

A matéria sugeriu perguntar à outra pessoa sobre ela mesma e tentar descobrir coisas que a interessem. Eu poderia fazer isso com Natalie. Sei que ela gosta de tartarugas como eu, então poderíamos falar sobre isso, mas suspeito que haja outras coisas de que ela gosta e sobre as quais podemos conversar também. A matéria também fala para elogiar. Isso seria fácil, já que Natalie tem várias qualidades.

Depois de ler a matéria, meu pescoço ficou tenso e desconfortável. Farei o que for necessário para que Natalie volte a gostar de mim, mas nenhuma das sugestões da matéria é fácil para mim. Vai ser um grande esforço.

Minha vida seria tão mais fácil se eu fosse uma tartaruga. Júnior não tem que lidar com garotas malvadas no local de trabalho. Eu poderia ficar sozinha o tempo todo e me esconder na minha carapaça sempre que quisesse.

Sinceramente, se eu não tivesse você para conversar, não sei o que faria. Você acha que eu poderia visitar você e George em Palo Alto em breve? Passar uma semana longe daqui vai fazer diferença para mim. Por favor, me diga quando fica bom para vocês!

Atenciosamente,
Dawn Schiff

De: Mia Hodge
Para: Dawn Schiff
Assunto: RES: Novidades

Gostaríamos muito de receber você, mas estou extremamente ocupada com o trabalho no momento e os pais de George estão vindo para cá nesse fim de semana. Talvez não seja o melhor momento. Podemos conversar sobre isso daqui a algumas semanas? Eu adoraria te ver!
 Além do mais, eu não deveria ter que dizer isso para você, mas não dê mais dinheiro para a sua mãe! E, pelo amor de Deus, não peça conselhos para ela!

Beijos,
Mia

CAPÍTULO 31

DIAS ATUAIS

NATALIE

Ao voltar para casa, o céu está completamente escuro.

Estaciono na rua em frente à minha casa e, mais uma vez, fico aliviada de descobrir que consegui trancar a porta hoje de manhã. Entro na sala de estar e dou início ao meu novo ritual de acender todas as luzes.

Fico me perguntando o que Dawn estava fazendo quando o intruso entrou na casa dela. Será que ela estava chegando do trabalho e levou um susto assim que cruzou a porta? Ou será que ela estava sentada no sofá, com um prato no colo, desfrutando de um jantar tranquilo e vendo TV, quando alguém chegou por trás e...

Meu Deus, no fim das contas, eu deveria ter deixado Seth vir para cá.

Deito no sofá e ligo a TV. Acaba sendo um erro enorme porque todos os canais estão falando de Dawn. Eles ficam exibindo a foto de um documento de Dawn, aquela em que ela não tem nem um resquício de sorriso e os óculos com armação de tartaruga preenchem metade do rosto. Muitas pessoas têm fotos terríveis em seus documentos, mas a de Dawn é particularmente horrível.

A minha, na verdade, é muito boa. Por acaso, eu estava com o cabelo muito bom naquele dia.

— Dawn Schiff foi encontrada parcialmente enterrada em um local não revelado — diz o repórter para a câmera. — A causa da morte foi relatada como traumatismo craniano. A polícia diz que ela foi brutalmente assassinada, agredida com um objeto rudimentar, a ponto de ter a maioria de seus dentes arrancados. Seus óculos foram quebrados e encontrados no chão ao lado dela.

Imagino os óculos com armação de tartaruga de Dawn no chão, manchados de sangue — as lentes rachadas, a armação destruída. Meu estômago se revira.

Ai, meu Deus. Tenho que desligar a TV. Preciso de outra distração. Algo que não tenha nada a ver com Dawn ou seu assassinato brutal.

Talvez eu lave roupa.

Uma das melhores coisas da minha casa é que tenho minha própria lava e seca. Antes disso, no apartamento em que eu morava, toda semana tinha que colocar a roupa suja em um cesto e jogá-la no porta-malas do carro, depois dirigir até a lavanderia local. E tinha que *esperar* enquanto minha roupa ficava batendo por uma hora na máquina de lavar. Em um horário ruim, a concorrência chegava a ser brutal. Todo o processo era desumano.

Agora, tudo o que preciso fazer é pegar meu cesto de roupas sujas e arrastá-lo até a lava e seca no fim do corredor. Não enfrento fila e posso ficar no conforto da minha casa enquanto minhas roupas estão sendo lavadas. É claro que ainda tenho que mandar várias das minhas coisas para lavar a seco, mas consigo cuidar da maioria das minhas roupas usando o ciclo suave.

Não lavo roupa há cerca de duas semanas, então o cesto de roupa suja está bem cheio. Mesmo assim, fico surpresa com o peso que sinto ao carregá-lo pelo corredor até a máquina de lavar. Ele costuma ser tão pesado assim? São só roupas, mas parece que está cheio de pedras.

Abro a máquina de lavar e coloco uma medida de sabão em pó. Depois, vasculho o cesto, tirando as roupas coloridas. Sempre separo as brancas das coloridas. Não quero que minhas blusas brancas fiquem cor-de-rosa.

Quando percorro as profundezas do cesto de roupa, meus dedos atingem algo desconhecido. Algo que definitivamente não é roupa. Parece liso e um pouco frio.

Mas que diabos *é* isso?

Afasto as roupas para dar uma olhada melhor. Há algo verde e brilhante no fundo do cesto de roupa suja. Vejo de relance as luzes do teto refletidas na superfície. É um tipo de pote ou globo de cerâmica, mais ou menos do tamanho de uma bola de basquete.

Com as duas mãos, pego o objeto para dar uma olhada melhor. Quando encosto os dedos nele, parece um pedaço de cerâmica esmaltada. E é bem pesado. Não à toa o cesto de roupa suja estava tão difícil de carregar.

Dou um grunhido com o esforço de tirá-lo do cesto. Na luz fraca do corredor, é difícil dizer o que estou segurando até tirar o objeto de lá de dentro. Mas, quando vejo o que é, tenho vontade de vomitar.

É uma tartaruga de cerâmica.

E está coberta de sangue.

CAPÍTULO 32

Ai, meu Deus. Ai, meu Deus. Ai, meu Deus...

O que essa porcaria de tartaruga ensanguentada está fazendo no meu cesto de roupa suja?

A polícia diz que ela foi brutalmente assassinada, agredida com um objeto rudimentar.

Eu me lembro da estante de livros na casa de Dawn. A estante cheia de estatuetas de tartaruga. E havia, é claro, um espaço vazio em uma das prateleiras. Estava faltando algo. O detetive até me perguntou sobre o objeto que estava faltando.

Algo mais ou menos do tamanho e do formato dessa tartaruga de cerâmica.

Ai, meu Deus.

O casco da tartaruga está coberto por uma substância vermelho-escura. Sangue foi minha primeira suposição e não consigo pensar em nada diferente. Se isso veio da casa de Dawn, e havia bastante sangue no chão, é lógico que a tartaruga que faltava na estante estaria ensanguentada.

Essa parte faz sentido. O que não faz sentido é *por que essa coisa está no meu cesto de roupa suja?*

Isso não é bom. O detetive Santoro já acha que fiz algo terrível com Dawn. Como vou explicar por que essa tartaruga está na minha casa? Não consigo pensar em nada que faça sentido. Alguém a colocou aqui. Mas quem faria isso?

A polícia diz que ela foi brutalmente assassinada, agredida com um objeto rudimentar.

Mas é claro, a resposta é óbvia. Quem matou Dawn usou essa tartaruga de cerâmica para fazer o serviço, depois a trouxe para minha casa e a colocou no cesto de roupa suja. Para me incriminar.

Isso faz sentido para mim. Mas não acho que vá fazer sentido para Santoro.

Preciso de ajuda. Não sei o que fazer.

Fico surpresa ao perceber que a única pessoa com quem quero falar agora é Seth. Caleb é meu namorado, mas ele já estava assustado com o fato de ter que mentir por mim. Tenho a impressão de que, se eu pedisse a Seth que inventasse um álibi, ele não teria nenhum escrúpulo em fazer isso. Sei que mandei Seth embora, mas a verdade é que confio nele. Ele se preocupa comigo. Hoje, ele foi a única pessoa que não pareceu pensar em mim como uma agressora fria e calculista. E, mesmo que não seja muito conveniente, ele me ama. Acredito nele quando me diz isso.

Se eu falar sobre a tartaruga e explicar que não sei como ela foi parar no meu cesto de roupa suja, ele vai acreditar em mim. Ele vai me ajudar.

Quando estou prestes a voltar para a sala de estar para pegar o telefone, a campainha toca. A tartaruga de cerâmica escorrega da minha mão e cai no chão. O impacto faz com que a tartaruga se rache, soltando um pedaço triangular de cerâmica ensanguentada.

Droga.

Por uns cinco segundos, fico parada no corredor, sem saber o que fazer. Não quero lidar com quem quer que esteja na porta. Seja lá quem for, espero que vá embora.

Então a campainha toca de novo.

Coloco os pedaços da tartaruga de volta no cesto de roupa suja, bem no fundo. Cubro a tartaruga com roupas sujas. Minhas mãos estão suadas, mas pelo menos não estão sujas de sangue.

Juro que, se for alguém vendendo Tupperware ou dicionários ou pregando a palavra de Deus, vou perder a cabeça.

Só quando me aproximo da porta é que consigo ver uma única luz vermelha e azul piscando do lado de fora da minha janela. É uma viatura.

Ai, não.

CAPÍTULO 33

DOIS MESES ANTES

De: Natalie Farrell
Para: Caleb McCullough
Assunto: Preciso de ajuda, por favooor!!!

Ouvi dizer que você é o novo especialista em computadores. Estou com um bug estranho na minha máquina, parece um vírus ou algo assim e estou pirando!!! Gostaria de saber se você poderia me ajudar a resolver esse problema. Eu ficaria muuuito agradecida!

De: Caleb McCullough
Para: Natalie Farrell
Assunto: RES: Preciso de ajuda, favooor!!!

Claro. Só preciso terminar o modelo do portal de vendas para Seth que ele disse que precisa o mais rápido possível, mas vejo seu computador assim que terminar aqui.

De: Natalie Farrell
Para: Caleb McCullough
Assunto: RES: Preciso de ajuda, favooor!!!

Seth sempre diz que precisa de tudo o mais rápido possível. Por favor, me ajuda!!! Meu computador continua exibindo todas essas janelas assustadoras. Ele vai começar a me mostrar pornografia em breve! Por favor, me salva! Prometo que vou te recompensar!

De: Caleb McCullough
Para: Natalie Farrell
Assunto: RES: Preciso de ajuda, favooor!!!

Estou a caminho.

De: Dawn Schiff
Para: Mia Hodge
Assunto: RES: Novidades

Querida Mia,

Hoje de manhã encontrei Natalie na sala de descanso. Kim viajou em lua de mel, então ela estava com o novo colega, Caleb, e tinha uma papelada diante dela. Natalie passou os últimos meses organizando uma corrida beneficente de cinco quilômetros. Parece que ela faz isso todo ano.
 Fiquei na porta da sala de descanso observando por um instante. Caleb foi contratado há alguns meses para melhorar o site da empresa, que Seth espera transformar em uma fonte maior de vendas. Caleb trabalha meio período e vem para o escritório apenas dois dias por semana, mas tenho notado que ele passa muito tempo com Natalie. Da minha posição na porta, pude ver o jeito como ele olhava para ela. Era o mesmo jeito que Seth olhava para ela.
 Então Natalie pegou a mão dele. Me pergunto se ela gosta dele. Caleb é atraente — alto e magro, com dentes bem-cuidados —, mas não diria que é bonito. Porém, quando ele sorriu para Natalie, seu rosto se iluminou com uma beleza que chamaria a atenção de qualquer um.
 Quando eles olharam para mim, percebi que Caleb não sabia quem eu era. Depois de um instante, Natalie explicou que eu era Dawn, "aquela que tem cinco bilhões de tartarugas na mesa". Quando ela disse isso, ele pareceu saber quem eu era e me cumprimentou de uma forma simpática, mas desinteressada.

Antes de Caleb sair, Natalie insistiu que ele participasse da corrida. Ele sorriu e disse a ela que sem dúvida participaria. Era óbvio que ele gostava dela, mas isso não é surpresa porque todo mundo gosta de Natalie. Tudo é tão fácil para ela — ela só precisa sorrir para um homem atraente e não se preocupar com mais nada. Caleb está apaixonado.

Assim que Caleb saiu da sala, o sorriso desapareceu por completo do rosto de Natalie. Isso significava que ela não estava feliz de me ver. Eu sabia disso.

Mas encarei a situação como um desafio. Me lembrei de todos os sites que li sobre como fazer amizade com as pessoas e disse "Oi, Natalie", porque um dos sites dizia que usar o nome de alguém quando se fala com essa pessoa faz com que ela goste mais de você. Em seguida, perguntei se ela queria que eu participasse da corrida.

Ela disse que não precisava, que já tinha gente suficiente. Não entendi. Por que Natalie não queria que eu corresse? Cada pessoa que corre é mais dinheiro para a caridade dela. Não que eu seja uma ótima corredora, mas eu poderia passar o mês treinando. Cinco quilômetros não é uma distância tão longa assim.

O site dizia que fazer um elogio genuíno a uma pessoa faz com que ela goste mais de você. Havia tantos elogios que eu poderia ter feito a Natalie naquele momento, eu nem sabia qual escolher, então eu falei: "Gostei do seu colar, Natalie."

Muito rápido, ela levou os dedos ao pescoço. Era um colar muito bonito. Discreto e cravejado de diamantes ao redor da delicada curva de seu pescoço. Mas, em vez de aceitar isso como um elogio, ela me respondeu: "O que você quis dizer com isso? Acha que eu não sou capaz de comprar um colar desses?"

Não entendi por que ela ficou tão irritada e jurei que não estava insinuando nada. Estava só elogiando o colar. E tentei usar o nome dela o maior número de vezes possível. Em seguida, eu disse que ela com certeza encontraria alguém para casar, porque parecia que ela não gostava quando eu dizia a verdade sobre esse assunto.

Natalie disse: "Puxa, obrigada." Mas admito que ela não pareceu sincera.

O site mencionava que estender a mão e estabelecer uma conexão física pode ser útil. Isso era algo que eu esperava não ter que fazer. Encostar nas pessoas é muito difícil para mim. Nunca precisei fazer nenhuma dessas coisas estúpidas com você. A gente se conectava e a amizade funcionava. Você nunca se importou com abraços ou qualquer outra demonstração física de afeto.

Mas eu estava disposta a fazer o que fosse preciso para conquistar Natalie. Então estendi a mão e encostei no ombro dela.

Ela não reagiu do jeito que eu esperava. Ela afastou o braço como se eu tivesse acabado de encostar ferro em brasa nela. E, de repente, enfiou um dedo no meu rosto e sibilou: *"Nunca mais* encosta em mim. Não ouse encostar o dedo em mim. Está entendendo?"

O rosto de Natalie ficou muito vermelho. Ela definitivamente não estava sorrindo. Sou ruim em ler expressões, mas essa foi fácil.

Gaguejei um pedido de desculpas, mas ela não disse nada. Seu ombro bateu no meu quando ela passou por mim e saiu da sala de descanso. Por pelo menos um minuto depois que ela saiu, fiquei ali parada, com as pernas trêmulas demais para me mexer.

Não sei o que fiz errado. Fico pensando nisso, mas não consigo entender. Fui tão gentil com ela. Usei seu nome. Fiz vários elogios. Nada funcionou.

Não sei o que fazer, Mia. Por favor, me ajuda.

Atenciosamente,
Dawn Schiff

CAPÍTULO 34

DIAS ATUAIS

NATALIE

Não, não, não, não... *Não* pode ser a polícia batendo à minha porta...

Fico parada a cinco passos da porta. Não sei o que fazer. Não posso atender a um policial quando estou com a arma do crime no meu cesto de roupa suja. E se eles pediram para dar uma olhada na casa? Estou ferrada.

Mas eles não podem simplesmente entrar sem pedir. E eu sempre posso dizer não. A menos que tenham um mandado...

Não. Não é possível que tenham um mandado. Eu não fiz nada de errado!

Enquanto estou entrando em pânico na porta, a campainha toca pela terceira vez. Nesse momento, tenho que atender. Quem quer que esteja na porta de casa provavelmente ouviu meus passos. Estou piorando as coisas.

Minhas mãos estão tremendo tanto que tenho dificuldade para girar a chave na fechadura. Abro a porta e ali está ele. O detetive Santoro. Meu novo melhor amigo.

Eu me pergunto se não é hora de contratar um advogado. Parece uma atitude muito culpada e não tenho dinheiro para isso, mas não quero ser uma daquelas pessoas estúpidas que não contratam um advogado na hora em que precisam e depois se arrependem.

— Srta. Farrell. — Seu rosto exibe aquele sorriso sombrio que passei a odiar. — Tem um minuto?

— Estou meio ocupada — digo com firmeza. — Já não conversamos duas vezes? Eu te contei tudo o que sei.

— Só tenho mais algumas perguntas. Não vai demorar muito.

Abraço meu peito para que ele não veja quanto minhas mãos estão tremendo.

— Acho melhor não. Não tenho mais nada a dizer.

— Podemos conversar na delegacia, se preferir.

Ai, meu Deus, não. Isso é muito pior.

— Tudo bem. Pode perguntar.

— Posso entrar?

Será que vou convidar um policial para entrar na minha casa quando tenho aquilo que muito provavelmente é a arma do crime escondida no cesto de roupa suja? Acho que não.

— Eu preferiria que você não entrasse.

— É que... — ele dá uma olhada por cima do ombro — ... está frio aqui fora. Estou deixando todo o calor sair da sua casa. Além do mais, a senhorita parece estar com frio.

— Eu estou bem.

— A senhorita está tremendo.

Ele não está errado. Mas o motivo de eu estar tremendo não tem nada a ver com o frio. E estou preocupada que ele descubra isso.

— O que você quer perguntar, detetive?

Mas ele não faz as perguntas de imediato. Em vez disso, ele olha por cima de mim, para dentro da minha casa. Ele está esticando o pescoço para ver o interior

— A senhorita mora sozinha?

— Moro.

— Uau — diz ele. — É uma casa grande. Deve ser caro.

— Não é tanto assim.

— Ah, é? Eu estava tentando conseguir um lugar em Dorchester, mas era tudo caro demais. Acabei alugando o segundo andar de uma casa em Weymouth.

Dou uma olhada na mão esquerda de Santoro. Sem aliança. Provavelmente casado com o trabalho.

— Talvez você não tenha procurado bem.

— E quanto a senhorita recebe na Vixed?

— O quê?

— O seu chefe não quis me dizer quanto a senhorita recebe. E fiquei pensando...

Eu me abraço com mais força, agora realmente estou sentindo frio. Gostaria que pudéssemos fazer isso dentro de casa, mas não me atrevo.

— Detetive, o que isso tem a ver com Dawn?

— Fiquei pensando... — Ele coça o queixo com a barba que começa a despontar no fim do dia. — Dawn era a contadora da empresa. Se estava rolando alguma falcatrua na folha de pagamento, talvez ela tenha descoberto. E isso seria um ótimo motivo para a senhorita querer se livrar dela.

De repente, minha garganta fica seca.

— Quê?

— É só uma ideia... — Ele pisca inocentemente. — Dawn alguma vez falou com a senhorita sobre algo assim?

— Não.

— É mesmo? — Ele ergue as sobrancelhas. — Então a senhorita não se encontrou com Dawn na segunda-feira à noite para falar sobre o dinheiro que estava faltando na conta da Vixed?

— Ai, meu Deus, *não*! — Sinto fraqueza nas pernas e tenho que me agarrar à soleira da porta para não cair. — Por que você pensaria uma coisa dessas?

— Ela enviou um e-mail para a senhorita na segunda-feira à tarde, não foi? Pedindo para se encontrar com a senhorita?

Isso não posso negar. Já contei a ele sobre o e-mail de Dawn. Além do mais, a polícia deve ter esse e-mail, se conseguiu acessar o computador dela.

— Enviou...

— E sobre o que conversaram quando se encontraram?

— Nada! — Minhas mãos tremem tanto que preciso prendê-las contra o peito. Estou surpresa com o fato de minhas pernas ainda me manterem em pé. — Não cheguei a me encontrar com ela.

Ele ergue uma das sobrancelhas grossas.

— Não?

— Não! Não mesmo! — Tenho que me esforçar para manter a compostura. — Eu não roubei dinheiro da minha empresa, detetive. E não conversei com Dawn sobre isso na segunda-feira à noite! Eu estava com o meu namorado a noite toda.

— Sim, é o que a senhorita diz...

— É a *verdade*. Você falou com Caleb. Ele confirmou que estávamos juntos.

— Sim, foi isso que ele disse...

— Você acha mesmo que a gente tinha um plano para matar Dawn?

— Não. Eu não acho isso.

Minha pálpebra esquerda treme.

— Mas então por que está me importunando?

O detetive Santoro parece pensar na minha pergunta. Ele franze os lábios, refletindo sobre o assunto.

— O problema é o seguinte, Srta. Farrell — diz ele por fim. — No meu trabalho, as pessoas me contam muitas coisas. E muitas dessas coisas não são verdade. Por isso me tornei muito bom em saber quando alguém está tentando me enrolar.

Fico ali parada, olhando para ele.

— Se a senhorita conseguiu fazer o seu namorado mentir para mim — diz ele —, eu vou acabar descobrindo. Sou bom nisso. É o meu trabalho. — Ele faz uma pausa. — Se me contar a verdade, vai ser melhor para a senhorita.

A verdade? Não posso contar a verdade. Não posso dizer que não tenho álibi para a maior parte da noite em que Dawn foi morta. Não posso dizer que pressionei meu namorado a mentir por mim. E, com certeza, não posso contar para ele sobre a tartaruga ensanguentada no meu cesto de roupa suja. A única maneira de não sair daqui algemada é ficar de boca fechada e não bancar a idiota.

— Eu contei a verdade — afirmo. — Não roubei da minha empresa. E não vi Dawn na segunda-feira à noite.

Ele fica na varanda por mais dez segundos, mas parece que foram dez horas. O tempo todo com os olhos escuros fixados em mim. Uma pessoa mais fraca poderia se entregar. Mas eu fico de boca fechada.

— É a senhorita que sabe, Srta. Farrell.

Vejo o detetive ir até o carro, entrar nele e partir. Quando as luzes traseiras da viatura desaparecem ao longe, solto o ar. Fui poupada. Por enquanto. Ele não tem nada contra mim...

Desde que eu me livre daquela tartaruga no cesto de roupa suja.

CAPÍTULO 35

Não posso ir a lugar nenhum. É possível que Santoro esteja de olho na minha casa e não quero correr o risco de ele me ver fazendo algo suspeito. E o que estou prestes a fazer vai ser muito suspeito. Mas não posso correr riscos.

Então faço um esforço para jantar. Fervo um pouco de espaguete no fogão, mas estou tão distraída que esqueço a panela no fogo. A água ferve até secar, o espaguete fica meio queimado e grudado no fundo. Mas isso não importa. Não estou com apetite.

Mais ou menos quatro horas depois, pego o carro.

Uma coisa boa de morar na South Shore é o número de praias que temos aqui. Estou a apenas dez minutos de Quincy e há uma infinidade de praias para escolher. Durante o verão, pego minha cadeira reclinável e minha toalha e tento ir à praia todo fim de semana.

Não preciso de GPS para chegar à Wollaston Beach. É minha praia preferida e já estive nela dezenas de vezes, inclusive no verão passado. Adoro a sensação dos grãos de areia sob os pés, adoro a maneira como a água do mar lambe meus tornozelos e adoro a maneira como o sol bate em mim enquanto estou deitada na toalha de praia. Adoro os quiosques ao longo da praia, todos vendendo frutos do mar fritos, que são deliciosos, mas terrivelmente prejudiciais à saúde. E dá para sentir o cheiro de longe. Os mexilhões fritos são simplesmente o máximo.

Infelizmente, a praia em novembro não é tão divertida. Mas a boa notícia é que ela fica vazia.

Passei a viagem inteira tentando descobrir quem teria colocado a arma do crime no meu cesto de roupa suja. Essa dúvida está martelando na minha cabeça. Porque é óbvio que quem a colocou lá esperava que a polícia a encontrasse e atribuísse o desaparecimento de Dawn a mim.

E ainda havia todas aquelas impressões digitais que encontraram na casa de Dawn. Eu tinha me convencido de que devia ter encostado em mais itens da cozinha do que imaginava, mas agora não tenho mais tanta certeza. Tenho a sensação de que essas impressões digitais teriam parecido muito mais suspeitas se eu não tivesse ido atrás de Dawn e relatado seu desaparecimento. Parece que alguém está tentando me responsabilizar pelo que aconteceu com minha colega de trabalho.

A questão é: quem faria uma coisa dessas?

Não tenho inimigos. Todo mundo gosta de mim. Tudo bem, existem alguns clientes insatisfeitos. Mas ficar irritado com algumas caixas de vitaminas não é motivo para matar alguém e depois me incriminar. É diabólico demais.

Suponho que Melinda Hoffman não goste muito de mim. Ela pode até me culpar por ter acabado com seu casamento. Mas, fora aquela última vez, que aconteceu após o desaparecimento de Dawn, eu não me aproximava de Seth havia meses. Parece improvável ela me odiar a ponto de me incriminar por um assassinato. Não faz sentido.

Saber *como* fizeram isso é a parte fácil. Minha porta estava destrancada quando voltei da casa de Dawn. Sou descuidada com esse tipo de coisa. Seria fácil para qualquer pessoa entrar e esconder a tartaruga de cerâmica no cesto de roupa suja.

A essa altura, estou começando a pensar seriamente em contratar um advogado, mas não consigo imaginar como vou pagar por algo assim. Quando a esposa de Seth estava me ameaçando e cogitei tomar medidas legais contra ela, os honorários dos advogados locais me fizeram perceber que ser ameaçada pela esposa do namorado não é *tão* ruim assim. Sou inocente, então por que preciso de um advogado? Pessoas culpadas contratam advogados.

Durante o verão, é impossível encontrar uma vaga de estacionamento decente na praia — cada vaga ao longo da costa ocupada por famílias ansiosas para desfrutar de um mergulho refrescante e de um dia na areia. Mas em uma noite fria de novembro as vagas estão todas disponíveis. É tão silencioso que tenho certeza de que conseguiria ouvir se um carro estivesse me seguindo. Mas meu carro é o único veículo aqui.

Estava frio durante o dia e, agora que o sol se pôs, está frio *de verdade*. Quase zero grau, com certeza. E, por causa da névoa que durou o dia inteiro, quando tiro os tênis e piso na areia, sinto os grãos molhados e desconfortáveis debaixo dos pés descalços. Mas não quero sujar os tênis de areia, por isso não tenho escolha a não ser carregá-los.

Seth sempre relutou em ir a qualquer lugar público comigo, porque tinha muito medo de ser pego, então uma ida à praia nunca estava nos nossos planos. Caleb e eu começamos a namorar em meados de setembro e já não era mais temporada de praia — os verões são curtos na Nova Inglaterra. Eu sonhava em ir para a praia com Caleb no ano que vem. Queria que ele me visse usando um biquíni minúsculo. Queria brincar com ele nas ondas.

Se não me livrar do objeto que está na minha bolsa, vou usar um macacão laranja no verão que vem.

Antes de sair de casa, fui à varanda dos fundos e quebrei a tartaruga de cerâmica em pedacinhos. Achei que seria um desafio me livrar de um objeto do tamanho de uma bola de basquete e, dessa forma, se os pedaços forem levados pela água, ninguém saberá o que são. Por isso, tenho cerca de uma dúzia de cacos de cerâmica enfiados na bolsa estampada com a frase "Salvem as baleias".

Sigo pela praia até a beira da água. A maré ainda não subiu, então tenho que ir bem longe. Continuo andando até que sinto os dedos na areia mais compactada e a água tocar os meus pés. A água parece estar congelante, mas só parece porque, se estivesse mesmo, ela teria se transformado em gelo.

Quando eu era criança, meu pai me levava para o lago e me mostrava como fazer uma pedra quicar na superfície da água. Era preciso arremessá-la no ângulo certo para que ela ricocheteasse na água. Pego uma peça de cerâmica na minha bolsa e a arremesso da mesma forma que fazia quando era criança. Ela não ricocheteia, mas vai bem longe.

Cinco minutos depois, minha bolsa está vazia. Confiro, só para ter certeza, e sacudo a bolsa na água. A essa altura, mesmo que alguém tenha me visto aqui, a evidência está no mar. Ninguém poderia identificar esses pedaços de cerâmica. E o sangue seco vai desaparecer na água.

Está tudo bem.

Volto para o carro com a bolsa na mão direita e os tênis na esquerda. Deixei uma bolsinha com o celular lá e, assim que abro a porta, ele começa a tocar. Quem poderia ser? Será que é Caleb ligando para me desejar boa-noite? Será que é o detetive com "só mais algumas perguntas"?

Tiro o celular da bolsinha. É um número privado.

Que ótimo. Era só o que me faltava.

— O quê? — berro no telefone. — O que foi?

Sem resposta.

— Eu sei quem você é — disparo, embora não saiba de verdade. Mas, se eu disser isso com bastante confiança, a pessoa do outro lado pode ficar na dúvida. — Eu sei que você está brincando comigo. E é melhor parar com isso agora mesmo.

Espero por algum tipo de resposta. Um protesto. Até mesmo uma risada. Mas não ouço nada. Apenas silêncio.

— Vou ligar para a polícia. Vou contar a eles tudo sobre você. Tudo sobre o que você fez com Dawn.

Silêncio.

— Diz alguma coisa! — As veias se dilatam no meu pescoço. — Diz alguma coisa, seu bosta!

Quero arremessar o celular na praia, mas isso provavelmente não me faria bem. Em vez disso, pressiono o polegar no botão vermelho para encerrar a chamada. É extremamente insatisfatório.

Sento no banco do motorista, o corpo agitado de frustração. Tem alguém brincando comigo. E me ocorre que talvez a tartaruga de cerâmica não seja a única coisa que foi plantada na minha casa. Talvez haja mais alguma coisa que eu ainda não encontrei. Qualquer coisa pode ter sido escondida na minha casa.

E não tenho como saber.

CAPÍTULO 36

UM MÊS ANTES

De: Kimberly Healey
Para: Funcionários da Vixed
Assunto: Ketchup

Dois dias atrás, o ketchup que guardo na geladeira estava pela metade e hoje ele sumiu! O ketchup estava CLARAMENTE com o meu nome. Se você quiser ketchup, sugiro que traga o seu. Eu não roubo a comida de ninguém, então, por favor, me faça a gentileza de não roubar a minha!!!!!

Kim

De: Dawn Schiff
Para: Funcionários da Vixed
Assunto: RES: Ketchup

Lamento muito que seu ketchup tenha sumido. Hoje foi um dia de comida verde para mim e ontem foi um dia de comida branca, portanto é claro que eu não poderia ser responsável pelo sumiço do condimento, pois isso teria destruído o padrão de cor da minha refeição. No entanto, gostaria de salientar que, se criássemos um cronograma de limpeza e manutenção da geladeira, poderíamos garantir que o conteúdo dela fosse protegido e também descartado em tempo hábil.

Atenciosamente,
Dawn Schiff

De: Dawn Schiff
Para: Mia Hodge
Assunto: RES: Novidades

Querida Mia,

Hoje foi o pior dia desde que comecei a trabalhar na Vixed.

Preciso conversar com alguém sobre isso ou minha cabeça vai explodir. E preciso me lembrar desse dia para que, se alguma vez sentir vontade de ser amiga de Natalie de novo, eu tenha uma lembrança do que ela é capaz de fazer. E saberei que devo ficar bem longe dessa mulher.

Minha mesa e meu cubículo são cuidadosamente arrumados e decorados. Sou uma pessoa caprichosa, por isso mantenho tudo muito organizado. Não tenho nenhuma fotografia disposta em meu espaço de trabalho, mas meus principais elementos decorativos são a planta que comprei (a íris), que está florescendo lindamente e quase não incomoda minha alergia, as tartarugas de vidro que a cercam, uma tartaruga de cerâmica e uma tartaruga de pelúcia com grandes olhos de anime. Elas não atrapalham. E, embora Seth sempre diga "Meus Deus" quando vê as tartarugas, elas não são nada de mais.

Por isso não consigo entender por que ela fez isso comigo.

Quando cheguei ao trabalho hoje de manhã, a primeira coisa que notei foi que minha planta estava tombada. Minha estação de trabalho estava toda suja de terra. Mas tudo bem. Eu nem gosto muito de plantas, embora tenha ficado irritada por ter que limpar a bagunça.

Mas então notei as tartarugas.

As de vidro estavam quebradas. Os braços e as pernas estavam em pedaços na minha mesa e no chão. A de cerâmica estava quebrada em três pedaços grandes. Todas destruídas. Perdidas.

Poderia ter sido um acidente por parte da equipe de limpeza. Talvez, ao limpar minha mesa, eles tivessem quebrado as estatuetas sem querer, embora a extensão da destruição desse a entender que foi algo proposital. Ainda assim, eu estava disposta a tentar acreditar nisso.

Mas então vi minha tartaruga de pelúcia.

Ela estava deitada de costas, virada sobre a carapaça. Um corte tinha sido feito no centro da barriga. E havia um líquido vermelho vazando de dentro do corte.

Parecia sangue.

Quando vi isso, dei um grito.

Todos vieram correndo. Em poucos segundos, todo o escritório se reuniu em volta do meu cubículo para observar a cena do crime macabro. Meu coração batia forte e meus olhos estavam marejados. A única coisa que me manteve firme foi sua voz no meu ouvido. *Não dê a eles a satisfação de ver você chorar.*

Não...

Ninguém estava tão horrorizado quanto eu. Algumas pessoas estavam rindo e uma delas gritou: "Olha só! É sangue falso na tartaruga! Isso é tão legal!"

Comecei a gritar com eles. Gritei para todo mundo que aquelas eram as minhas tartarugas e que isso NÃO era legal. Não parei de gritar até ouvir a voz de Natalie me dizendo para me acalmar. "São só umas tartarugas de mentira. E, de qualquer forma, você tinha tartaruga demais. Que coisa desagradável."

Ela nunca chegava ao trabalho tão cedo, mas, por algum motivo, hoje ela chegou antes de mim. Durante todo o tempo em que trabalho aqui estive tentando ser amiga de Natalie. Mas não quero mais ser amiga dela. Quero arrancar os olhos dela. Só que minhas unhas são muito curtas. Ela teria muito mais facilidade para arrancar os *meus* olhos com suas unhas compridas e vermelhas.

Ouvi a voz de Seth no meio da multidão e as pessoas abriram espaço para ele passar. Fiquei feliz porque ele ia ver o que havia acontecido. Eu já tinha lhe contado várias vezes o que Natalie estava fazendo comigo, mas ele nunca me ouviu.

Ele sempre me dizia para resolver a situação sozinha. Mas agora ele veria com os próprios olhos do que ela era capaz e seria forçado a tomar uma atitude.

Quando viu minha mesa, ele só disse: "Meu Deus. Dawn, você tem que limpar isso."

Não deu para acreditar. Seth achou que *eu* tinha quebrado as minhas próprias tartarugas? Eu disse a ele, em termos inequívocos, que minha mesa tinha sido vandalizada, mas ele ainda não parecia muito chateado com tudo aquilo. Ele agiu como se fosse uma brincadeira boba, nada de mais. Por fim, eu disse que queria conversar com ele em particular, em sua sala. Ele não ficou feliz com isso, mas concordou.

De novo, a multidão abriu espaço para a gente passar. Eu estava feliz por sair do meu cubículo. Não sabia como seria capaz de voltar para lá.

Ao passar pelo cubículo de Natalie, notei que ela havia colocado a lixeira bem perto da entrada. Olhei para baixo e vi um pote vazio de ketchup — o mesmo que Kim reclamou que tinha sumido ontem. Ela jogou a prova onde todo mundo podia ver e onde, com certeza, eu podia ver.

Ela queria que eu soubesse que tinha sido ela.

Estava difícil me manter firme quando cheguei à sala de Seth. Mas eu precisava manter a compostura para que ele me levasse a sério. Ele me ignoraria se eu estivesse chorando muito. Na verdade, ele parecia mais irritado com o fato de eu querer falar com ele em vez de se preocupar com o fato de uma funcionária estar me atacando.

Antes mesmo de ele se sentar na cadeira de couro, eu disse: "Foi Natalie."

Ele se limitou a balançar a cabeça. Ele não acreditou, mesmo quando apresentei as provas. A maneira como Natalie mentiu sobre os horários das reuniões, como ela jogou fora meus cupcakes e depois o pote de ketchup na lixeira. Seth ficou indiferente.

"Talvez ela estivesse comendo algo com ketchup."

Eu estava muito frustrada. Não ia deixar que ele fizesse isso comigo — não de novo. Expliquei mais uma vez como ela estava me perseguindo, que ela me odeia, que ela queria que eu visse o ketchup para que soubesse que foi ela a responsável. Só que ele continuou dizendo que não poderia ter sido ela e que eu estava sendo paranoica. Ele insistia que provavelmente tinha sido o pessoal da limpeza.

Exigi saber: "Por que você não acredita em mim? É porque você está dormindo com ela? É por isso que você sempre protege Natalie?"

Seth não gostou de eu ter dito isso. Sua boca se abriu e uma cor vermelha brilhante apareceu em suas bochechas. Eu estava tentando manter a boca fechada sobre essa história, mas era muito frustrante. Eu tinha que dizer alguma coisa.

Seth começou a balbuciar sem parar, tentando encobrir o fato de que eu estava absolutamente certa. Ele apontou para a foto em cima da mesa, dele com uma mulher de meia-idade e rosto simples, explicando que ele é casado e que, portanto, é claro que não dormiria com Natalie. E então me lembrou de que ela está namorando Caleb. Quando terminou, todo o rosto dele estava escarlate e ele olhou para mim como se esperasse que eu retirasse o que disse.

Mas eu não retirei o que disse. Afinal, é verdade.

Então ele falou: "Eu sou seu chefe. Você não deveria falar comigo dessa forma. É realmente inapropriado."

Eu tinha certeza de que as próximas palavras que sairiam de sua boca seriam: "Você está demitida." Eu estava esperando por isso. Fui demitida de todo emprego que tive. Uma vez fui demitida no primeiro dia de trabalho. Foi na época da faculdade e consegui um emprego numa loja de calçados. Eu estava tentando ajudar um cliente e fiquei tão sobrecarregada com todas as opções de sapatos e suas exigências que acabei me trancando no depósito e chorando.

Mas Seth não me demitiu. Ele simplesmente me ignorou, se virou para o monitor do computador e disse que eu deveria limpar a bagunça na minha mesa. Ele disse que eu deveria resolver as coisas com Natalie e que não queria mais ouvir falar dessa história. "Tenho um negócio para administrar."

Eu poderia ter ficado e exigido justiça, mas isso não faria sentido. Seth não ia fazer nada. Independentemente de estar ou não dormindo com Natalie, ele obviamente gosta muito dela. Muito mais do que de mim. Afinal de contas, ninguém gosta de mim.

Eu sei, eu sei... Você gosta de mim. Mas isso não é suficiente. Porque você não está aqui. Se estivesse, acho que eu conseguiria lidar com isso. Mas não está.

Então me levantei e voltei para o meu cubículo. As pessoas tinham se dispersado, deixando para trás a cena do crime com as tartarugas. Fui eu que tive que limpar tudo. Tive que me desfazer da planta e de todos os pedaços das minhas amadas tartarugas.

Mas, antes de limpar a mesa, tirei uma foto. Estou mandando anexada para você ver do que essa mulher é capaz.

Atenciosamente,
Dawn Schiff

De: Mia Hodge
Para: Dawn Schiff
Assunto: RES: Novidades

Estou chocada. Não acredito que alguém tenha feito isso com você. Você não pode deixar essa mulher escapar impune.
Repito:

VOCÊ NÃO PODE DEIXAR ESSA MULHER ESCAPAR IMPUNE.

CAPÍTULO 37

DIAS ATUAIS

NATALIE

Quando me arrasto para o trabalho na manhã seguinte, mal consigo manter os olhos abertos.

Assim que cheguei da praia, praticamente revirei minha casa procurando por algo que pudesse me incriminar. Eu nem sabia o que estava procurando. Uma luva ensanguentada? Um triturador de madeira com uma perna enfiada nele? Mas não encontrei nada. Minha casa estava limpa.

Mesmo assim não consegui dormir. Fiquei revirando na cama, olhando para o relógio de tempos em tempos. Às três da manhã, desisti e fiquei assistindo à televisão por um tempo, depois finalmente adormeci no sofá. Apesar de tudo, dormi por algumas horas em períodos de vinte minutos. Eu acordava suando frio, com o corpo todo tremendo.

Nem preciso dizer que não saí para correr pela manhã.

Um ponto positivo foi que o detetive Santoro não estava me esperando na frente de casa. Talvez ele finalmente tenha aceitado que eu não tive nada a ver com o assassinato de Dawn. Outra possibilidade seria ele ter decidido acreditar no meu álibi, mas duvido.

A caminho do meu cubículo, passo por Greg Lowsky na copiadora. Greg vem uma ou duas vezes por mês para instalar atualizações nos nossos computadores ou solucionar problemas técnicos. Talvez ele saiba até mais do que Caleb quando se trata de coisas de informática. Ao contrário do restante de nós, ele costuma aparecer de jeans e camiseta. E geralmente há uma piada relacionada à matemática ou à informática em sua camiseta, que eu quase nunca entendo. Hoje, a camiseta dele diz: "Não, não vou consertar seu computador." Me parece uma camiseta estranha para uma pessoa usar quando está aqui literalmente para consertar nossos computadores.

Greg não é nem de longe tão bonito quanto Caleb. Ele é baixo, tem uma barba espessa e me lembra uma das criaturas de O *Senhor dos Anéis* ou de algum outro filme nerd que nunca vi. E ele é quase tão estranho quanto Dawn. Uma vez, ele deu a entender que queria me levar para almoçar e eu encontrei uma maneira gentil de recusar. Mas ele ainda flerta comigo, sem muita convicção, sempre que chega, mesmo sabendo que nunca vai dar em nada.

— Oi, Natalie — diz ele. — Tudo bem?

Fico me perguntando quanto Greg sabe de todo o drama com Dawn. Ele não estava aqui no dia em que Santoro estava interrogando todo mundo. E, até onde sei, o detetive não voltou. Até mesmo a hashtag sobre bullying na Vixed diminuiu. As pessoas na internet perdem o interesse rápido.

— Não muito — digo com cuidado. — Tenho certeza de que você ouviu falar de Dawn...

— Ah, sim. — Greg olha para as mãos. — Isso é horrível. Espero que descubram quem fez isso com ela. É horrível como você pode estar em sua própria casa e alguém chegar e... Bom, você sabe...

— Sim...

— Se cuida, Natalie.

Ele não faz ideia. Mas, de repente, me ocorre um pensamento brilhante.

— Na verdade, eu estava pensando se você poderia me ajudar com uma coisa...

— Claro! — Seu rosto se ilumina. — É só falar.

Enfio a mão na bolsa pendurada no ombro e pego o celular.

— Você sabe como descobrir quem está ligando de um número privado?

— Claro. Tem um aplicativo chamado TrackCall que revela números privados.

— É? — Isso faz sentido. Tem aplicativo para tudo. — Posso usar isso agora para descobrir o número de alguém que me ligou ontem à noite?

— Provavelmente não. Acho que o aplicativo tem que estar instalado quando a pessoa recebe a ligação.

Droga. Eu queria descobrir quem usou o número privado para me ligar nas últimas três noites. É difícil acreditar que essas ligações não estejam de alguma forma conectadas a tudo que está acontecendo. E, mesmo que não estejam, eu gostaria de saber quem está me assediando.

— Se alguém estiver te importunando, tenho certeza de que vai ligar de novo. — Ele franze a testa. — Se estiver preocupada, posso acompanhar você até a sua casa depois do expediente. Não tenho nenhum compromisso.

— Não se preocupe.

— É tranquilo.

Bem, não para mim. Mesmo que eu não tivesse planos com Caleb, não gostaria de incentivá-lo.

— É melhor não. — Dou uma piscadela para ele. — Não quero deixar Julia com ciúmes.

Greg arregala os olhos.

— Julia? Com ciúmes?

— Ai, meu Deus, sim — falo mais baixo. — Ela me disse que acha você muito bonito.

Julia é uma das nossas secretárias que fica perto da entrada, e ela é tanta areia para o caminhãozinho de Greg que não é nem engraçado. Ele deveria saber disso, mas a maneira como estufou o peito deixa claro que acha que pode ter uma chance.

Greg gentilmente se oferece para instalar o aplicativo ele mesmo, sem insistir em me acompanhar para qualquer lugar, e até me mostra como usá-lo. Confiante de que posso descobrir o número do telefone do autor da chamada desconhecida, deixo Greg na copiadora e sigo até o meu cubículo. O cubículo de Dawn ainda está vazio, como esteve ao longo da semana inteira.

É tão horrível. Não, Dawn não era minha pessoa preferida no mundo, mas ela era fofa. Havia uma inocência nela, como uma criança. Não consigo suportar a ideia de ela ser torturada nas mãos de algum pervertido e depois morrer espancada.

Passo pelo cubículo dela e entro no meu. Coloco a bolsa na mesa quando algo chama minha atenção. Algo que faz meu coração disparar.

A estatueta de tartaruga. Ela voltou para a minha mesa.

Não. Não pode ser. *Não pode ser.* Não pode ser. Eu joguei a tartaruga fora. *Duas vezes.* Não só joguei fora como levei até o lixo da sala de descanso. Não é possível que alguém da limpeza tenha pensado que joguei fora por engano e a trouxe de volta para a minha mesa. A explicação da última vez já era forçação de barra. Agora é simplesmente impossível.

Alguém colocou essa tartaruga na minha mesa de propósito.

— Natalie.

Quem faria isso? Quem me torturaria desse jeito? Não poderia ser uma pessoa qualquer. Tinha que ser alguém que trabalha nesse escritório e tem acesso à minha mesa. Ou, pelo menos, alguém que tenha uma forma de conseguir uma chave do escritório...

— *Natalie.*

Tenho uma vaga noção de que há uma voz incisiva chamando meu nome. Viro a cabeça e Seth está de pé atrás de mim, a alguns metros de distância. Está com um olhar sombrio.

— Natalie — diz ele sem rodeios —, preciso falar com você.
— Tem que ser agora? — Olho de volta para a tartaruga e depois para ele. — Porque eu...
— Tem. Agora.
Posso ver pela expressão de Seth que ele não está brincando. E agora? Não posso lidar com nenhuma reclamação de cliente no momento. Tenho preocupações muito maiores.
— Na minha sala — acrescenta ele.
— Tudo bem. Vamos lá.

CAPÍTULO 38
UMA SEMANA ANTES

De: Dawn Schiff
Para: Mia Hodge
Assunto: RES: Novidades

Querida Mia,

Descobri algo muito perturbador e preciso do seu conselho sobre como lidar com isso.

Está sumindo dinheiro da empresa.

É uma quantia considerável. O suficiente para pagar umas férias. Mas não tanto que pudesse chamar a atenção de Seth.

Não percebi a discrepância até agora porque ela aconteceu no *ano passado*. O contador que me antecedeu não notou o fato ou decidiu não comentar nada.

Outra coisa está bastante clara para mim.

Todas as discrepâncias contábeis estão relacionadas às vendas que Natalie fez. Não são vendas pequenas, com algumas caixas de produtos. Mas grandes vendas para grandes empresas, em que alguns milhares de dólares poderiam ser potencialmente ignorados.

Depois que notei isso nos registros do ano passado, voltei e verifiquei o ano anterior. Mais uma vez, estava faltando dinheiro. Aproximadamente a mesma quantia.

Passei a maior parte da tarde de hoje tentando descobrir o que fazer a respeito. É claro que a coisa óbvia a fazer é ir direto a Seth. Parte do meu trabalho é detectar coisas como essa, e ele tem o direito de saber que alguém está roubando da empresa. Mas, ao mesmo tempo, essa é uma acusação muito séria. Do tipo que *dá cadeia*. Natalie pode ser presa pela quantidade de dinheiro que roubou.

Apesar de tudo o que ela me fez, não quero que vá para a cadeia. Não sei como as coisas ficaram tão controversas entre nós, mas não quero que nada de ruim aconteça com ela. Eu até a perdoei pelo que fez com minhas tartarugas. Talvez ela estivesse tendo um dia ruim.

Depois de passar a tarde inteira refletindo sobre isso, cheguei a uma conclusão. Eu deveria falar com Natalie primeiro. Contar o que descobri. Explicar que ela precisa devolver o dinheiro, caso contrário vou ter que denunciá-la.

Tenho me esforçado muito para fazer com que Natalie goste de mim e esse episódio pode me ajudar. Tenho certeza de que ela vai gostar de ser avisada em vez de eu ir direto falar com Seth. Afinal de contas, é isso que amigos fazem.

Atenciosamente,
Dawn Schiff

De: Mia Hodge
Para: Dawn Schiff
Assunto: RES: Novidades

Por que você está ajudando essa mulher???? Você precisa falar direto com seu chefe e contar que ela está roubando dinheiro da empresa! Me promete que você vai falar com seu chefe!!!! ELA NÃO PODE SE SAFAR!!!!!!!

CAPÍTULO 39

DIAS ATUAIS

NATALIE

Seth não diz nada nem dá qualquer indicação de qual é o problema enquanto vou atrás dele até a sala. Seth é o único funcionário dessa filial que tem a própria sala. Isso costumava me incomodar, mas, como passo muito tempo fora, tento não ficar muito chateada por trabalhar em um cubículo. Mas eventualmente terei que me mudar para outra empresa onde possa ter um local de trabalho decente.

— Sente-se — pede Seth, ríspido.

Ele fecha a porta depois que entro. Ele costumava fechar a porta dessa maneira quando estávamos prestes a brincar e, como os cães de Pavlov, me sinto um pouco excitada, apesar de tudo. É completamente inapropriado, considerando que meu mundo está desmoronando ao meu redor nesse momento, mas Seth mexe mesmo comigo. É uma pena que as circunstâncias não tenham sido boas entre nós.

Eu me acomodo em uma das cadeiras de frente para a mesa dele.

— Qual é o problema?

Seth está sentado em sua cadeira de couro. Os punhos cerrados.

— Aquele detetive veio falar comigo hoje de manhã.

— Ah.

— Ah? — Ele ergue as sobrancelhas. — É só isso que você tem a dizer?

Balanço a cabeça. Não sei por que ele está tão preocupado. Não foi *ele* que mentiu sobre meu álibi.

— Natalie, existe alguma coisa que você queira me dizer?

Seth sempre me chama de Nat. O fato de estar me chamando de Natalie me faz pensar que ele está irritado comigo. Isso, somado ao rosto vermelho e aos nós dos dedos brancos.

— Não...

Ele bate a palma das mãos na mesa.

— Santoro disse que você roubou dinheiro da empresa. E Dawn sabia de tudo, aparentemente.

Fico sem ar. Abro a boca, mas nenhuma palavra sai.

— Eu não... — é o que consigo dizer.

— Dawn escreveu sobre isso em um e-mail — continua ele, como se eu não tivesse falado nada. — Ela estava prestes a confrontar você com essa informação. Sobre o dinheiro que você roubou de mim...

— Não. — Respiro. — Eu não roubei nada...

— Aquela casa enorme que você tem em Boston... — Ele balança a cabeça. — Nunca entendi como você conseguiu comprar. Ou todas aquelas marcas extravagantes de roupa... aqueles sapatos absurdamente caros...

— Seth...

— Sempre notei como você era sedutora com o último contador que a gente teve — reflete ele. — Agora, finalmente entendi. E, claro, isso explica por que você foi tão gentil *comigo*.

— Seth! — Arregalo os olhos. — Não é possível que você pense que eu...

Ele está com raiva.

— Eu sei como você é, Natalie. Já vi você enganar os clientes. Vi como você faz o que for preciso para conseguir o que quer. Eu só... nunca achei... — ele solta um suspiro — ... nunca achei que você se envolveria comigo para conseguir o que quer.

— Eu jamais faria isso! — exclamo. — Seth, por favor...
Ele ergue a mão.
— Não quero saber. Vou te dar uma suspensão disciplinar sem vencimento. Como estamos sem contador, eu mesmo vou analisar as contas hoje. E descobrir o tamanho do rombo que você deixou.
— Mas eu não roubei nada! — Meus olhos estão cheios de lágrimas. Consegui não chorar durante todo esse tormento, mas nunca vi Seth me olhar dessa forma. Ele sempre foi gentil comigo, sempre pude contar com isso. — Juro que jamais faria uma coisa dessas.
— Sei, sei... — Ele se afasta de mim, os olhos focados no monitor do computador. — Conversa encerrada. Pega as suas coisas e vai embora.
— Seth...
— *Agora*, Natalie — diz ele entre os dentes. — Ou preciso acionar a segurança?
Conheço Seth muito bem. Estávamos nos vendo havia mais de um ano quando eu terminei o nosso caso. Não há nada que eu possa dizer que o faça mudar de ideia. Ele está furioso comigo. Além disso, está magoado. Ele acha que o enganei. Ele acredita em cada palavra que o detetive lhe disse.
Isso está longe de acabar.

CAPÍTULO 40

Assim que saio da sala de Seth, Kim vem correndo falar comigo. Ela está curiosa, de olhos arregalados. Ela me segura pelo braço antes que eu possa voltar para o cubículo.

— O que aconteceu? — pergunta ela. — Seth veio me perguntar de você hoje cedo e ele parecia muito irritado.

Minha vontade é disparar que não é da conta dela. Kim costumava ser minha melhor amiga no escritório, mas nossa dinâmica de poder mudou ao longo dos anos. Quando ela começou a trabalhar aqui, nós duas éramos solteiras. Costumávamos sair juntas para conhecer rapazes. A gente se divertia uma com a outra.

Depois, Kim conheceu o homem com quem acabou se casando. Ele não era exatamente bonito, mas era rico e lhe ofereceu a vida que ela sempre quis. Assim que ficou noiva, tudo passou a girar em torno do casamento que se aproximava: a lua de mel, a casa enorme que ele estava *construindo* para ela e todos os filhos perfeitos que eles vão ter. Comecei a me sentir como a amiga que ficou para titia.

Para piorar, ela sabia de mim e Seth e sempre foi supercrítica. Sim, eu sei que dormir com o chefe não é uma atitude inteligente em termos pessoais ou profissionais. Não era como se eu tivesse planejado isso. Você não escolhe por quem se apaixona.

Mesmo assim, Kim é minha amiga. Ela não tem culpa de ter organizado a própria vida mais rápido que eu. E ela estava certa: foi de fato idiota dormir com Seth. Já quebrei a cara por causa disso mais de uma vez.

— Está tudo bem — murmuro. — Só vou trabalhar de casa por um tempo.

— Por quê?

Esqueci como Kim consegue ser intrometida. Ela também é fofoqueira. Com certeza não vou contar que recebi uma suspensão disciplinar por supostamente ter roubado dinheiro da empresa.

— Foram alguns dias estressantes. Ele está me deixando trabalhar com uma jornada flexível.

Isso, uma jornada flexível não remunerada enquanto me investiga por desvio de dinheiro.

Ela franze a testa.

— E a corrida está de pé?

— Claro que está — respondo. — Passei os últimos três meses organizando o evento. Você acha que vou simplesmente cancelar tudo com um dia de antecedência?

— Eu sei, mas...

— Você vai amanhã, né? — De repente me ocorre que, com tudo o que está acontecendo, as pessoas podem desistir de participar da corrida beneficente. Em termos de caridade, isso não importa. Já tenho as doações. Mas o jornal local vai cobrir o evento e seria horrível se eu fosse a única participante. — Você vai?

— Hum... — Kim rói a unha do polegar. — Só não sei se é uma boa ideia. Com tudo o que está acontecendo...

Fecho os dedos em torno do braço dela.

— Kim, você tem que ir. Preciso que as pessoas compareçam. Você não pode me deixar na mão.

— Nat... — Ela se contorce. — Você está machucando o meu braço.

Largo o braço dela e sinto as bochechas queimando.

— Por favor. Você tem que ir.

Não menciono as fotos da despedida de solteira. Kim sabe que elas estão comigo.

Por fim, ela faz que sim com a cabeça.

— Tudo bem. Pode contar comigo.

Meus ombros relaxam um pouco. Kim estará lá, assim como Caleb. Então, somos pelo menos três. E tenho certeza de que mais algumas pessoas do escritório vão. Greg Lowsky certamente vai aparecer, mesmo que não consiga terminar a corrida.

— E quem sabe eles encontram o assassino de Dawn antes do evento — diz Kim.

São poucas coisas que sei com certeza, mas uma delas é que não vão encontrar o assassino de Dawn até amanhã de manhã.

CAPÍTULO 41

Em condições normais, eu adoraria ter um dia de folga inesperado. Poderia sair para correr ou ir ao meu estúdio de massagem preferido em Quincy. Ou talvez à manicure. Fazer as unhas sempre me anima.

Mas não quero ir à manicure no meu atual estado de espírito. O detetive Santoro provavelmente usaria isso contra mim. *Ela gasta com manicure. É óbvio que está desviando dinheiro.*

Meu Deus, será que eles nunca ouviram falar de cupons de desconto?

Em vez disso, depois de cuidar de algumas tarefas simples, passo o dia inteiro no meu sofá, zapeando pelos canais de TV. Na maioria das vezes, acabo assistindo a reprises de séries antigas que já vi uma dúzia de vezes. Estou apenas matando tempo antes que Caleb apareça depois do trabalho. Ele vai me fazer sentir melhor.

No fim da tarde, meu telefone toca. Meu primeiro pensamento é que deve ser Caleb, talvez vindo para cá mais cedo. Mas, quando olho para o celular, "Mãe" está piscando na tela. Que ótimo.

Como não tenho nada melhor para fazer, atendo o telefone.

— Alô?

— Natalie! — Mais uma vez, ela está gritando a plenos pulmões. Só espero que não esteja em público. — Ouvi dizer que encontraram a garota da sua empresa! E que ela está morta!

— Ã-hã — murmuro. — Eu sei...

— Você viu o que saiu no jornal? — pergunta ela. Não tenho certeza se quero saber, mas ela definitivamente vai me contar.

— Disseram que ela sofreu *bullying* na sua empresa. Você fez bullying com ela, Natalie?

— Claro que não! Credo, mãe...

— Você deveria ser gentil com as pessoas que não são populares como você, Natalie. — Embora eu tenha 30 anos, minha mãe ainda gosta de me dar sermões. — Mesmo que ela não seja tão bonita quanto você ou tão querida, você ainda pode ser legal com ela.

— Mas eu fui legal com ela!

— É óbvio que você não foi.

A que ponto chegamos quando até minha mãe acha que faço bullying com os outros?

— Eu não seria capaz de fazer uma coisa dessas com ninguém, mãe.

— É óbvio que seria. — Ela funga. — Aliás, você *foi* capaz. Lembra como você e aquela sua amiga, Tara, costumavam... você sabe...

O que é preciso para que sua mãe perceba que você não é mais uma líder de torcida do ensino médio?

— Eu era legal com Dawn. Juro.

— Conheço você, Natalie. Sei como você é. Você não lembra quando...

Enquanto minha mãe continua a falar, ouço um bipe. Afasto o telefone do ouvido: Caleb está ligando. Graças a Deus.

— Mãe, tenho que ir.

— Por quê? Aonde você vai?

— Tenho outra ligação. Do trabalho. — Não vou falar de Caleb. Não agora, quando tudo parece tão tênue.

Ela resmunga um pouco, mas não escuto. Encerro a ligação com ela e atendo a de Caleb. Ele ligou na melhor hora possível.

— Me diz que você está quase chegando — falo.
— Natalie, a gente precisa conversar.

Ah, não. De novo? Essa relação não vai acabar bem.

— Por quê? O que aconteceu?

— Olha só... — Ele solta um longo suspiro. — Aquele detetive veio falar comigo de novo...

Estou vendo aonde isso vai dar e não estou gostando nem um pouco.

— Caleb...

— E ficou me pressionando. — Caleb parece angustiado. — Ele ficou me perguntando se eu tinha certeza de que estava com você a noite toda. Ele ficou falando sobre a pena por mentir para um policial. Aquele cara é assustador.

— Por favor, não me diz que você...

— Eu tinha que dizer a verdade, Nat. — Sua voz está trêmula. — Eu disse que fui embora às nove e meia. Me desculpa.

Quero estrangular Caleb com minhas próprias mãos.

— Como você pôde fazer uma coisa dessas? Você sabe o que parece?

— Foi mal, foi mal mesmo. Mas o que eu podia fazer? Mentir para a polícia?

— Você já mentiu uma vez. Não é como se ele fosse descobrir.

— Ele poderia ter descoberto! — diz ele, quase gritando. — Eu moro em um prédio. Tenho vários vizinhos no andar. Cruzei com um deles quando estava voltando para casa. Seria fácil para ele descobrir que eu estava mentindo.

— Ele jamais ia descobrir.

— Não tem como você saber. Eu poderia ter me complicado. Honestamente, você não devia ter me pedido para mentir. Isso não é certo.

Estou segurando o telefone com tanta força que fico chocada por ele não rachar na minha mão.

— Você poderia pelo menos ter me avisado. Aquele detetive já está me perseguindo. Se você tivesse me contado, eu pelo menos poderia ter contado para ele primeiro, em vez de parecer uma mentirosa.

Ele fica em silêncio por um instante.

— Você tem razão. Me desculpa. Juro que não planejei contar para ele. Mas ele... arrancou de mim essa informação.

Por mais furiosa que eu esteja com Caleb nesse momento, acredito nele. Sei como Santoro pode ser persuasivo e assustador. Consigo imaginar Caleb cedendo à pressão. Especialmente porque desde o início ele não se sentiu bem mentindo. Ele tem razão: eu não deveria ter pedido a ele que mentisse.

Mas, em minha defesa, eu achava que ele estava perdidamente apaixonado por mim. Agora não tenho tanta certeza. E não fazia ideia de como ele era fraco.

— Sinto muito — diz ele pelo que parece ser a milionésima vez. — E eu também me complico. Agora não tenho mais um álibi.

Certo, mas e daí? Santoro não acha que ele é o assassino. Essa honra foi concedida a mim e só a mim.

— Você ainda quer que eu vá até aí? — pergunta ele em voz baixa.

— Melhor não. Prefiro ficar sozinha.

Na verdade, não quero ficar sozinha, mas não quero nem olhar para Caleb nesse momento. Meu peito dói e me ocorre que a pessoa que mais quero ver no mundo agora é Seth, mas daí me lembro que ele me odeia.

É incrível como, muito rápido, eu me isolei de todo o meu círculo social. Meu namorado traiu minha confiança. Meu ex-amante acha que sou uma ladra. E até minha melhor amiga estava me olhando de forma estranha.

— Eu vou na corrida amanhã — diz ele. Uma oferta de paz.

— Já deixei a camiseta separada.

— Tudo bem.

— Me desculpa, Nat. — Toda vez que ele diz isso é uma facada no coração. — Mas tenho certeza de que tudo vai acabar bem. Quero dizer, você não fez nada de errado, fez? Aquele detetive só está dificultando as coisas.

— É...

Só que há outras coisas acontecendo. Não contei a Caleb sobre a tartaruga de cerâmica que encontrei no cesto de roupa suja e, depois que ele me dedurou para o detetive, não posso nem pensar nisso. Mas há um motivo para Santoro continuar me perseguindo. Não sei qual é, mas tem alguém tentando me prejudicar. Só não sei quem. Nem por quê.

A campainha toca e tomo um susto. Mesmo do sofá, vejo as luzes vermelhas e azuis piscando do outro lado da porta.

Ai, não.

— Caleb. — Suspiro. — Tenho que ir.

— Tem certeza de que você está bem?

— Eu... estou bem. Tenho que ir.

Antes que ele possa responder, encerro a ligação. Eu me levanto do sofá, de frente para as luzes da viatura policial. Só que não é apenas aquela luz avulsa em cima do carro do detetive. É mais do que isso. Há vários carros de polícia em frente à minha casa.

Algo terrível está prestes a acontecer.

CAPÍTULO 42

Fico parada diante da porta por alguns minutos, tremendo demais para conseguir manusear a chave na fechadura. Parte de mim quer fugir. Eu poderia sair pela porta dos fundos e depois...

O que eu poderia fazer? Meu carro está estacionado em frente à minha casa. Não tenho para onde correr. E não sou do tipo que foge da polícia.

Por fim, giro a chave e abro a porta. Não é surpresa nenhuma que seja o detetive Santoro parado diante de mim. É difícil me lembrar de uma época em que eu abria a porta e *não era* o detetive Santoro.

— Olá, Srta. Farrell. — Ele nem sequer dá o sorriso sinistro. Os lábios são uma linha reta. — Temos um mandado para revistar sua casa.

Não duvido que o mandado tenha sido obtido depois que meu namorado idiota lhe informou que eu não tinha, de fato, um álibi.

— Entendo. — Sinto como se estivesse engasgando. — Então acho que... podem entrar.

Dou passagem para que o detetive e sua equipe entrem na minha casa. Essa parece ser a violação mais profunda. Esses policiais na minha casa. Mas o que posso fazer? Eles obviamente tinham provas suficientes para obter um mandado de busca. Só que não sei como. O que quero dizer é que metade de Boston não deve ter um álibi para a noite de segunda passada.

— Devo esperar no meu carro? — pergunto em voz baixa.
— Temos que revistar o carro também — avisa ele, sem nenhum pudor. — Preciso que a senhorita destranque as portas.
Não tenho muita escolha além de cooperar. Pego as chaves do carro, aponto o chaveiro para ele e aperto o botão para destravar as portas. As luzes piscam indicando que as portas estão abertas.
— Onde devo ficar? — pergunto a Santoro.
Ele olha para mim, pensativo.
— Pode ficar no sofá da sala de estar. Vou ficar junto.
— Posso ir para a casa de uma amiga? — Eu poderia ligar para Kim e ficar na casa dela, se ela deixar.
— Infelizmente, não. Preciso que fique aqui.
Voltamos para a minha sala de estar, Santoro andando na minha frente e eu logo atrás sem dizer nada. Vasculhei a casa minuciosamente na noite passada, mas não tão minuciosamente quanto esses policiais parecem estar vasculhando. Ouço uma barulheira vindo da cozinha no andar de cima. O som de um prato quebrando.
Graças a Deus me livrei daquela tartaruga de cerâmica. E lavei todas as roupas do cesto de roupa suja.
Eu me sento com cuidado no sofá e Santoro se senta do meu lado. Seus olhos pretos estão fixos nos meus. A sala está insuportável de tão abafada, como se eu não pudesse nem respirar. Eu gostaria de sair, mas está muito frio lá fora. Ainda assim, preferiria estar em qualquer lugar, menos aqui.
— Quanto tempo isso vai demorar? — pergunto a ele.
— Depende do que encontrarmos.
— Vocês não vão encontrar nada.
— É o que vamos ver.
Encosto meus joelhos um no outro. Percebo que, embora eu saiba que Caleb contou a verdade sobre a noite de segunda, ele não sabe que eu sei. Talvez eu possa me fazer de boba e fingir que estou confessando por vontade própria.

— Olha — digo —, eu só... queria dizer que estava enganada sobre a noite de segunda-feira. Lembrei que o meu namorado foi para casa e não dormiu aqui. Eu me confundi.

— Engraçado. Ele acabou de me dizer a mesma coisa.

Vacilei. Eu deveria ter contado a verdade antes.

— Sabe — diz Santoro —, eu sofria bullying na escola.

Pego um fio solto na minha saia.

— É...?

Embora eu não esteja olhando em sua direção, sinto que ele olha para mim.

— Foi uma situação terrível. Aquelas crianças tornaram a minha vida um inferno.

— Crianças podem ser bem cruéis.

— Crianças não sabem nada. — Ele estala os dedos. — Mas adultos sabem. Ou deveriam saber, pelo menos. Mas tem muito adulto por aí que ainda age como bully.

Continuo olhando para baixo. Não sei o que dizer.

— Tenho certeza de que você sabe muito bem do que estou falando, Srta. Farrell.

Mais um barulho vindo da cozinha. Essas pessoas estão destruindo minha casa, mas esse é o menor dos meus problemas. Depois que aquela tartaruga de cerâmica apareceu no cesto de roupa suja, não sei o que vão encontrar. Mas há uma boa chance de eu sair dessa casa algemada.

Agora é a hora em que eu deveria chamar um advogado. Por motivos que não entendo muito bem, me tornei suspeita do assassinato de Dawn. Mas advogados custam um dinheiro que não tenho no momento e, além disso, ainda sinto que contratar um advogado vai fazer com que eu pareça culpada.

Eu não fiz nada. Sou inocente. Não preciso de um advogado para provar isso.

CAPÍTULO 43

SEGUNDA-FEIRA

De: Dawn Schiff
Para: Natalie Farrell
Assunto: Importante

Natalie,

Tenho um assunto muito importante que preciso discutir urgentemente com você. Por favor, compareça ao meu cubículo hoje, no fim do expediente.

Atenciosamente,
Dawn Schiff

De: Caleb McCullough
Para: Natalie Farrell
Assunto: Noite de hoje

O jantar está de pé? Estou cozinhando! Mal posso esperar para ver você.

De: Natalie Farrell
Para: Caleb McCullough
Assunto: RES: Noite de hoje

Está de pé! Tem uma coisa que preciso resolver hoje à noite, mas acho que isso não vai ser um problema.

De: Dawn Schiff
Para: Mia Hodge
Assunto: RES: Novidades

Querida Mia,

Estou escrevendo um e-mail rápido porque tenho visita. É a primeira vez desde que moro aqui que estou recebendo visita! A não ser que você considere as pessoas que vêm fazer a manutenção da casa, mas acho que isso não conta.
    Nem minha mãe conhece minha casa. É claro que você vem para cá no mês que vem, durante suas férias! Já preparei o quarto extra para você e George ficarem. Fico feliz que tenha conseguido um bom preço nas passagens!
    Falar com Natalie foi a coisa certa a fazer. Enviei um e-mail para ela pedindo que nos encontrássemos no fim do expediente e ela passou no meu cubículo pouco antes das cinco. Quando mencionei que havia uma discrepância nas contas do ano passado, ela concordou em ir comigo até a sala de reuniões.
    Então, quando estávamos sozinhas, contei a Natalie sobre o dinheiro que faltava em cada uma de suas transações de vendas. Eu lhe disse quanto dinheiro era e, quando ela ouviu o número, respirou fundo.
    Então começou a fazer perguntas. Ela tinha cerca de um milhão de perguntas. Perguntou até onde eu havia olhado nos registros. Em seguida, perguntou quem eu achava que tinha pegado o dinheiro, e eu lhe disse que não tinha certeza, embora me parecesse que ela era a única pessoa que poderia ter pegado esse dinheiro. Em seguida, ela me perguntou se eu tinha falado com alguém sobre esse fato.
    E eu disse "Não falei para ninguém", embora isso não seja totalmente verdade. Falei para você, mas ela não precisava saber disso. Não é como se você trabalhasse para a empresa.
    Eu esperava que Natalie confessasse que pegou o dinheiro e que prometesse devolvê-lo antes que eu tivesse que

entregá-la. Mas não foi isso que aconteceu. Em vez disso, ela começou a falar sobre outras pessoas que poderiam ter pegado o dinheiro e a incriminado e perguntou: "Mais alguém tem acesso ao dinheiro?"

Respondi que só Seth, mas por que ele roubaria da própria filial e se colocaria numa situação ruim? E por que ele incriminaria alguém de quem gosta tanto?

Mas estranhamente Natalie não descartou a possibilidade de Seth ter feito isso. Na verdade, a ideia a deixou animada. Ela disse que precisávamos nos reunir e ir a fundo nesse mistério para descobrir quem pegou o dinheiro e por quê. Foi quando ela sugeriu vir aqui em casa hoje à noite.

Essa parte era exatamente o que eu queria ouvir. Ela não estava ignorando minhas acusações. Estava preocupada e queria resolver o problema. Juntas.

Fizemos planos para nos encontrarmos hoje à noite. Ela me lembrou de não contar a ninguém, porque é claro que tentariam encobrir os próprios rastros. Depois me disse que estava contando comigo.

Perguntei quando ela queria que a gente se encontrasse e fiquei desapontada quando sugeriu que não nos encontrássemos antes das dez. Ela disse que já tinha feito planos com Caleb e que ele ficaria arrasado se ela cancelasse. Deu uma risadinha e mencionou que ele estava completamente apaixonado por ela, e acredito nisso. Ela faz com ele o que quiser.

Eu esperava que Natalie e eu pudéssemos jantar na minha casa. Mas aí eu teria que me preocupar com o que servir. Natalie tem um gosto muito sofisticado para comida, e é difícil satisfazer esse tipo de gosto mantendo uma refeição monocromática. É claro que eu poderia ter servido uma refeição com mais de uma cor, mas isso teria me estressado demais.

Estou fazendo faxina desde que cheguei em casa. Não que minha casa esteja bagunçada, mas quero ter certeza de que tudo está perfeito! Até tirei o pó e esfreguei minha tartaruga de cerâmica do tamanho de uma bola de basquete. Alimentei Júnior e agora tudo o que preciso fazer é esperar Natalie chegar.

Vamos ter uma noite muito agradável juntas. Tenho uma garrafa de vinho tinto e cada uma pode tomar uma taça enquanto conversa sobre a situação no trabalho. Vamos nos conhecer melhor. Eu vou apresentá-la a Júnior. E vamos descobrir quem pegou o dinheiro.

Ai, meu Deus, a campainha acabou de tocar. Deve ser ela! Me deseje sorte!

Atenciosamente,
Dawn Schiff

CAPÍTULO 44

DIAS ATUAIS

NATALIE

Faz dois dias que quase não durmo.

Quando a polícia enfim foi embora da minha casa, já era tarde da noite. Não vi nenhum policial carregando roupas ensanguentadas nem membros decepados, então acho que não encontraram nada. Graças a Deus. Finalmente posso retomar a minha vida.

A corrida beneficente é hoje de manhã. Eu estava decidida a realizar o evento, mas, agora, eu daria um dedo mínimo para não ter que fazer a corrida.

O tempo está bom. Fresco, sem chuva nem muito frio. Do tipo que faz você se sentir bem depois de vinte minutos correndo. Decido considerar o clima como um presságio. Se o tempo estiver bom, a corrida será perfeita.

Em vez da camiseta e do short que uso quando corro pela vizinhança, tenho uma calça de corrida justa para usar nos cinco quilômetros, bem como a camiseta especial que encomendei. Quando a enfio pela cabeça, percebo que está um pouco mais apertada do que eu pensava, mas tudo bem. O fato de as camisetas encolherem é um problema menor.

Organizo essa corrida há cinco anos, portanto já sei como fazer isso. Recrutei alguns alunos do Boston College para ajudar e os encarreguei de várias tarefas que precisam ser realizadas, como cuidar dos postos de água, afixar as placas indicando o caminho a seguir e garantir que todos os participantes estejam inscritos. Verifiquei tudo o que eles precisavam fazer com antecedência, mas em geral ligo para cada um deles na noite anterior. Eu não estava em condições de fazer isso ontem à noite, então vou ter que torcer para que tudo saia como planejado.

Antes de sair de casa, confiro minha aparência no espelho do banheiro. Fiz um rabo de cavalo alto com meu cabelo loiro e usei maquiagem demais para participar de uma corrida, mas é tudo à prova de suor. Consegui que um jornal local cobrisse o evento, portanto quero estar bonita para a câmera. E, depois dos últimos dias, eu jamais pensaria em ser filmada sem maquiagem. Quando entrei no banheiro hoje de manhã, eu parecia a noiva de Frankenstein. É claro que não tive chance de retocar a raiz do cabelo essa semana, mas vai ter que ser assim mesmo.

Pego um Uber até o Florian Hall uma hora antes do horário de início da corrida. Estou esperando o pior, mas, para meu alívio, Cleo, do Boston College, já está em frente ao prédio com uma mesa, pranchetas de inscrição e uma jarra de água com vários copinhos. Ela também me ajudou no ano passado, então sabe exatamente o que fazer.

— Ei, Natalie! — Cleo acena com entusiasmo. — Está tudo pronto!

Cleo tem apenas 20 anos e parece tão vívida que, de alguma forma, me deixa ainda mais cansada. E ela nem sequer vai correr os cinco quilômetros. Mas sou grata pela ajuda. Ela tem um primo com paralisia cerebral, portanto é uma grande apoiadora da causa.

— Todo mundo veio? — perguntei.

— Quase todo mundo. — Ela desvia o olhar. — Eli acha que está ficando gripado, embora eu ache que ele está sendo fresco. Mas temos gente suficiente. Todas as placas estão afixadas. Estamos prontos para começar.

— Muito obrigada. — A sensação de alívio me deixa de pernas bambas. — Você fez um trabalho incrível. Me desculpe por não ter ligado para ver como você estava. Eu... estava muito ocupada ontem.

Cleo abaixa um pouco a voz.

— Eu soube o que aconteceu com a sua colega de trabalho. Sinto muito. Espero que encontrem o monstro que fez isso.

Eu também. Ela não faz ideia do quanto.

Como está tudo pronto, vou até a largada e faço alguns alongamentos. Enquanto alongo as pernas, o telefone que tenho preso ao bíceps começa a tocar. Tiro o aparelho da pochete e olho para a tela.

É um número privado.

Não recebi nenhuma ligação ontem à noite. Eu estava esperando por ela, especialmente com Santoro na minha casa. Queria que ele visse como alguém estava me assediando. Mas, é claro, ninguém ligou. Ainda bem, pois suspeito que ele não teria ficado muito impressionado.

Coloco o telefone no ouvido.

— Alô?

Nenhuma resposta. De novo.

Da outra vez, comecei a gritar no telefone quando isso aconteceu. Mas, graças a Greg Lowsky, sei exatamente o que fazer:

Uso o aplicativo TrackCall para descobrir o número da pessoa que está me ligando. Eu não estava totalmente convencida de que isso funcionaria, mas então um número aparece na tela, exatamente como Greg prometeu. Pego uma caneta na mesa que Cleo preparou e anoto o número em uma das folhas de inscrição.

Olho fixamente para o número que anotei. O código de área não é local. Acho que é de Rhode Island. Abro uma janela de busca no celular e digito os números.

Eu estava certa. O número é de um hotel nos arredores de Providence.

Mas que diabos?

— Nat?

Caleb está atrás de mim, usando um short cinza e a camiseta extragrande que dei a ele no início da semana. Eu queria ficar furiosa com ele pelo que fez comigo, mas, como veio aqui para me apoiar e parece que não tenho muito apoio agora, não posso ficar brava. Especialmente porque ele está muito bonito em sua roupa de corrida — seus músculos se destacam sob a camiseta, que também está um pouco justa.

— Você veio — comento.

Ele dá um sorriso de lado.

— Eu não podia te decepcionar de novo.

— É...

— Nat... — Seu pomo de adão oscila. Ele também está com olheiras. Disfarcei as minhas com maquiagem hoje de manhã. — Sinto muito por tudo. Estou me sentindo péssimo.

— Não é culpa sua. — Não é. Não foi correto da minha parte pedir que ele mentisse para a polícia. Esse não é o tipo de coisa que se pede a um namorado que está com você há menos de dois meses. É o tipo de coisa que se pede a um namorado de seis meses. — Está tudo bem.

— Está?

Faço que sim com a cabeça.

— A polícia veio na minha casa ontem à noite e revistou tudo... — Essa é uma forma muito diplomática de descrever a maneira como eles destruíram minha casa. — Mas perceberam que não tenho nada a ver com o assassinato de Dawn. Talvez agora eles possam se concentrar em descobrir quem realmente fez isso.

— Tomara.

— Além disso... — Levanto o celular. — Tenho recebido ligações estranhas de uns números privados nos últimos dias. Desde que eu estava na casa de Dawn. Finalmente usei esse aplicativo para descobrir o número e parece que as ligações estão vindo de um hotel em Rhode Island.

— Sério? Que estranho.

Mostro para ele o endereço no meu telefone.

— Você conhece esse lugar?

— Não. — Ele olha para o endereço. — Por que alguém ligaria para você de um hotel aleatório?

— Não faço ideia, mas... — olho de novo para o número de telefone e para o endereço — ... tem que ter alguma relação com o que está acontecendo. Depois que a corrida terminar, vou até lá de carro.

— Boa ideia. — Ele acena com a cabeça em sinal de aprovação. — Vou com você.

Ergo uma sobrancelha.

— Você quer ir comigo até Rhode Island?

— Claro. — Ele sorri. — Se você não se importar.

Não consigo evitar sorrir para ele também. Seria bom ter a companhia dele. E, depois da maneira como Seth me tratou ontem, as coisas realmente acabaram para sempre naquele relacionamento. Não haverá mais nenhuma escapada, isso é certo. Não acredito que estava perdendo tempo com aquele idiota *que ainda é casado* quando tenho um namorado que obviamente se importa muito comigo.

De brincadeira, puxo a barra da camiseta de Caleb.

— E quem sabe a gente faz um jantar hoje à noite para compensar o jantar que perdemos ontem.

Seus olhos se iluminam.

— Combinado.

Pelo canto do olho, vejo a equipe de reportagem montando as câmeras. Fantástico: o jornal chegou bem na hora. Tenho tempo de sobra para dar uma entrevista rápida e explicar as metas da instituição de caridade e, em seguida, eles podem registrar o início da corrida.

Cerca de uma dúzia de pessoas apareceu para correr hoje. De início, eu esperava mais ou menos cinquenta, mas parece que o episódio de Dawn fez com que muitos ficassem em casa. Isso é doloroso, pois um número maior de participantes ajudaria a divulgar mais a instituição de caridade, mas, de qualquer forma, ainda recebemos o dinheiro que será doado. Esse evento é inspirado em Amelia — não posso me esquecer disso. E, mesmo que alguns corredores tenham ficado em casa, uma multidão considerável está se formando para assistir ao início da corrida.

Enquanto encaro a multidão, me esforço para dar um sorriso. Não estou exatamente disposta a sorrir, mas, se me esforçar, talvez comece a me sentir melhor. Aceno para os espectadores e um homem corpulento, usando uma das nossas camisetas, acena para mim.

Foi então que notei alguém atrás dele. Alguém familiar. Reconheço o cabelo castanho e o rosto de cavalo.

É a *esposa* de Seth? O que ela está fazendo aqui?

— Oi, Natalie! — Maria Monteiro, da equipe de reportagem, acena para mim e sou forçada a desviar o olhar da multidão. Maria também cobriu a corrida no ano passado e está perfeitamente maquiada, de terno, com o cabelo preto brilhante e o batom vermelho-sangue. — Você tem um minutinho para a gente conversar antes da corrida?

— Com certeza! — Hesito. — Mas só quero dizer que prefiro não falar sobre minha colega de trabalho, Dawn Schiff. Sei que ela tem estado em todos os noticiários ultimamente, mas não quero desviar a atenção do motivo pelo qual estamos correndo hoje: arrecadar dinheiro para tratar a paralisia cerebral.

Maria não consegue disfarçar a decepção, mas se recupera rápido.

— Tudo bem. Respeito totalmente.

— Obrigada, Maria.

Volto a olhar para a multidão, meus olhos procuram a esposa de Seth, mas ela parece ter desaparecido. Ou, mais provavelmente, não era ela e eu só estou sendo paranoica. Passo a mão atrás da cabeça para ajeitar o rabo de cavalo e aliso os vincos da camiseta para que os espectadores possam ver a estampa. Maria gesticula para o operador de câmera e ele aponta a lente para mim. Maria pega o microfone e sei que, como no ano passado, ela provavelmente vai gravar uma pequena introdução mais tarde e depois editar tudo.

— Então, Natalie — diz ela —, esse é o quinto ano dessa corrida beneficente, não é?

Faço que sim com a cabeça e sinto meu rabo de cavalo balançar.

— Isso, o quinto. E vamos arrecadar dinheiro para o tratamento da paralisia cerebral.

— E essa instituição de caridade tem uma importância enorme para você, não é?

Aceno positivamente com a cabeça de novo.

— Uma das minhas melhores amigas de infância tinha paralisia cerebral, então essa corrida é em homenagem a Amelia.

Maria pega o microfone de volta e me faz outra pergunta, mas minha atenção é novamente atraída por algo na multidão. Dessa vez, porém, não é Melinda Hoffman — gostaria que fosse. Dois dos espectadores se afastam para permitir que um homem grande com olhos pretos venha à frente da multidão.

É Santoro.

Maria coloca o microfone de volta na minha frente e percebo que não faço ideia do que ela acabou de me perguntar.

— Hum — digo. — Me desculpe, eu...

Que constrangedor. Felizmente, nada disso é ao vivo. Quando o vídeo for editado, ela poderá cortar a parte em que eu não estava ouvindo a pergunta.

— Parece que a corrida já vai começar — observa Maria. — Então vou deixar você trabalhar. Parabéns pela iniciativa.

— Obrigada...

Santoro está se aproximando de mim. Qual é o problema? Ele quer me interrogar de novo antes de começar a corrida? Esse evento é *beneficente*. Será que o homem não tem nenhum *respeito*?

— Caleb! — Estico o pescoço, procurando meu namorado. Eu o vejo a alguns metros de distância. — Caleb, posso falar com você?

Talvez Caleb possa lidar com esse detetive até terminarmos aqui. Tenho muita coisa para fazer. A corrida começa em menos de quinze minutos e não tenho tempo para responder às mesmas perguntas de novo. Eles chegaram a revistar minha casa. O que mais querem de mim, pelo amor de Deus?

Quando viro a cabeça para olhar para trás, Santoro está bem na minha frente. A menos de um metro de distância. Seus olhos parecem piscinas escuras e infinitas. Instintivamente, dou um passo para trás.

— Detetive, agora não é uma boa hora.

— Natalie Farrell. — Sua voz é indiferente. — Você está presa pelo assassinato de Dawn Schiff.

O quê?

Sinto falta de ar. Aquelas malditas câmeras ainda estão apontadas para mim. Sem mencionar que metade da multidão pegou o celular e está me filmando. Aquele desgraçado do Santoro fez isso de propósito. Ele escolheu o momento de maior exposição possível para me prender. Ele quer me humilhar, mesmo que eu não tenha feito nada de errado.

Talvez ele tenha colocado aquela tartaruga de cerâmica na minha roupa suja.

— Você não está falando sério — gaguejo. — Como pode... Eu não fiz nada! Você está me prendendo baseado em quê?

Mas Santoro não me oferece nenhuma explicação. E ele está falando sério. Ele pega as algemas e, quando me dou conta, está algemando meu pulso. O metal frio atinge minha pele e minhas pernas ficam bambas. Estou vagamente ciente do fato de que ele está lendo meus direitos.

Caleb veio correndo. Vejo sua expressão e ele parece completamente horrorizado.

— Natalie! — exclama ele.

— Caleb. — Suspiro. A multidão está ficando mais barulhenta e dezenas de câmeras estão apontadas para mim. — Aquele endereço que eu te mostrei. Você precisa ir até lá, por favor. Por mim!

— Natalie...

— Por favor! — consigo repetir.

Santoro me puxa pelo braço. Ele está me conduzindo até a viatura da polícia para me levar à delegacia e me jogar na cadeia. Não há mais nada que eu possa fazer para impedir isso. Não sei por quê, mas alguém fez um trabalho muito bom em me incriminar.

É oficial: minha vida, como eu a conhecia, acabou.

PARTE II

CAPÍTULO 45

DAWN

Um dos animais mais assustadores do mundo é a tartaruga-de-casco-mole.

A aparência delas não é assustadora. Elas nem mesmo têm a carapaça tradicional de tartaruga. Elas lembram um pouco uma panqueca com cabeça e patas. Mas não se deixe enganar: elas podem ser mortais. Elas se escondem na areia, imóveis, esperando pacientemente por suas presas. Prontas para atacar com seu bico afiado.

É isso que é preciso para capturar sua presa. Paciência.

Todos nós podemos aprender muito com a tartaruga-de-casco-mole.

Passei a manhã inteira vendo as notícias. Várias vezes seguidas.

Não me canso. Aquele momento em que o detetive sai do meio da multidão e diz a Natalie que ela está presa. A expressão de horror no rosto dela quando ele coloca as algemas em seus pulsos. As equipes de filmagem estavam lá para registrar o evento, mas conseguiram mais do que esperavam. Conseguiram a notícia mais bombástica da South Shore.

Pena que não tenho mais o meu celular. Aposto que existem vídeos da prisão de Natalie no YouTube, e eu poderia vê-los várias e várias vezes até meus olhos caírem. Mas tive que deixar meu telefone em casa. Não havia opção.

Tinha que parecer real.

Sentada na cama de casal, endireito as costas e abraço minha tartaruga de pelúcia contra o peito. O nome da tartaruga é, simplesmente, Tartaruguinha. Fazer o quê? Dei esse nome a ela quando tinha 4 anos. Essa tartaruga é uma das poucas coisas que trouxe comigo de casa. Foi um risco, pois alguém poderia notar sua falta, mas valeu a pena. Durmo com essa tartaruga toda noite desde que estava na pré-escola. Não ia deixá-la para trás.

Já foi ruim o suficiente ter que deixar Júnior para trás. Espero que ela esteja bem.

Essa cama é extremamente desconfortável. Em casa, tenho um colchão de espuma com memória e roupas de cama feitas de algodão com duzentos e setenta fios e um edredom de plumas. Eu sabia que hotéis de beira de estrada não seriam tão confortáveis quanto a minha casa, mas o que mais me incomoda não é a baixa qualidade dos lençóis... ou o revestimento de plástico que torna o colchão duro como uma rocha e, ao mesmo tempo, irregular.

O que me mantém acordada à noite é o fato de os lençóis e a fronha serem de *duas cores completamente diferentes*. Sim, foi isso mesmo que eu disse. Os lençóis são brancos, mas as fronhas são mais bege do que brancas. E o que é ainda mais assustador: a coberta é azul! Eu me arrepio só de olhar para ela.

Mas não é como se eu pudesse voltar para casa.

Sinto falta da minha casa. Sinto falta da minha cama com lençóis brancos, fronhas brancas e cobertores brancos. Mas, sem dúvida, vale a pena. Vale *muito* a pena.

De qualquer forma, essa cama é certamente melhor do que a cama em que Natalie vai dormir hoje à noite. As celas da delegacia não são conhecidas por serem aconchegantes. Tudo deu tão certo que ela foi presa em um sábado. Ela vai ficar presa em uma cela o fim de semana inteiro.

Pego o bloco de papel que deixei ao lado da cama. Escrevi à mão uma carta para Mia, já que e-mail não é uma opção no momento. Havia algumas coisas que eu ainda precisava dizer e queria colocá-las no papel. Por motivos práticos, essa será a última carta que vou escrever para ela.

Pego o controle remoto e procuro outro canal de notícias. Quero ver Natalie ser presa mais uma vez. Quando eu tiver acesso a um computador de novo, vou usar essa foto como papel de parede.

Meu estômago ronca. Tudo o que tenho para comer é o pouco de comida guardada no frigobar do quarto, embora o hotel tenha algumas máquinas de venda automática na área comum. A porta do meu quarto dá para a área externa do hotel e não preciso passar por outras pessoas para chegar às máquinas. Meu café da manhã foi um pacote de Doritos. Não estou ansiosa para comer salgadinhos de queijo no almoço.

Estou tentando não me aventurar muito fora do hotel. Tenho uma peruca marrom bem simples que uso para esconder o cabelo. Algumas pessoas cortam o cabelo quando não querem ser reconhecidas, mas o meu já é cortado a pouco mais de um centímetro da cabeça. Portanto, minha única opção é uma peruca. Uma peruca barata que coça intensamente se eu a usar por mais de cinco minutos. Uso um boné de beisebol por cima para parecer mais realista.

Ainda assim, meu rosto tem aparecido em todo noticiário. Especialmente hoje, depois de Natalie ter sido presa. É muito perigoso andar por aí, mesmo disfarçada. Esse é um risco que não vale a pena correr.

Não posso deixar que me encontrem. Já foi difícil fazer com que Natalie fosse presa. Não posso estragar tudo agora, quase no fim.

Ela tem que ser punida. Se eu não fizer isso, ninguém mais vai fazer.

O noticiário começa a falar de mim. Começa a falar da vida de Dawn Schiff. Não que eles realmente saibam algo sobre mim, mas sabem o básico. Onde cresci, onde cursei o ensino médio e a faculdade, que não sou casada e não tenho filhos. Exibem algumas fotos antigas e horrorosas, sem dúvida fornecidas pela minha mãe.

A imagem que sempre mostram no noticiário é a foto do crachá do trabalho. Nunca fui fotogênica, mas essa foto é particularmente horrível. Meu cabelo está colado na cabeça porque eu tinha tomado banho pouco antes e meus olhos estão arregalados como se eu tivesse acabado de ver um fantasma. Parece uma daquelas fotos de quando se é fichado pela polícia.

Fico me perguntando como Natalie vai sair na foto que a polícia tirar dela. Duvido que fique bem. Apesar de ser bonita. Ela sempre foi bonita. Se não fosse tão bonita, talvez pudesse ser uma pessoa melhor.

Agora a televisão está mostrando minha mãe. Não consigo acreditar que minha mãe concordou em falar para as câmeras e admitir que somos parentes. Em meio às lágrimas, ela está falando do meu assassinato e de como deseja justiça.

Fico olhando para o rosto da minha mãe na tela da televisão, esperando sentir alguma coisa. Culpa ou remorso.

Não. Nada.

Minha mãe nunca me deu apoio em nenhum dia da minha vida. Quando eu era criança, tudo o que ela queria era que eu parasse de envergonhá-la. E, depois que me tornei adulta, tudo o que ela queria era receber os cheques mensais. Se eu nunca mais voltar, ela pode ficar um pouco triste de vez em quando, mas ficará feliz em receber o dinheiro que deixei na minha conta bancária. Ela não se importa comigo, assim como eu não me importo com ela. E, se ela soubesse do meu plano, ela mesma me entregaria à polícia.

Eu me ajeito na cama e meu pulso esquerdo dói. Eu o mantive enfaixado desde segunda-feira, quando fiz o corte que gerou todo aquele sangue no chão da minha sala de estar. Tive que ser muito cuidadosa. Se eu fizesse um corte muito fundo, teria sido o meu fim.

Fico atenta ao ouvir um barulho alto vindo de fora do meu quarto. Estou no segundo andar, mas as paredes são finas como papel e as janelas parecem feitas de filme PVC. Também não tem aquecimento no quarto e passei a última noite tremendo debaixo daquela coberta de poliéster (azul!). Ninguém disse que vingança era um negócio fácil.

Desliguei a televisão e fui até a janela. Tem um Ford verde estacionando em uma vaga bem perto do escritório principal. Ajeito os óculos e olho através do vidro.

A porta do lado do motorista do Ford se abre. Alguém sai do carro. Eu o reconheço na mesma hora.

É Caleb McCullough.

Puxo as cortinas para esconder parcialmente meu rosto enquanto o observo. Ele vai direto para o saguão principal e desaparece lá dentro. Fico parada na janela, imaginando o que está acontecendo. O que ele está fazendo aqui?

Meu estômago se revira. Tenho sido tão cuidadosa.

Cerca de dez minutos depois, Caleb sai do saguão. Ele vira à esquerda e segue na direção do meu quarto. Faz uma pausa em frente à escada que leva ao segundo andar. Em seguida, começa a subir.

Dou um passo para longe da janela. O que está acontecendo? O que Caleb está fazendo aqui?

Então ele some do meu campo de visão. Deve estar no segundo andar. Ouço os passos dele cada vez mais altos. E então...

Três batidas fortes à porta do meu quarto.

Ele está aqui.

CAPÍTULO 46

Não atendo imediatamente. Eu me afasto da porta, limpando as mãos no meu jeans azul. Corro os olhos ansiosamente pela sala.

Ele bate de novo.

— Dawn! — A voz dele atravessa a porta fina como se estivesse dentro do quarto. — Dawn, abre a porta!

Vou até a porta. Abro o trinco e giro a chave. Caleb está aqui, com os cabelos castanhos despenteados pelo vento, apesar de ele nunca ter corrido os cinco quilômetros daquela corrida, segurando uma sacola branca de papel que eu não tinha notado antes. Ele a oferece para mim.

— Trouxe para você — avisa ele.

Eu me afasto quando ele entra no quarto. Fecho a porta, giro a chave e coloco o trinco.

— Você viu quando ela foi presa? — pergunto.

Ele sorri para mim.

— Vi, foi *bem na minha frente*. Você precisava ter visto a cara dela, Dawn. Coisa de cinema.

— Passei a manhã inteira vendo as notícias. — Olho para a tela da televisão, que agora está desligada. — E queria ver mais.

Caleb enfia a mão no bolso da calça e tira o celular.

— Caiu na internet. Vamos comer e depois você pode assistir quantas vezes quiser.

Queria ver imediatamente, mas estou com fome demais para discutir. Abro o saco de papel e tiro um sanduíche de peito de peru com maionese. Caleb sabe que gosto de refeições monocromáticas. Ele até se certificou de que o saco fosse branco. Ele me conhece tão bem.

A cor dos alimentos é mais importante do que as pessoas pensam. As tartarugas marinhas verdes obtêm sua cor do que comem. Elas são predominantemente herbívoras e consomem principalmente ervas marinhas e algas. É por causa do alimento que a cartilagem e a gordura de seu corpo são verdes.

— Só um sanduíche? — perguntei. — Você não vai comer nada?

— Peguei um hambúrguer no caminho para cá. — Ele dá de ombros. Ele não se importa com coisas como a cor dos alimentos. Ele não é como eu. Ele é um cara normal. Quer dizer, tão normal quanto um cara que trama para incriminar a namorada por assassinato pode ser. — Pode comer. Você deve estar morrendo de fome.

De tanta fome, comi o sanduíche quase sem mastigar. Não tenho me alimentado muito bem essa semana. Trouxe um pouco de comida comigo que está guardada no frigobar, mas, como eu disse, tenho medo de sair do quarto. Caleb só se atreveu a vir aqui uma vez essa semana para me trazer comida. Portanto, tenho comido muitas refeições de máquinas de venda automática. Nada nutritivo.

Aos pés da cama, Caleb corre os olhos pelo quarto com a testa franzida.

— O quarto parece diferente.

— Eu reorganizei os móveis.

Ele não me pergunta por quê, mas eu ficaria feliz de explicar que os móveis do quarto estavam dispostos de forma totalmente incorreta. Mudei a cômoda, o frigobar e o abajur de lugar para que ficassem em ordem crescente de altura. Também fiz uma boa limpeza, pois está claro que a equipe de limpeza do hotel tem sido bastante negligente. Se ele entrasse no banheiro, talvez gostasse de ver a maneira como reorganizei todos os produtos de higiene pessoal que ele me trouxe.

Ou talvez não.

— Por que você estava no saguão principal? — pergunto de boca cheia.

Ele franze a testa.

— Você ligou para Natalie?

Minhas bochechas ficam quentes. Eu não sabia que ele sabia disso. Eu sabia que não deveria fazer isso, mas queria ouvir o pânico na voz dela. Adorei quando ela gritou para que eu a deixasse em paz.

— Bloqueei o número antes de ligar.

— Dawn. — Ele solta um suspiro exasperado. — Esse tipo de coisa não é infalível. Ela rastreou a ligação. Ela estava me falando disso hoje de manhã. Se não tivesse sido presa, ela viria até aqui. Você tem ideia de como isso ia ferrar com a gente?

— Ai...

Talvez tenha sido impetuoso da minha parte ligar para ela. Mas, de novo, Caleb não está isento de culpa. Ele me contou como atormentou Natalie a semana inteira insistindo em colocar a estatueta de tartaruga na mesa dela, mesmo sabendo que isso teria arruinado tudo se ela o tivesse pegado no flagra.

— Não é mais seguro ficar aqui. — Ele passa a mão na nuca. — Fiz o check-out e paguei a conta. Vamos atrás de outro lugar.

— Vamos.

Vou ficar feliz de sair desse hotel decadente, embora tenha certeza de que o próximo não será melhor. Na verdade, quero ir embora da Nova Inglaterra. Ir para o Sul. Mas Caleb acha que é muito perigoso dirigir por aí agora. Além disso, pareceria suspeito se ele deixasse o emprego de repente. Ele tem que ficar por aqui mais um pouco, depois podemos ir.

Não sei bem para onde. Sempre quis morar no Sul. As pessoas são mais simpáticas por lá.

Enquanto como meu sanduíche, Caleb se senta na cama ao meu lado. Eu jamais teria feito isso sem ele. Ele desempenhou seu papel perfeitamente, merece um Oscar. E foi muito melhor do que eu esperava. Natalie deu um tiro no pé ao tentar convencer Caleb a ser seu álibi.

Não sei como ele conseguiu fingir ser namorado dela por tanto tempo. Mas ele nunca dormiu com ela. Jurou que não dormiria.

Enquanto termino o sanduíche, ligo a televisão de novo. Estão falando do corpo que foi encontrado brutalmente assassinado na floresta em Cohasset. O corpo de Dawn Schiff. Pelo menos é o que eles pensam.

— Mais cedo ou mais tarde, vão descobrir que não é você — comenta Caleb.

— Eu sei.

— Minha nossa. Que coincidência, né?

Ele está se referindo ao fato de ter surgido o corpo de uma mulher que aparentava ter a minha idade e com o rosto tão desfigurado que presumiram que fosse eu. A notícia dizia que a maioria dos dentes dela tinha sido arrancada, então não puderam usar os registros dentários. Isso facilitou a prisão de Natalie, mas, no fim das contas, não importa. Eventualmente, o DNA vai revelar que o cadáver é de outra pessoa — esse cadáver aleatório não vai colocá-la na cadeia.

Caleb continua olhando para a tela.

— Que tipo de pessoa doente faria uma coisa dessas?

— Tem muita gente doente por aí — digo. — Você já deveria saber disso.

— Eu sei. Mas ser espancada a ponto de não conseguirem reconhecer o corpo... — Ele fica ligeiramente pálido. — E ninguém está procurando por ela.

Enfiei o último pedaço do sanduíche de peito de peru na boca e, com a cabeça, indiquei o telefone na mão de Caleb.

— Me mostra o vídeo — peço.

Ele tem um que já está pronto para ser exibido, o que me faz pensar que ele também está vendo esses vídeos obsessivamente. Ele a odeia tanto quanto eu. Ele está esperando por isso há tanto tempo quanto eu. Nós dois estamos desfrutando dessa situação.

Nesse vídeo, tem um close do rosto de Natalie enquanto o detetive explica seus direitos. É possível ver os lábios de Natalie se contorcendo de uma forma horrível. Seu rosto fica bem vermelho e ela grita alguma coisa.

— Ela está chamando você — observo.

— Sim — diz ele, calmamente. — Ela está.

O detetive puxa os braços algemados e ela tropeça. Ele a leva até a viatura da polícia e a coloca lá dentro. Ela está chorando agora. Fazendo uma cena. Com ranho borbulhando do nariz que ela não tem como limpar.

— Ai, meu Deus. — Olho fixamente para Caleb. — A gente conseguiu.

— A gente conseguiu.

Ficamos sentados ali por um instante, olhando um para o outro. Caleb é o primeiro a se inclinar para a frente e pressionar os lábios nos meus. Agarro sua camisa com as duas mãos, puxando-o para perto de mim. Ele me empurra para o colchão embrulhado em plástico com o lençol branco e a fronha bege, subindo em cima de mim, com cuidado para não tocar no curativo do meu pulso.

— A gente conseguiu. — Suspiro enquanto seus lábios descem pelo meu pescoço. — A gente conseguiu.

— A gente conseguiu. — Ele respira no meu ouvido. — Eu te amo tanto, Dawn.

— Eu também te amo.

Caleb está me beijando, desabotoando minha camisa e eu nem me importo mais com o fato de os lençóis serem de um tom de branco completamente diferente das fronhas. Ele procura o controle remoto para desligar a televisão, mas agarro o pulso dele.

— Deixa ligada — digo para ele. — Como barulho de fundo. Tudo bem?

Caleb me dá uma olhada, mas eu já fiz muitos pedidos estranhos ao longo dos anos. Esse não é o mais estranho, nem de longe. O homem concordou em dormir em uma cama com nada menos que uma dúzia de tartarugas de pelúcia.

— Sim. Tudo bem.

O que Caleb está fazendo comigo é tão bom, e eu quero tanto, mas não consigo deixar de olhar para a televisão. Natalie está lá novamente. Ela está de frente para a câmera, com um sorriso estampado nos lábios. Isso deve ter sido antes de ser presa.

— Essa corrida é em homenagem a Amelia — diz ela à repórter.

Apesar de tudo, suas palavras me enchem de raiva. Como ela pôde dizer isso? Aquela piranha mentirosa. Como ela pôde dizer ao mundo que Amelia era sua melhor amiga e que a corrida era uma homenagem para ela?

Olho para a mesa ao lado da cama, onde está o bloco de papel com a carta que escrevi para a minha melhor amiga, Mia, que reconheceria minha letra imediatamente. Fecho os olhos, me lembrando das palavras que escrevi no papel com caneta esferográfica:

Querida Mia,

Você teria ficado tão orgulhosa de mim hoje.
A polícia prendeu Natalie Farrell. Ela estava naquela corrida beneficente idiota dela e, bem na frente de dezenas de câmeras, eles a algemaram e a levaram embora. Você deveria ter visto a expressão no rosto dela.

Sonhei com esse dia por muitos anos. Caleb e eu sonhamos com isso juntos. Houve momentos em que ele pareceu fraquejar, perguntando se valia a pena ir até o fim, mas eu não deixei que ele desistisse. Eu não desistiria. E, juntos, nós conseguimos.

Agora, Natalie vai ficar presa pelo resto da vida. É o que ela merece, embora, tecnicamente, esteja sendo presa por um crime que não cometeu. Ainda assim, como ela cometeu um assassinato sem sofrer nenhuma consequência, isso parece justificável.

Eu disse que me vingaria. Disse que não deixaria Natalie escapar impune depois de ter matado você. Fiz uma promessa no dia em que você morreu e, hoje, honrei essa promessa.

Eu te amo. Nunca vou me esquecer de você.

Atenciosamente,
Dawn Schiff

CAPÍTULO 47

O nome dela era Amelia, mas os amigos a chamavam de Mia. Natalie não sabia disso porque nunca foi amiga de Mia. A visão que Natalie tem do mundo é muito centrada nela mesma. Se algo não está acontecendo em sua pequena bolha particular, ela não fica sabendo.

Foi assim que ela conseguiu trabalhar em um cubículo ao lado do meu por nove meses sem perceber que nós duas estudamos na mesma escola durante o ensino médio, embora tenha sido por pouco tempo. Sempre achei que ela se daria conta disso e descobriria meu disfarce, mas ela nunca descobriu. Para ser justa, eu tinha uma aparência muito diferente no ensino médio. Não era tão magra como sou agora e tinha cabelos mais compridos na época. Eu também estava um ano à frente de Natalie. No ano em que Mia teve um caso grave de pneumonia, que a deixou internada por meses no hospital e a fez repetir de ano, Natalie veio transferida de outra escola no início do segundo ano, de modo que ficamos na mesma escola por apenas um ano, em duas séries diferentes.

Embora ela fosse a garota nova, Natalie era a rainha do colégio. Isso não é surpresa nenhuma. E Mia... não era. Sua mãe deu à luz dez semanas antes do previsto e ela viveu com paralisia cerebral a vida inteira. Sua cabeça era boa, mas ela precisava de órteses e muletas para andar. Sua fala era arrastada, especialmente quando ficava animada, o que a deixava muito constrangida.

Conheci Mia no ensino fundamental. Tínhamos que formar duplas para uma excursão da turma e, como sempre acontecia, fiquei vendo todo mundo arranjando seus pares enquanto eu teria que formar dupla com mais alguém de quem ninguém gostava — ou pior, com a professora. Por isso, fiquei surpresa quando a garota nova com órtese e muletas veio falar comigo. *Dawn, você quer formar dupla comigo?*

Fiquei tão espantada que não soube o que dizer no início. Mesmo aos 7 anos, eu estava acostumada a ser excluída de tudo. Ninguém nunca me convidava para festas de aniversário, a não ser que convidasse a turma toda e, mesmo assim, sempre encontravam uma maneira de me excluir. No início, achei que Mia podia estar me provocando. Mas então vi a expressão sincera no rosto dela e aconteceu algo comigo que nunca tinha acontecido antes.

Uma garota queria ser minha amiga.

E é claro que formamos uma dupla.

Mia foi a melhor amiga que já existiu, ela fez minha vida valer a pena. Antes de ela aparecer, eu estava completamente sozinha. As pessoas sempre zombavam de mim e Mia teve a mesma experiência. Isso fazia parte da nossa vida. Minha mãe me dizia que eu merecia isso por ser tão esquisita. Mia teve a sorte de receber apoio dos pais e de ter um irmão mais velho que cuidava dela. Nós duas esperávamos que as coisas melhorassem quando ficássemos adultas, mas aceitávamos que as crianças sabiam ser cruéis. E, quando estávamos juntas, não parecia tão ruim.

Principalmente porque a gente se defendia.

Por exemplo, aos 9 anos, quando Jared Kelahan não parava de zombar de Mia, eu o empurrei para fora do trepa-trepa e, acredite, isso acabou com as provocações. E, quando Duncan Albright não parava de me chamar de Tartaruga, Mia jogou um pouco de água na virilha dele e começou a circular o boato de que ele fazia xixi na calça. A gente cuidava uma da outra.

Mas, quando fui para a faculdade, as coisas pioraram.

Minha melhor amiga não podia mais contar comigo. Eu não tinha mais como defendê-la. Tudo o que a gente podia fazer era conversar por telefone e eu dizia que ia ficar tudo bem. Mas isso não era suficiente.

Mia era uma pessoa com deficiência que nunca se lamentava nem se envergonhava disso. Por isso foi tão difícil vê-la mudar nesse sentido. As outras crianças riam da maneira como ela andava com as muletas. As crianças tentavam fazer com que ela tropeçasse e caísse. Em uma ocasião, ela sofreu um tombo tão feio no corredor que lascou o dente da frente. E então zombaram do dente lascado.

Mas a pior parte era como zombavam de seu jeito de falar.

Eu adorava a voz de Mia. Daria tudo para ouvi-la mais uma vez. A gente passava horas conversando por telefone e, embora fosse preciso se acostumar um pouco, nunca tive problema para entender o que ela dizia. Mas ela costumava balbuciar as palavras, principalmente quando ficava nervosa ou animada — uma sílaba se misturando com outra.

Natalie inventou uma forma particularmente desagradável de tirar sarro de Mia. Na aula de matemática, sempre que Mia respondia uma pergunta, Natalie e sua melhor amiga, Tara Wilkes, imitavam a resposta com a mesma voz arrastada. Baixa o suficiente para que o professor não pudesse ouvi-la, mas todos ao redor podiam.

Elas deram ideia para as outras crianças. E isso começou a acontecer em toda aula. E, quando Mia reclamava disso, os professores não faziam nada. *Natalie e Tara jamais fariam uma coisa dessas*, diziam eles.

Depois de alguns meses dessa tortura, Mia parou de levantar a mão na sala de aula.

Nós nos comunicávamos principalmente por telefone, porque eu estava longe, mas era difícil não notar a mudança em sua personalidade. Mia sempre foi uma pessoa forte — mais forte do que eu. Foi ela quem me disse para não chorar na frente de ninguém. Mas Natalie e as outras meninas a *traumatizaram*. Só de ouvir sua voz eu conseguia perceber como ela estava mal.

Aguenta firme, eu disse para ela. *O ensino médio está acabando.*

Eu sei, disse ela. *Acredite em mim, estou tentando. Não vou deixar Natalie vencer.*

Eu não sabia o que fazer. Pensei em ligar para os pais de Mia para contar o que estava acontecendo, embora ela fosse odiar isso. Cheguei até a digitar um e-mail para o irmão de Mia, torcendo para que ele fizesse alguma coisa. Mas, no fim, eu acreditava que Mia conseguiria superar isso. Afinal de contas, faltava menos de um semestre para o fim do ensino médio. Em breve, ela estaria na faculdade e deixaria tudo isso para trás.

Foi quando aconteceu o incidente do Dia dos Namorados.

Desde que conheci Mia, ela tinha uma queda por um garoto chamado George. Estudamos com ele desde o jardim de infância e ela fantasiava que um dia se casaria com ele, mas sempre ria quando falava disso. George era um bom garoto, pelo que pude perceber. Ele não era particularmente bonito, popular ou atlético, embora não fosse um pária como nós. Ele nunca ria de Mia nem zombava dela. Ele a cumprimentava no corredor. Era gentil.

Nos dias que antecederam o Dia dos Namorados, Mia recebeu uma série de bilhetes de George. Ela leu os recados para mim ao telefone. Era exatamente o tipo de bilhete carinhoso que eu esperava de George e fiquei muito feliz por ela. Parecia que as coisas estavam finalmente mudando para a minha melhor amiga. Embora quisesse desesperadamente ter meu próprio namorado, o que parecia impossível, eu não estava com ciúmes. Eu só queria que Mia fosse feliz.

No Dia dos Namorados, Mia foi falar com George quando o viu carregando uma rosa vermelha. Ela pensou que a rosa era para ela, mas era para outra garota em quem ele estava interessado.

Ele nunca escreveu para Mia. Os bilhetes eram todos de Natalie e Tara, fazendo uma brincadeira com ela. George não sabia de nada disso. Natalie planejou tudo. E, embora George tenha tentado ser gentil, ele deixou dolorosamente claro que não tinha nenhum interesse romântico por Mia e que nunca teria.

Dois dias depois, Mia se suicidou.

Ela tomou um monte de comprimido e cortou os pulsos no banheiro. Quando seus pais a encontraram, ela estava morta. Eles me ligaram naquela noite para me dar a notícia. Eu a amava tanto quanto eles. Eu jamais teria outra amiga como Mia.

Mia estava morta. E a culpa era toda de Natalie.

Eu queria me vingar. Tentei convencer os pais de Mia a fazer alguma coisa — prestar queixa contra Natalie. Mas não havia nenhuma evidência de que Natalie tivesse feito algo errado. Era a palavra de Natalie contra uma garota morta, e todos amavam Natalie. Os pais de Mia não queriam nem pensar nisso. *Dawn, deixe que ela descanse em paz.*

Mas eu não conseguia. Estava com muita raiva. Meu ódio por Natalie Farrell queimava dentro de mim. Ela foi para a faculdade, namorou os caras mais bonitos, arranjou um zilhão de amigos e fez tudo que Mia jamais faria. Por causa *dela*.

Não havia nada que eu pudesse fazer a respeito. Ninguém se importava, exceto eu. Até mesmo os pais de Mia estavam dispostos a deixar para trás.

Então, um dia, encontrei alguém que odiava Natalie tanto quanto eu. Alguém que, assim como eu, culpava Natalie pela morte de Mia, que não estava disposto a deixar essa história para trás.

Caleb.

Irmão de Mia.

CAPÍTULO 48

NATALIE

Como fui presa, tenho direito a providenciarem um advogado. O mais inteligente a fazer seria contratar um por conta própria, mas mal tenho economias e o pouco que tenho gostaria de guardar para pagar a fiança. Portanto, aceito o advogado grátis.

Neste exato momento, eu deveria ter uma reunião com meu advogado. Eles me levaram para uma das salas de interrogatório iluminada por uma lâmpada excessivamente brilhante bem acima da minha cabeça e estou sentada em uma cadeira de plástico desconfortável há quarenta e cinco minutos esperando por um advogado chamado Archibald Ferguson. A cada minuto que passa minha certeza de que ele nunca vai aparecer só aumenta. Se ao menos eu tivesse dinheiro para pagar meu próprio advogado. Mas tenho certeza de que a Constituição ou algo do gênero diz que tenho direito a um. Eles não podem simplesmente dizer que me deram um advogado e lavar as mãos.

Por fim, alguém abre a porta da sala, mas perco as esperanças quando vejo que é só um adolescente. Provavelmente um estagiário do ensino médio que trabalha no departamento de polícia, usando um terno do pai que fica grande demais nele. Mas também posso tirar algum proveito disso.

— Você poderia me dar um copo de água? — perguntei ao estagiário. — Estou com a garganta seca. E você conseguiria descobrir quanto tempo falta para o meu advogado chegar?

O rapaz pigarreia.

— Na verdade, eu sou o seu advogado.

Dou uma boa olhada no garoto e esqueço por completo minha garganta seca. Isso só pode ser piada. Ele é uma *criança*. Não parece ter idade suficiente nem para fazer a barba. Como pode ser advogado? Como pode ser o meu advogado?

— Quê? — gaguejo.

— Eu sou o seu advogado — repete ele, embora isso não pareça mais plausível na segunda vez que diz isso. — Meu nome é Archie Ferguson.

Ele estende a mão branca e macia, mas não o cumprimento.

— Quantos anos você tem?

Ele hesita.

— Vinte e cinco.

Suponho que isso não seja tão ruim assim. Eu imaginava que ele tinha 16. Mas não chega a ser bom. Esse garoto não parece estar em condições de defender alguém em um julgamento de assassinato. Ele tem pinta de quem deveria estar trabalhando no drive-thru do McDonald's.

— Você é advogado? — perguntei.

Ele faz que sim com a cabeça, orgulhoso.

— Estou exercendo a profissão desde junho.

Que beleza. Ele é advogado há cinco meses. Quero tapar meu rosto com as mãos e chorar. Mas, de alguma forma, consigo me conter.

Ferguson se acomoda na cadeira à minha frente. O terno dele é pelo menos dois números acima do que deveria usar — deve ter sido do pai ou de um irmão mais velho. Ele vai se adaptar ao terno, eu acho. Até lá, estarei na cadeia cumprindo uma sentença de algo entre vinte e cinco anos à prisão perpétua.

— Natalie Farrelly, vamos falar sobre o seu caso — começa ele.

— *Farrell*. — Eu o encaro do outro lado da mesa, que é tão pequena que chega a ser engraçada. — Meu nome é Natalie Farrell.

Ferguson franze a testa. Olha para uma papelada diante dele e começa a remexer nos papéis.

— Farrell? Tem certeza? Achei que...

— *Eu sei como é o meu nome.*

— Sim, claro. — A voz de Ferguson fica trêmula porque ele aparentemente ainda está na puberdade. — Me desculpe, Sra. Farrell

Não faço comentários quanto a isso.

— Então — diz ele.

Ergo uma sobrancelha.

— Sim?

Ele pigarreia e começa a tossir um pouco, para depois tossir muito. Por fim, ele se levanta, explicando que precisa de água. Sai correndo da sala, levando sua pilha de papéis suados, e volta cerca de dez minutos depois.

— Perdão — diz ele ao se sentar na cadeira à minha frente.

Fico só olhando.

— Então... — Ele tosse mais uma vez e juro por Deus que vou enlouquecer se ele tiver outra crise de tosse. — Vamos falar sobre o seu... caso.

— Olha — digo —, não se ofenda, Sr. Ferguson, mas esse caso é muito importante. Estou sendo julgada por *assassinato*. Não tem mais ninguém que possa me ajudar? Alguém com um pouco mais de experiência?

As bochechas de Ferguson ficam muito vermelhas.

— Trabalho faz quase seis meses. Já defendi muitos casos. Não se preocupe. Vai dar tudo certo.

— Mas eu *estou* preocupada. — Mordo a unha do polegar.

— O senhor sabe que estão me acusando de assassinato, não sabe?

Ele faz que sim com a cabeça lentamente.

— Sim, não vai ser fácil. O processo que estão movendo contra a senhora é bem consistente. E cheio de coisas.

Cheio de "coisas"? Como assim? Quantas "coisas" eles poderiam ter contra mim se não fiz nada?

— De que coisas o senhor está falando?

— Por exemplo, eles tiveram acesso aos e-mails de Dawn Schiff e nesses e-mails ela fala sobre todas as coisas que a senhora fez com ela. — Ele mexe na gravata, que não parece estar bem ajustada. — Ela descreve as formas como a senhora fazia bullying com ela no trabalho e como pegou a senhora desviando dinheiro da empresa. E diz que vocês duas iriam se encontrar naquela noite.

— Nada disso é verdade. — Sinto meu coração acelerado. — Eu fui legal com Dawn. E a gente não ia se encontrar naquela noite. Não sei do que ela estava falando.

— Além disso — continua ele —, suas impressões digitais estavam no cabo de uma faca na casa dela.

— Mas eu expliquei isso. Peguei uma faca para me defender, caso encontrasse um intruso na casa. E não é como se ela tivesse sido morta esfaqueada.

Ferguson sorri meio sem jeito.

— Além disso — acrescenta —, a polícia encontrou sangue e cabelo no porta-malas do seu carro que correspondem ao sangue e ao cabelo encontrados na casa de Dawn Schiff.

Fico boquiaberta. Encontraram sangue e cabelo de Dawn no meu *porta-malas*? Não consigo nem começar a explicar isso.

— Sem mencionar... — continua ele. Ai, meu Deus, tem *mais?* — ... o depoimento do seu namorado, que é bastante grave. Vai ser difícil de contornar.

— É tão ruim assim? — pergunto. — Quero dizer, sim, nós não estávamos juntos naquela noite.

— E a senhora mentiu sobre isso.

Eu me encolho.

— Eu sei, eu menti. Mas o senhor viu aquele detetive? Ele é assustador. E não fiz uma declaração sob juramento. Eu só não tinha um álibi para aquela noite. Tem muita gente que não tem álibi para a noite de segunda-feira.

Ferguson me olha de um jeito estranho.

— Não foi só isso que o seu namorado disse.

— Isso não é justo. — Fecho com força a mão direita. — Santoro estava assediando Caleb. Ele deve ter forçado Caleb a dizer um monte de coisa que não queria dizer.

— Não, não foi nada disso que aconteceu. Caleb McCullough veio à delegacia voluntariamente. Ele disse que queria fazer uma declaração e foi gravado. Eu li a transcrição.

Pisco os olhos, me perguntando se ouvi direito.

— Caleb *pediu* para fazer uma declaração?

— Isso mesmo.

— Mas... — Minha cabeça está fervilhando. Isso não faz sentido. — O que foi que ele disse?

— Ele disse... umas coisas bem ruins. — Ferguson fica mexendo na papelada e me dá vontade de arrancar tudo das mãos dele. — Ele disse que mentiu sobre vocês estarem juntos naquela noite por pressão sua. Disse que saiu da sua casa por volta das nove e meia, depois que a senhora pediu que ele fosse embora. Aparentemente, a senhora disse a ele que tinha um compromisso.

— Quê?! — exclamo. — Mas isso é ridículo! É mentira!

— Bom, foi o que ele disse. Ele também disse que a senhora e Dawn não se davam bem, que estava sempre implicando com ela, que vocês duas se odiavam.

Minha cabeça está girando. Caleb disse isso sobre mim? Por que ele diria isso? Ele mal conhecia Dawn nem estava muito presente no trabalho. E, mesmo que ele achasse que eu estava fazendo bullying com Dawn, por que ele diria isso para a polícia? Isso é algo muito ruim de se dizer sobre sua namorada.

— Como pode ver — diz Ferguson —, o processo é bem consistente. Mas tenho boas notícias.

— Que boas notícias? — Eu engasgo. Do jeito que as coisas estão, vou passar o resto da vida na prisão.

— A verdade é que a polícia não tem um cadáver.

Ergo a cabeça.

— Quê? Não estou entendendo. O detetive disse que encontraram o corpo de Dawn. — *Agredida até a morte*.

— Na verdade... — Ele mexe nos papéis mais uma vez. — Eles estavam tendo problemas para identificar o corpo porque a vítima foi muito desfigurada e teve os dentes arrancados, por isso não conseguiram usar os registros dentais. Mas, agora, os testes de DNA revelaram que o corpo não era de Dawn Schiff.

Minha cabeça está girando. Outra garota da mesma idade apareceu morta bem no nosso bairro? Parece uma grande coincidência, mas suponho que existe um número grande de pessoas assassinadas nas cidades grandes e que parte delas será sempre de mulheres jovens.

— Então... é possível que Dawn não esteja morta?

Ele me dá uma olhada. Com base na quantidade de sangue no chão da casa dela, somado ao sangue no meu carro e ao fato de ela não ter reaparecido, tudo indica que ela está quase com certeza morta. E eu ainda sou a principal suspeita.

— Posso ser condenada por assassinato se não encontrarem um corpo? — pergunto.

— É mais difícil, mas ainda é possível. Acho que a senhora tem chance de sair sob fiança.

Essa seria uma ótima notícia se eu tivesse dinheiro para pagar a fiança.

— Mas e a condenação? — insisto.

Ele hesita.

— Essas acusações são realmente sérias, Sra. Farrell. E o promotor tem um processo consistente, como eu disse. Dadas as circunstâncias, sua melhor aposta é confessar e aceitar um acordo.

— Confessar! — exclamo. — Mas eu não fiz nada!

Ferguson me lança um olhar cético.

— Sabe, temos aquela coisa de confidencialidade entre advogado e cliente. É melhor que a senhora me diga a verdade para que eu possa ajudá-la. Não tenho permissão para falar sobre isso com ninguém, então pode ser honesta comigo.

— Eu não matei Dawn — insisto. — Juro.

Ferguson franze a testa. Ele pode ser jovem, mas parece que cinco meses defendendo criminosos já o deixaram cansado.

— Tudo bem — diz ele. — Mas, de qualquer forma, talvez valha a pena aceitar um acordo. A senhora vai para a prisão por alguns anos e depois fica livre. Porque, se a gente for para julgamento e encontrarem o corpo, pode pegar prisão perpétua.

Prisão perpétua.

Prisão perpétua.

Ferguson começa a falar sobre a audiência de segunda-feira, em que o juiz vai dar um parecer sobre a fiança, mas mal consigo me concentrar no que ele está dizendo. *Prisão perpétua.* Fico repetindo essas duas palavras na minha cabeça. Se essa história acabar mal, vou passar o resto da vida numa cela. Atrás das grades. Isso é ainda pior do que um cubículo.

Prisão perpétua.

Isso não pode acontecer comigo. *Não pode.*

Se eu for condenada, se for para passar o resto da minha vida na prisão, prefiro acabar com tudo. Vou pegar meu carro, ir até Wollaston Beach e, no meio da noite, me jogar do píer na maré alta. Ninguém vai conseguir me salvar.

Mas espero que não chegue a esse ponto. Uma garota da minha escola no ensino médio cometeu suicídio e foi extremamente trágico — algo em que não consegui parar de pensar por muitos anos. Só que agora eu entendo. Finalmente entendo a falta de esperança que aquela garota deve ter sentido quando tirou a própria vida. A sensação de que seria melhor ser engolida pelo abismo do que continuar a viver a vida que tem.

Isso não pode acontecer comigo. *Não pode.*

CAPÍTULO 49

DAWN

Tartarugas têm hábitos de acasalamento interessantes. A tartaruga macho em geral segue a fêmea, cheirando a região perto da abertura cloacal antes de começar um ritual de cortejo. Quando o macho e a fêmea estão acasalando, eles torcem suas caudas enquanto o sêmen passa do macho para a fêmea. Mas a fêmea não precisa botar os ovos imediatamente. Ela pode reter o esperma por vários anos antes de botar os ovos, se assim desejar.

Caleb sempre fica com sono depois de fazermos sexo. Todo homem é assim? Não sei. Caleb é o único homem com quem transei. Tenho certeza de que vai continuar sendo o único. Se não fosse por ele, é quase certo que eu ainda seria virgem. Eu não teria perdido a virgindade para uma tartaruga, como Natalie disse.

Estou assistindo a mais vídeos no celular dele, com a cabeça apoiada no travesseiro, e ele está deitado ao meu lado, com o braço sobre o meu peito. Quando ele chegou aqui pela primeira vez, parecia que era urgente sairmos desse hotel de beira de estrada, mas agora ele diz que já pagamos pelo resto da noite, então não precisamos ter pressa. Suponho que, com Natalie na cadeia, não tenha nada acontecendo.

— Você quer assistir também? — pergunto, inclinando o telefone na direção dele.

Ele boceja.

— Agora não. Eu estava lá, lembra?

Ele me abraça e se aconchega em mim. Voltei a me relacionar com Caleb cerca de um ano após a morte de Mia. Fui visitar os pais dela e ele estava lá. Eu conhecia Caleb desde quando éramos jovens, mas nunca prestei muita atenção no irmão mais velho da minha amiga, embora sempre tenha gostado dele porque sabia que ele protegia Mia. Quando vi Caleb depois de todos esses anos, fiquei surpresa com a altura e a beleza dele. Às vezes, eu me apaixonava por alguns meninos, mas aprendi a ignorá-los. Eu já sabia que nenhum garoto jamais iria gostar de mim.

Caleb é *meio*-irmão de Mia. Seu pai morreu quando ele era jovem e sua mãe se casou de novo. É por isso que eles têm sobrenomes diferentes. Ele adorava a irmãzinha e passou o último ano se culpando por ter deixado acontecer o que aconteceu. Ele nem sequer sabia de Natalie — não de tudo. Não até que eu contasse.

Ele estava mais que furioso. Quando voltei para a faculdade, prometemos manter contato. Na maioria das vezes, conversávamos sobre Natalie — eu culpava muito menos Tara porque Natalie claramente era a líder das duas. Falávamos sobre o que Natalie tinha feito com Mia e pensávamos numa forma de vingança. Mas nunca tivemos nenhuma ideia concreta. Cheguei a sugerir que a gente a encurralasse em um beco escuro, mas Caleb não gostou desse plano. Ele era inflexível quanto a não querer machucar ninguém fisicamente, e isso limitava nossas opções. Na maioria das vezes, eram apenas fantasias.

Ela não pode se safar dessa, dizia Caleb. *Isso não está certo.*

Não lembro exatamente quando pareceu que nossa amizade estava evoluindo para algo diferente. Nossa amizade não era como a que eu tinha com Mia — nem podia ser —, mas notei que ele estava me olhando de um jeito diferente da maioria das pessoas. Eu não entendia muito bem.

Três anos depois da morte de Mia, eu e Caleb fomos a um restaurante e a noite estava muito agradável. Pela primeira vez os talheres estavam limpos e os copos não tinham nenhuma mancha. Quando a conta chegou, Caleb fez menção de pagar.

Não, protestei, *é minha vez de pagar*. Caleb e eu sempre nos revezávamos para pagar a conta quando saíamos para jantar. Caso houvesse uma diferença significativa entre a conta daquela noite e a da vez anterior, eu me oferecia para cobrir a diferença.

Eu quero pagar, disse ele ao arrancar a conta da minha mão. Quando comecei a protestar, acrescentou: *Consegui um aumento no trabalho*.

Tá bom, finalmente concordei, embora com relutância, *mas me deixe pelo menos conferir a conta*.

Dei uma olhada nos números e encontrei um erro grave. Eles nos cobraram por duas cervejas, mas Caleb havia pedido uma. *Fiz você economizar seis dólares*, falei para ele, com muito orgulho. *O que você faria sem mim?*

Tem razão, concordou ele. *Não sei o que eu faria sem você.*

Então percebi que ele estava olhando para mim com um sorriso de lado no rosto. Eu não sabia bem o que ele estava pensando até que ele deixou escapar: *Dawn, tudo bem se eu te der um beijo?*

Fiquei chocada. Percebi que ele estava me tratando de forma diferente, mas isso foi algo totalmente inesperado. Ninguém nunca havia me beijado antes. Mesmo assim, fiquei estranhamente tocada pelo fato de ele ter pedido permissão, o que me inspirou a dizer sim.

Foi meu primeiro beijo. E foi muito melhor do que eu jamais imaginei que seria. Foi o primeiro de muitos, e só depois de termos nos beijado pelo menos uma dúzia de vezes é que ele parou de pedir permissão.

E então, por algum motivo, me apaixonei por ele.

Ele também me ama. Antes de tudo isso, ele estava falando de casamento. Ele quer se casar comigo, mesmo que eu seja... eu. No fim das contas, tenho certeza de que ele vai se decepcionar. Mia me aceitou exatamente como eu sou, mas suspeito que Caleb veja em mim algo que não existe.

O mais preocupante é que, quanto mais ele se apaixonava por mim, mais seu ódio por Natalie parecia desaparecer. Ele foi deixando de falar sobre ela. Ele não queria se vingar. Foi há muito tempo, começou a dizer. Foi quando me dei conta de que tínhamos que fazer isso agora, antes que ele perdesse o interesse por completo.

— Precisamos pegar a estrada dentro de uma hora — diz ele com a mesma voz sonolenta que me faz pensar que não vai querer pegar a estrada dentro de uma hora de jeito nenhum. — Encontrei outro hotel de beira de estrada a cerca de trinta quilômetros daqui.

— Tá bom.

Ele ergue a cabeça.

— Pensei que talvez eu pudesse passar a noite com você. Acho que é seguro.

— Você acha?

Ele olha para mim.

— Vamos viver perigosamente.

Não posso discutir com ele depois de ter tomado a atitude estúpida de ligar para Natalie do telefone do quarto. E eu gostaria que ele passasse a noite aqui. Esses hotéis são assustadores quando escurece.

— Será que eles descobriram que o cadáver não sou eu? — pergunto. — Não vi nada sobre isso nos jornais.

— Se ainda não descobriram, tenho certeza de que vão descobrir — diz ele. — Acho que tiveram que fazer testes de DNA, já que o rosto dela estava destruído. Isso leva tempo.

— Acho que sim...

Ele esfrega a barba por fazer no queixo.

— É uma coincidência enorme, né? Uma garota da sua idade aparecer morta assim...

Ele insiste nisso. Continua falando sobre essa estranha coincidência. Mas não é *tão* estranho assim. Milhares de mulheres são assassinadas todo ano nesse país. É uma *coincidência*. Ele não precisa me olhar com uma cara estranha toda vez que diz isso.

— Quanto tempo você acha que ela vai ficar na cadeia? — pergunto.

— Aposto que vai ser bastante tempo.

— Você acha?

— Acho. Porque é uma acusação de assassinato.

Mordo meu lábio inferior.

— Mas assim que o teste de DNA mostrar que a mulher morta não sou eu não vão mais ter um corpo. Não podem prender Natalie para sempre se não tiverem um cadáver, podem?

— Isso não depende da gente, não é mesmo?

— Acho que não...

Caleb inclina a cabeça para me dar um beijo. Meu estômago se revira enquanto afasto o pensamento que tem invadido minha mente no último mês, por mais que tente não me incomodar. Mas é difícil não pensar nisso.

Ele beijou Natalie. Ele beijou Natalie.

No começo, eu não achava que fosse grande coisa. Mas agora, toda vez que seus lábios encostam nos meus, imagino a cena. Vi os dois se beijando. E, se não soubesse, pensaria que ele estava gostando. Ele provavelmente estava gostando em algum nível. Tenho certeza de que ela beija muito bem. Ela tem muita experiência.

— Como foi beijar Natalie? — pergunto.

Ele abre a boca ligeiramente.
— Oi?
— Quando você beijou Natalie — explico. — Como foi?
A expressão dele muda.
— Como você acha que foi? Horrível. Odiei.
— É mesmo? Porque você não parecia estar odiando tanto assim. — E acrescento rápido: — Estava só pensando. Não estou irritada.
Caleb se senta na cama. Há uma contração muscular em sua mandíbula.
— Eu não queria falar sobre esse assunto agora.
— Acho que você não se importou tanto assim. Estou só dizendo.
Não sei por que estou fazendo isso. Conseguimos exatamente o que queríamos. E grande parte disso se deve ao fato de Caleb ter saído com Natalie. Mas não consigo evitar o que estou sentindo.
— Você só pode estar de brincadeira comigo, Dawn — diz ele. — Você *sabe* que eu não queria sair com ela. Não queria fazer nada disso! Eu te disse que *não queria*. Mas você continuou insistindo.
Isso é verdade. Caleb não queria, de fato, namorar Natalie. Ele achava que seria suficiente ser apenas amigo dela. Mas eu achava que ele poderia incriminá-la muito melhor se fosse seu namorado. Então o convenci a fazer isso. Na verdade, deu um pouco de trabalho porque ele realmente não queria fazer isso. Mas fui implacável. Não desistiria até que ele concordasse.
— Você não precisava fazer isso — eu disse. — Você poderia ter recusado.
— Você tem ideia de como você é persuasiva? — responde ele.
— Estou só falando...
— Você me obrigou a fazer isso! Você implorou! Você *chorou*!

Foi uma performance e tanto. E não foi encenação. É muito importante para mim colocar Natalie atrás das grades. Então, sim, eu chorei um pouco. Mas, no fundo, ainda esperava que ele recusasse. Porque, veja bem, Caleb deveria me amar exclusivamente. E se você realmente ama uma mulher jamais concordaria em beijar outra. Em nenhuma circunstância.

Caleb franze a testa.

— Sabe, eu não cheguei a dormir com ela. E, acredite, isso não foi fácil.

— Ah, tenho certeza de que não foi.

— Não foi o que eu quis dizer! Só quero que saiba que não fiz nada com ela.

— A não ser os beijos.

— Sim. Mas foi só isso. E eu odiei. Eu queria vomitar depois.

Ele está mentindo. Ele não odeia Natalie como eu odeio. Ele ia deixar tudo para lá. Quando sugeri que arrumássemos empregos na Vixed para incriminá-la e mandá-la para a prisão, que é o que ela merece, Caleb olhou para mim como se eu estivesse louca. Dez anos antes, ele teria ficado feliz em concordar com isso. Mas eu tive que forçá-lo a fazer isso agora. Fazendo a maior cena.

Mia está morta há treze anos. E parece que sou a única que se importa de verdade. Até o próprio irmão a abandonou.

Eu ainda me importo, Mia. Fiz tudo isso por você.

Natalie vai ter o que merece. Aqueles e-mails que deixei no computador foram um lance de gênio. Quem é estúpido o suficiente para deixar a senha do computador em um bilhete debaixo do mouse pad? Mas tenho certeza de que a polícia acreditou. Os e-mails que escrevi para Mia foram uma obra de arte. Estou muito feliz por Mia ter participado um pouco do plano para derrubar a mulher que a matou. Caleb até criou uma conta falsa não rastreável de Mia para "responder" aos e-mails e fazer com que tudo parecesse mais real. Caleb criou dezenas de e-mails falsos, supostamente de Mia, e nós lhe demos a vida que ela sempre quis. Ela sempre sonhou em morar na Costa Oeste e, é claro, em se casar com George.

Nos meus e-mails, descrevi Natalie como uma psicopata. E tudo indica que ela estava na minha casa na noite do desaparecimento. Depois, Caleb colocou a tartaruga de cerâmica ensanguentada no cesto de roupa suja. Sem mencionar as impressões digitais de Natalie estrategicamente espalhadas pela minha casa. E mais uma surpresinha para condená-la.

Esse é o fim de Natalie. É impossível ela não ser presa por assassinato.

Caleb pega minha mão. Ele entrelaça os dedos nos meus. Vi Natalie segurar a mão dele assim uma vez.

— Você está mesmo chateada com isso?

— Não estou — minto. — A gente não pode demorar para pegar a estrada.

Caleb faz que sim com a cabeça. Nós dois saímos da cama e começamos a nos vestir. Foi sorte Natalie ter dito a ele que havia rastreado as minhas ligações. Se ela não tivesse falado nada, meu deslize poderia ter acabado com tudo. Foi por pouco.

Não vou mais me arriscar. As coisas têm que correr exatamente como planejado.

CAPÍTULO 50

NATALIE

Eu jamais havia passado a noite na cadeia.

É óbvio. Não sou o tipo de pessoa que é alvo da polícia. Não fico bêbada e não faço papelão na frente dos outros. Não uso drogas. Em geral, sigo todas as leis à risca.

No entanto, aqui estou eu.

Há algo de desumano em ser mantida em uma gaiola dessa forma. Isso faz com que eu me sinta menos como uma pessoa e mais como uma espécie de animal. É sufocante. Claustrofóbico.

Estou em uma cela minúscula com outra mulher. Ela não é muito maior que eu, mas sem dúvida é assustadora. Ela tem o rosto cheio de feridas e uma cicatriz irregular que divide uma das sobrancelhas ao meio. Tem o corpo todo tatuado. Até o pescoço. Uma vez tentei fazer uma tatuagem, mas não tive coragem — e era para ser um coraçãozinho no ombro. Quão corajoso é preciso ser para deixar alguém tatuar uma caveira gigante no *pescoço*?

Apagaram as luzes dentro da cela quando chegou a hora de dormir, mas as do corredor do lado de fora das grades continuaram acesas. São dessas luzes fluorescentes que não param de piscar — ainda piores do que as do trabalho. Não consigo dormir com isso, mas não posso pedir que apaguem as luzes. Esta cela seria muito mais assustadora se estivesse totalmente escura. E o fedor de urina é quase insuportável, a ponto de eu querer respirar pela boca. A carne cinza e misteriosa que comi no jantar revira meu estômago.

Quando cheguei, me deram a opção de trocar minha camiseta e calça de corrida por um macacão. Naquele momento, me pareceu uma boa ideia. Mas agora me arrependo. Este macacão está me dando muita coceira. Não sei se é o sabão ou o quê. Em casa, uso um sabão hipoalergênico, mas acho que a lavanderia da prisão não tem isso.

Pelo menos há uma cama para que eu não tenha que dormir no chão, não que isso faça muita diferença. A cama tem um colchão que não é muito melhor que um saco de dormir.

Para piorar, faz muito frio. Tudo o que me deram foi um cobertor de lã fino como papel, que possivelmente dá mais coceira do que o macacão, mas me sinto extremamente grata por ele. Nem sei como está tão frio. O inverno ainda nem começou. Deve estar mais frio aqui dentro do que lá fora.

Só quero dormir. Será que é pedir demais?

— Ei, você.

Virei a cabeça para a outra cama da cela. É a mulher com a tatuagem no pescoço.

— Que foi? — digo.

— Está frio.

— Eu sei. — Eu me arrepio sob o cobertor de lã que dá coceira. — Está muito frio. Você acha que devemos avisar o guarda?

A mulher ri.

— E o que você acha que ele vai fazer? Ligar o aquecedor?

— Não sei...

— Me dá o seu cobertor.

Eu me viro sobre o arremedo de colchão.

— Como assim?

— Estou com *frio*. Me dá o seu cobertor.

— Mas aí eu vou ficar sem nada.

— E eu com isso?

— Mas...

A mulher desce da cama. Ela se endireita, atravessa a pequena cela e agora estou absolutamente apavorada. Ela se abaixa e chega perto de mim o suficiente para que eu possa sentir seu bafo podre. Ela estende um braço e eu recuo, com a certeza de que ela vai me dar um soco no rosto e quebrar meu nariz. Mas, em vez disso, ela agarra meu cobertor e o arranca de mim.

Se eu já estava desconfortável antes, agora está muito pior. Eu não tinha percebido quanto aquele cobertor me aquecia. Sem ele, estou tremendo. Mas minha companheira de cela não se importa. Ainda bem que não perdi o travesseiro, apesar de ele ser fino como uma panqueca.

Eu me deito de costas, ainda tremendo, tentando dormir um pouco. Essa é minha vida agora. Não tenho dinheiro suficiente para pagar a fiança e vou ter que ficar aqui até o julgamento. E se o julgamento for tão ruim quanto meu advogado disse que vai ser essa pode ser minha vida daqui para a frente.

Antes que eu perceba, lágrimas estão escorrendo pelo meu rosto. Não choro com facilidade, mas essa última coisa me deixou arrasada. Perder meu cobertor ruim e que dá coceira acabou comigo. Enxugo as lágrimas com as costas da mão, porque seria demais esperar por um lenço de papel.

— Ei! — diz minha companheira de cela. — Fica quieta! Estou tentando dormir.

Como minha vida chegou a esse ponto? Eu nunca encostei um dedo em Dawn. Como podem pensar que eu a matei? Por que ninguém acredita em mim?

CAPÍTULO 51

DAWN

Caleb decide que é mais seguro esperar o fim do dia para sair do hotel. Então já é noite quando chegamos ao nosso novo hotel.

Ele é igual ao outro. Idêntico. É como se tivéssemos dado uma volta no quarteirão por quarenta minutos e chegado ao lugar de onde saímos. Mas foi Caleb que o escolheu e não estou com vontade de reclamar. Não é como se o outro lugar fosse melhor. Qualquer lugar mais agradável que esse provavelmente prestará mais atenção em quem está fazendo o check-in e essa é a última coisa que queremos.

Caleb vai até o saguão principal para conseguir um quarto para nós. Estou usando minha peruca e meu boné de beisebol, e meus óculos de armação de tartaruga sobressalentes estão no bolso do meu casaco. Eu me encolhi no banco do carro, não que isso faça alguma diferença. A parte externa do hotel é muito escura e não tem quase ninguém por perto. É possível que eu pareça mais suspeita por tentar me esconder.

Cerca de dez minutos depois, ele volta para o carro com uma chave na mão.

— Segundo andar, de novo — avisa.

Pego a bolsa com os poucos pertences que carreguei comigo. Alguns jeans, roupas íntimas, algumas camisas, a Tartaruguinha e mais nada. Se eu levasse muita coisa, a polícia poderia pensar que eu estava viajando em vez de chegar à conclusão de que queremos que chegue. Coloco a bolsa no ombro e sigo Caleb até o quarto do hotel.

O quarto tem a mesma aparência suja do hotel anterior. Tudo parece estar coberto por uma camada de sujeira. Não o tipo de sujeira que se esfrega o dedo e sai, é a sujeira acumulada em móveis de segunda categoria que deveriam ter sido trocados muitos anos antes. Quando Caleb acende a luz, dá para ver a sujeira até no abajur.

Examino a cama. O cobertor fino é marrom, o lençol é de um amarelo pálido e a fronha é cinza. Será que ninguém nunca se preocupa em combinar a roupa de cama? Não consigo nem imaginar como alguém pode usar uma fronha cinza com lençol amarelo.

Ele percebe a expressão no meu rosto.

— Foi mal. O lugar não é muito bonito.

— É OK. — Está longe de ser OK. Não há nada que eu possa fazer em relação ao lençol, mas amanhã vou passar o dia inteiro esfregando esse quarto até que o nível de sujeira se torne aceitável. — Dá para o gasto.

— É só por alguns dias.

Certo. Alguns dias e vou para outro lugar, que será exatamente igual a esse.

Tiro a peruca e o boné de beisebol e passo um minuto inteiro coçando o couro cabeludo. Essa peruca é horrível. Eu deveria deixar o cabelo crescer, mas odeio ter cabelo comprido. Odeio a sensação do cabelo na minha pele.

— Me empresta o seu telefone? — pergunto.

Caleb enfia a mão no bolso e tira o iPhone. Ele o entrega para mim e, na mesma hora, vou atrás de notícias atualizadas. Estou procurando matérias que falem de Natalie. Quero saber se há alguma novidade sobre o caso. Fico decepcionada quando encontro um texto que diz que a polícia "confirmou que o cadáver encontrado em Cohasset não é de Dawn Schiff".

— Descobriram que o corpo não era meu — comento.
Ele não parece particularmente preocupado.
— Isso ia acontecer mais cedo ou mais tarde.
— Você acha que Natalie vai pagar a fiança e sair da cadeia? — eu me pergunto em voz alta.
— Não sei.
— Certeza de que vai. — Coloquei o telefone na cama, com a tela voltada para cima. — Acho que o juiz vai se apaixonar por Natalie e pegar leve com ela.

Caleb bufa, mas não comenta. Não tenho certeza do que isso significa. Já perguntei, de forma casual, se ele acha Natalie atraente — afinal, ele a beijou — e Caleb sempre reage como se eu estivesse sendo boba. Mas ela é atraente. Ele teria que ser cego para não ver isso.

Sempre me perguntei qual é o tipo dele. Eu não sou o tipo de ninguém. Acredito que ele me ama, mas é apesar da minha aparência e não por causa dela. Não sei que tipo de garota Caleb namorou antes de ficar comigo. Eu me pergunto se ele tem uma queda por loiras. A maioria dos homens tem.

Se Mia estivesse aqui, responderia essa pergunta. Ela adorava Caleb e sabia absolutamente tudo sobre ele. Ela sempre falava dele — para me dizer que o programa de TV que estávamos assistindo era o preferido do irmão, ou para contar que aprendeu com ele a esconder as ervilhas da janta debaixo do travesseiro. Na época, eu não estava muito interessada, mas agora gostaria de ter prestado mais atenção às coisas que ela me contava sobre ele. Gostaria de ter aceitado aquele convite para o jantar de Ação de Graças, quando Caleb voltou da faculdade e trouxe a namorada.

Essa namorada já tinha ido embora havia muito tempo quando Caleb se aproximou de mim, mas fico me perguntando como ela era. Ele gostou dela o suficiente para apresentá-la à família no Dia de Ação de Graças. Eu me pergunto se, assim como Natalie, ela era uma loira cruel de olhos azuis.

Deito com as costas nos travesseiros finos sobre o colchão duro do hotel.

— Você acha que ela pode ser condenada à prisão perpétua?

Caleb vasculha a mochila que trouxe.

— Não sei. Talvez. Provavelmente.

— Talvez ou provavelmente?

— Provavelmente.

— Mas... — eu me viro no colchão desconfortável — ... não encontraram o corpo. Você acha que eles podem condená-la sem um cadáver?

— Nós demos uma olhada. Os promotores podem condenar alguém se tiverem provas suficientes de que a vítima morreu. Como quando a pessoa desaparece de casa e deixa de se comunicar e de movimentar a conta bancária. E, claro, quando existe uma cena do crime. Conseguimos criar todas essas situações.

— É verdade. Mas sem um cadáver fica mais difícil condenar Natalie.

— Fica mais difícil, mas as chances são grandes.

— Mas a chance seria maior se tivesse um cadáver.

Caleb para de mexer na mochila e olha para mim.

— Dawn, estou começando a ficar chateado por você falar assim. Não tem cadáver porque você continua viva.

— Mas...

— Não vai ter cadáver. *Nunca.*

Não posso negar que o argumento dele é válido. Mas não consigo evitar a sensação de que ele não está tão empenhado quanto eu nesse plano. A princípio, ele nem queria fazer parte disso. Quando sugeri a ideia, ele me olhou como se eu estivesse louca. Natalie fez a irmã dele se matar e ele estava disposto a deixar essa história *para trás*. Se eu pedisse, ele provavelmente me levaria de volta para Dorchester e diria à polícia que estou sã e salva.

— Só quero ter certeza de que ela vai pagar pelo que fez — murmuro.

Caleb se senta ao meu lado e o colchão emite o som de algo sendo esmagado.

— Eu sei. Também quero. Mas a gente fez tudo o que dava para fazer. Acho que não vale a pena correr mais riscos.

— É...

Ele segura minha mão.

— Você concorda?

— Hum...

— Dawn. — Ele aperta minha mão. — Me diz que você concorda. Você não vai fazer nenhuma besteira.

— Caleb...

— Promete que você não vai fazer mais nada. *Promete*.

— Tá bom. Eu prometo. — Puxo a mão. — Mas o que você acha que eu vou fazer?

Ele me dá uma olhada.

— Não quero nem pensar nisso.

Ele volta a mexer na mochila e pego o telefone de novo para **ver as matérias**. A verdade é que estou apenas dizendo o que **ele quer ouvir**. Ele não está entendendo. Não há nada mais im**portante** para mim do que esse plano. *Nada* é mais importante **que** vingar a morte de Mia. Nem ele.

Nem eu.

CAPÍTULO 52
NATALIE

Eu me sinto um zumbi e não estou com vontade de falar com meus pais. Mas, de acordo com um dos guardas, eles estão no telefone.

De certa forma, porém, meus pais são minha única esperança. Não tenho dinheiro suficiente no banco para pagar minha fiança e sair da cadeia. Portanto, se eu não convencer os meus pais a me emprestar dinheiro, vou ficar presa aqui até o julgamento.

Esse não é um pensamento agradável.

O guarda me leva até um monte de telefones instalados na parede. Olho para a fileira de telefones, sem saber o que fazer. Olho de relance para o guarda careca, que não está me dando nenhuma instrução.

— Hum — digo. — O que devo fazer?

— Pega o telefone e fala — berra ele.

Quero responder que sei como um telefone funciona, mas suspeito que isso não vai melhorar minha situação. Então percebo que um dos telefones está fora do gancho e que o receptor está no balcão logo abaixo. Pego o receptor, que parece grudento.

— Alô? — digo em voz baixa.

— Natalie! — Minha mãe fala alto demais, como sempre. — Natalie, você está bem?

Estou na cadeia. Como ela acha que eu estou?

— Estou bem, sim.
— Você está comendo? Tem comida aí?
— Sim, tem comida. Não é como se eu estivesse no corredor da morte.

Minha mãe está acostumada com minhas respostas ríspidas, por isso fico surpresa quando ela começa a chorar. O que, por sua vez, faz com que surja um nó na minha garganta.

— Natalie, como você pôde fazer uma coisa dessas? — diz minha mãe aos soluços.

Fico olhando para o telefone, chocada. Como ela pode pensar que sou culpada? Já era ruim o suficiente o fato de Seth achar que roubei dinheiro da empresa. Agora minha própria mãe acha que sou uma assassina?

— Mãe, eu sou inocente — sussurro.
— Ai, Natalie...
— Sou inocente! Como você pode pensar uma coisa dessas?
— Você tem que admitir — diz ela. — É o tipo de coisa que você faria.

Eu nem sei o que dizer. Como assim *é o tipo de coisa que eu faria*?

— Quer dizer — continua ela —, lembra aquelas histórias de quando você era mais nova? Se lembra daquela garota que você e Tara viviam fazendo bullying... e que se matou?

Ela sempre menciona essa história. Parece que não faz diferença o fato de eu ter criado uma instituição de caridade para homenagear Amelia. Ainda sou a garota culpada pela morte dela. Mas é preciso dizer que a polícia nem sequer considerou a possibilidade de prestar queixa contra mim. Mal fui interrogada.

E tentei me redimir. Quando Tara e eu estávamos escrevendo aqueles cartões falsos para Amelia, nem por um segundo imaginei que ela se mataria por causa deles. Ela parecia muito mais forte que isso. Uma lutadora. Todo mundo ficou muito chocado quando ela se matou. E estou tentando consertar essa história desde então. Tentando compensar a coisa estúpida que fiz quando era nova demais para saber o que estava fazendo.

— Eu era muito nova — argumento.

— Você tem sorte de não ter sido presa naquela época.

— Mãe...

— O seu pai disse que tem uma prisão em South Walpole. Acho que esse seria o melhor lugar para a gente visitar você.

Ela já está falando sobre prisões e eu ainda nem fui a julgamento.

— Olha, preciso falar com você sobre dinheiro. Você acha que pode me emprestar dinheiro para pagar a fiança?

— De quanto você precisa?

— Não sei exatamente. Mas não vai ser barato.

— Ai, minha filha...

— Por favor, mãe. — Minha voz fica embargada. — Preciso de ajuda. Não quero ficar aqui. É horrível...

Há uma longa pausa do outro lado da linha, seguida de um ruído. Depois de alguns segundos, surge a voz grave do meu pai:

— Natalie, você sabe que a gente não tem dinheiro para esse tipo de coisa. A gente vive com o dinheiro contado.

— Eu sei, mas...

— Não me faça me sentir culpado por isso — repreende ele. — Você vai ter que lidar com as consequências do que fez.

— Mas eu não fiz nada!

O guarda percebe que aumento o volume da voz. E dá uma olhada em mim.

— Um minuto, Farrell.

— Por favor! — continuo com a voz embargada. — Não posso ficar presa. Não consigo.

— Acho que você vai ter que se acostumar com isso. O advogado me disse que você vai passar bastante tempo na cadeia.

— Mas, pai...

Antes que eu consiga dizer a frase inteira, o guarda se aproxima de mim e aperta o botão para encerrar a chamada. Balanço a cabeça.

— Você não deixou que eu me despedisse.

— Eu disse "um minuto". — Nenhum sinal de simpatia na voz. É assim que vou ser tratada de agora em diante. — Agora, volta para a cela.

Permito que ele me leve de volta para o espaço quadrado com a companheira de cela com tatuagem no pescoço. Estou totalmente ferrada. Não sei como vou conseguir dinheiro para pagar a fiança, especialmente se for a quantia que Ferguson me avisou que poderia ser. Meus pais não conseguem me dar dinheiro. Meu relacionamento com Kim não é do tipo que me permite pedir dinheiro emprestado, embora ela pudesse ajudar se quisesse, já que seu marido é podre de rico. Seth está fora de cogitação — duvido que ele volte a falar comigo.

Não há nenhuma chance de a fiança ser menor que o valor que tenho no banco e não tenho condições de pedir empréstimo. Acho que vou passar um bom tempo na cadeia.

CAPÍTULO 53

DAWN

O quarto do hotel está escuro, e Caleb está dormindo profundamente ao meu lado.

Eu tinha razão: o hotel não é melhor que o anterior. A cama é igualmente dura e desconfortável. A televisão é ainda pior. Não funciona direito. Esse é o tipo de lugar para passar uma noite. Talvez uma tarde. Não é o tipo de lugar para ficar várias semanas ou até meses.

Mas é um sacrifício necessário.

Agarro a Tartaruguinha enquanto observo Caleb dormir. Às vezes, faço isso. Ele não ronca, mas respira fundo pela boca e, às vezes, ouço um leve assobio. Seu cabelo está bagunçado por causa do travesseiro e cairia sobre os olhos se fosse mais comprido. Ele tem cílios longos para um homem, que tremulam levemente enquanto dorme. Talvez esteja sonhando.

Fico me perguntando com o que ele sonha. Caleb me disse uma vez que nunca se lembra dos sonhos que tem. Mas ele deve sonhar. Todo mundo sonha. Talvez esteja sonhando com Natalie.

A verdade é que eu já estava apaixonada por Caleb quando ele me beijou pela primeira vez. Estávamos tão próximos naquela época. Nós nos víamos sempre e, no início, falávamos principalmente de Mia, mas depois começamos a conversar sobre outras coisas. As outras coisas eram sempre ideia dele. Mas nunca ousei imaginar que ele pudesse sentir por mim o mesmo que eu sentia por ele.

Aquele primeiro beijo foi maravilhoso de uma forma que eu não esperava. Eu nunca havia sido beijada antes, não por um homem. Não foi um daqueles beijos nojentos dos filmes em que a língua do homem vai até o estômago da mulher. Foi um beijo agradável. Apenas seus lábios macios nos meus. Ele tinha chupado uma bala de menta depois do jantar, então até seu hálito tinha um cheiro agradável. Foi quase um beijo inocente, mas bastou ver a expressão no rosto dele para saber quais eram suas intenções. Afinal, ele sentia por mim o mesmo que eu sentia por ele.

Por mim, Caleb não teve pressa. Por muito tempo, ficava satisfeito de andar de mãos dadas e dar uns beijos. Comprou presentes carinhosos para mim, como uma corrente de ouro com um amuleto de tartaruga. Estávamos juntos havia quase um ano quando transamos. Não vou mentir: eu estava apavorada. Mas ele foi muito lento e cuidadoso. Ele fez tudo de um jeito especial.

Antes de Caleb, eu me apaixonava por garotos, mas era realista quanto ao fato de que nenhum deles iria gostar de mim. Mas com ele não é assim. Quando Caleb perguntou a Natalie se ela queria sair para jantar, ela aceitou na mesma hora. Ele nem precisou convencê-la. Natalie gostava dele.

Eu me lembro de uma vez que vi os dois almoçando juntos na sala de descanso. Pareciam um casal normal. Estavam tendo uma conversa tranquila que não tinha nada a ver com tartarugas ou vingança. Ele fez uma piada e ela riu, uma risada genuína. Isso nunca acontece comigo. Quando estou com outra pessoa e ela ri, ou é um riso educado ou ela está rindo de mim.

Foi naquele momento que percebi que Caleb é *normal*. Ele não é nem um pouco parecido comigo. Nós dois nos aproximamos porque queríamos vingar a morte de Mia, mas, fora isso, não temos nada em comum. Mia é nosso único vínculo. E, eventualmente, ele vai perceber isso.

Ele estava mentindo quando disse que não sentia nada por Natalie. A imagem que ela passa é extremamente simpática. Ela é o tipo de pessoa que conquista todo mundo. Sempre foi assim. Uma garota querida.

Nem todo mundo percebe a cobra que ela é. Que ela sorri na sua cara e depois apunhala pelas costas. Natalie convida todo mundo para festas, mas organiza os horários de modo que apenas suas pessoas preferidas estejam disponíveis. Ela mente para os clientes. Dormiu com o marido de outra mulher e destruiu o casamento dele.

Amanhã de manhã, o juiz vai fazer uma audiência para definir a fiança de Natalie. Ela passou o fim de semana na cadeia, o que é um bom começo, mas não o suficiente. Espero que todas as provas que Caleb providenciou — suas impressões digitais na taça, o cabelo e o sangue no carro dela, a tartaruga de cerâmica no cesto de roupa suja — façam com que ela fique presa até o julgamento, mesmo agora que os testes de DNA revelaram que aquele cadáver misterioso não era eu. Natalie não tem muito dinheiro, ela gasta mais do que devia e sua família está tão quebrada quanto a minha.

Mas, no fim das contas, existe um grande problema. Estão tentando condenar Natalie por assassinato, mas não existe cadáver. Não há nenhuma evidência sólida de que um assassinato tenha ocorrido.

Meu pulso esquerdo está latejando debaixo do curativo, mas parou de sangrar. Caleb era contra a ideia de eu me cortar assim. Ele achava que era muito arriscado, em especial porque foi assim que Mia morreu. Mas fui cuidadosa. Não me cortei muito fundo. Tinha que ter sangue no chão. Caso contrário, a polícia poderia pensar que eu estava viajando de férias. As provas do crime precisavam ser convincentes.

Saio da cama o mais silenciosamente possível. Caleb se mexe um pouco, mas logo volta a dormir. O sono dele é pesado. Sei tudo sobre ele, talvez até mais do que Mia sabia quando estava viva. Sei que ele adora cantar rock no chuveiro, embora seja desafinado. Sei que a comida que ele menos gosta é picles — ele não consegue comer nada que tenha sequer *tocado* em picles. Sei que ele calça sapatos número quarenta e dois. E sei que passou os últimos treze anos se martirizando por não ter protegido a irmãzinha.

O casaco de Caleb está pendurado no cabide perto da porta. Enfio a mão em um dos bolsos, procurando o celular. Tiro alguns guardanapos amassados, que jogo no lixo. Odeio quando ele coloca guardanapos no bolso, e ele sempre faz isso. Apalpo o bolso de novo e minhas mãos se fecham em torno de um objeto retangular.

Puxo o objeto para fora. É um estojinho de veludo azul.

Ai, não. Ele comprou um anel.

Não abro a caixa. *Não posso.* Ele tem falado sobre se casar quando tudo isso terminar, mas não sei como vamos fazer isso, uma vez que a polícia pensa que estou morta. Caleb é muito lógico em relação à maioria das coisas, mas não pensou nisso de forma alguma. Só quer se casar comigo, mas não vê quanto isso seria um erro.

Não só por causa de Natalie. Em geral, seria um erro. Ele não quer ficar preso a mim pelo resto da vida. Está confuso porque se sente muito mal com a morte de Mia. Ele se sente responsável por mim.

Guardo o estojinho de volta no bolso. Vou fingir que não vi.

O celular dele está no outro bolso. Digito a senha de seis dígitos para desbloquear a tela — ele se sente confortável comigo o suficiente para me confiar esse tipo de informação. Fico me perguntando se Natalie também sabe a senha. Eu não ficaria surpresa se soubesse, embora fosse um risco enorme. Havia coisas naquele celular que não gostaríamos que ela descobrisse. Como a gravação que ele fez de mim gritando "me ajuda" com uma voz chorosa. Isso foi ideia de Caleb — ele achou que aquela ligação faria com que alguém investigasse minha casa mais rápido. E funcionou, embora tivesse sido melhor se ela mesma não tivesse ido até lá, porque isso lhe deu um jeito de explicar as impressões digitais.

Nós planejamos tudo muito bem. Só está faltando uma peça.

Enfim está claro para mim como tudo isso deve terminar. Na verdade, eu sempre soube, só não queria admitir para mim mesma. Quando Caleb e eu discutimos esse plano pela primeira vez, gostei da ideia de começar de novo com uma nova identidade — não precisar mais ser Dawn Schiff. Eu deveria saber desde o início que isso não ia acontecer. Eu e Caleb não nos encontramos para nos apaixonar. Nos encontramos para vingar a morte de Mia, para punir Natalie por tê-la levado ao suicídio.

Só há uma forma de terminar essa história. Só há uma forma de Natalie ser condenada.

Precisamos de um cadáver.

E tem que ser o meu.

CAPÍTULO 54

NATALIE

A boa notícia é que a audiência não poderia ter sido melhor. Em outras palavras, o juiz me concedeu fiança desde que eu entregue o passaporte. A má notícia é que se trata de um valor astronomicamente alto que eu jamais teria condições de pagar. Ainda que eu tivesse que pagar só dez por cento do valor total da fiança, ainda seria alto demais para mim.

Isso significa que vou ficar presa até o julgamento. Nesse momento, é quase certo que serei condenada de alguma forma. Vou passar os próximos anos atrás das grades. Com *sorte*.

No entanto, Ferguson garantiu que é muito provável que o promotor público vá atrás de uma acusação de homicídio qualificado. Ele me informou hoje de manhã que eles não parecem interessados em fazer um acordo. Esse é um caso de grande visibilidade por causa das acusações nos e-mails de Dawn e eles querem garantir que eu receba a punição que mereço. Eles se sentem confiantes de que há provas suficientes para me condenar sem um cadáver.

Querem que eu fique presa pelo resto da vida. Querem que eu morra atrás das grades.

Sentada na minha cela, só consigo pensar no quanto quero ir para casa. Quero tomar um banho no meu banheiro. Quero comer um cheeseburger gigante e suculento. Quero deitar na minha cama, sozinha, com um cobertor aconchegante e dormir quanto quiser pela manhã.

Mas tenho a sensação de que essa nunca mais será minha vida. Pelo menos, não por um bom tempo.

Por isso, fico chocada quando um guarda chama o meu nome.

— Farrell! Pagaram a sua fiança.

— O quê? — Dou um pulo na minha cela horrível e paro de sentir pena de mim mesma. — Quem pagou?

O guarda dá de ombros e não é como se eu quisesse bater um papo com ele. Só quero sair daqui. Mesmo que seja por algumas semanas até o julgamento.

Só depois de recuperar o celular, a carteira e outros pertences é que eles me levam para a sala de espera e descubro quem é meu benfeitor. É a última pessoa que eu esperava.

— Oi, Nat — diz Seth.

Ele deve ter vindo direto do trabalho porque está de camisa social e gravata. Parece cansado, mas tenho certeza de que estou muito pior. Meu cabelo parece um ninho de ratos. Tenho medo até de passar a mão nele.

— O que você está fazendo aqui? — pergunto. — Pensei que você me odiasse.

Ele dá um sorriso de lado.

— Vamos conversar no carro?

Não vou dizer não. Estou cansada e com fome e tudo o que quero é ir para casa, então, mesmo que ele vá pegar no meu pé durante o caminho inteiro, não me importo.

Sigo Seth até o estacionamento, onde seu Audi está esperando por nós. Eu me sento no banco do carona, apoio a cabeça no encosto e fecho os olhos. Se não tomar cuidado, vou cair no sono aqui e agora. Nunca mais quero voltar para a cadeia. Nunca mais.

Seth entra no carro ao meu lado. Liga o motor e partimos. Observo seu perfil, me perguntando o que está acontecendo. Na última vez que o vi, ele estava furioso e magoado, me acusando de roubar dinheiro da empresa. Mas ele não parece mais furioso.

— Então — diz ele por fim. — Eu... verifiquei todas as contas e não teve nenhum desvio de dinheiro.

— Estou chocada.

Ele franze a testa.

— Me desculpa. Eu deveria ter acreditado em você. Mas aquele detetive parecia muito seguro de si.

— Ã-hã.

— Me desculpa. — Sua voz fica um pouco trêmula. — Ele... mexeu com a minha cabeça. Eu deveria saber que você não faria uma coisa dessas.

Ele se sente mal por isso. E está aqui, o que significa muito. Ninguém mais está aqui por mim. Sim, ele foi horrível comigo, mas posso perdoá-lo.

— Não acredito que você pagou a fiança. Foi muito dinheiro.

— Eu tenho o dinheiro. — Ele dá de ombros. — E você me fez um favor. É menos dinheiro na minha conta bancária para eu perder no processo de divórcio. Além do mais, você precisa de um advogado decente. O tal de Ferguson com quem falei é péssimo. Ele tem o quê? Doze anos? Vou ajudar você a encontrar um advogado.

Não quero ficar devendo nada para Seth, mas, ao mesmo tempo, não estou em posição de recusar. Ele tem razão. Preciso de um advogado decente. Um que esteja exercendo a profissão há mais de seis meses.

— Espero que você saiba que eu não matei Dawn — digo.

— Eu sei. Isso é ridículo. Nós vamos resolver tudo.

Ele acredita em mim. Parece ser a única pessoa que acredita. Até meus pais acham que sou culpada. Eles acham que sou uma pessoa terrível. Tudo por causa daquele incidente no ensino médio com aquela garota. Amelia.

— Está com fome? — pergunta ele. Está quase na hora do almoço. — Podemos comer alguma coisa.

Sinto um nó na garganta.

— Só quero ir para casa.
— Pode deixar.

Enquanto ele dirige, verifico as mensagens no celular. Tenho uns cinco bilhões de mensagens e correios de voz. Não tenho energia para lidar com isso agora.

Mas então noto uma mensagem de texto de Caleb. Ele a enviou no sábado à noite.

Fui até o hotel. Não encontrei nada lá e voltei.

Fico encarando a mensagem. Alguns dias antes, eu teria me sentido grata por ele ter dirigido até Rhode Island por mim. Mas agora não sei o que pensar.

Achei que Santoro tivesse intimidado Caleb para ele me denunciar. Mas acontece que foi o contrário. O próprio Caleb foi à polícia. Ele voluntariamente disse que meu álibi era mentira. E disse muitas outras coisas.

— Caleb estava no escritório hoje? — pergunto.

Seth balança a cabeça.

— Não vi. Mas tenho certeza de que ele vem ficar com você, se é isso que quer.

Mas não é o que quero. Não confio mais em Caleb. Ele se voltou contra mim e não sei bem por quê.

— O que você acha de Caleb? — pergunto sem rodeios.

— Acho que você merece alguém melhor. Óbvio.

— Sério, Seth.

— Não sei. — Ele aperta a buzina quando é cortado por um Subaru. — Sendo egoísta, eu não gosto dele. Acho que ele não tem te dado apoio nesse processo. Mas ele parece ser uma pessoa legal. Deve ser. E tenho certeza de que ele só está preocupado com esse lance de Dawn.

— Por que ele estaria tão preocupado com Dawn? Ele mal a conhece.

Seth olha para mim.

— Como assim? Claro que eles se conhecem. Foi ela que recomendou Caleb para o trabalho do site.

— Quê?

De repente, meu mundo virou de ponta-cabeça. Foi Dawn que recomendou Caleb? Como pode? Eles mal se falavam. Caleb chegou a errar o nome dela algumas vezes, o que agora parece ainda mais suspeito.

— Ah, sim — confirma ele. — Ela não parava de falar dele. Você sabe como ela é. Fica focada em um assunto e não fala de outra coisa.

Cacete.

De repente, me dou conta de que Caleb tinha acesso fácil à minha casa — mais do que qualquer outra pessoa. Será que ele poderia ter colocado aquela tartaruga no cesto de roupa suja? E ele poderia facilmente ter mexido no meu porta-malas. Como ele estava no escritório, poderia ter colocado as tartarugas na minha mesa todo dia. E quantas vezes bebi vinho no apartamento dele e deixei para trás minhas impressões digitais em taças?

Percebi que, quando Caleb acabou com o meu álibi, ele também eliminou o próprio. Ele não tem álibi para a noite em que Dawn foi morta. Além disso, foi ele que me disse que estava cansado e queria ir embora mais cedo. Eu estava tentando convencê-lo a ficar na minha casa.

Será que Caleb assassinou Dawn e está tentando me culpar por isso? Parece muito louco, mas faz sentido de um jeito estranho. É a única coisa que faz sentido.

Mas *por quê*?

Aquele hotel. Tenho que ir até lá.

CAPÍTULO 55

Ao longo do trajeto para casa, expliquei a situação para Seth. Ele pode ter seus defeitos, mas é alguém em quem confio. Ele vai me dar bons conselhos.

— Só preciso tomar um banho e me trocar. — Ainda estou com as roupas que usei na corrida de sábado de manhã. Não vejo a hora de tirá-las do corpo. — Então vou para o hotel.

— Vou com você.

Ergo as sobrancelhas.

— Você não tem que trabalhar?

— Sou o gerente. Tenho direito a tirar uma tarde de folga para resolver coisas importantes. Levo você até o hotel.

— Não precisa...

— Vou levar você — diz ele, mais firme dessa vez. — Faz dias que você não dorme direito. Melhor não dirigir. Deixa comigo.

Começo a protestar de novo, mas não sei por que estou lutando contra ele. Estou exausta. Estou realmente com medo de dormir ao volante. Adoraria tirar um cochilo, mas não vou conseguir antes de descobrir o que está acontecendo.

Quando paramos em frente à minha casa, havia um punhado de repórteres amontoados no gramado da frente. Sinto um aperto no estômago ao vê-los. Os vídeos da minha prisão foram divulgados em todos os noticiários — o detetive Santoro não poderia ter escolhido um momento pior para me prender. Ou melhor, dependendo de como você vê a situação.

— Não consigo lidar com isso — murmuro.

Seth olha para o espelho retrovisor.

— Não se preocupe. Vou dar um jeito.

Ele sai do carro e eu o observo pelo espelho lateral enquanto ele fala com os repórteres. Não sei o que diz para eles, mas todos vão embora. Eu me sinto quase ridiculamente agradecida.

Quando entro em casa, fico parada na sala de estar por um instante, absorvendo o silêncio. Além das luzes piscando e do frio congelante, as celas de detenção eram sempre barulhentas. Havia uma mulher na cela ao lado da minha que parecia estar passando por algum tipo de abstinência de drogas ou álcool e ela gritava dizendo que via insetos a noite inteira. Nunca tinha me dado conta de como o silêncio é maravilhoso.

Seth se aproxima da porta.

— Posso esperar no carro, se você quiser...

— Não, tudo bem. Vou tomar um banho e depois a gente vai embora.

— Beleza.

Quando entro no quarto, meu telefone começa a tocar. E me dou conta de que não avisei meus pais sobre ter saído da cadeia. Mas acho que vou esperar. Não quero lidar com eles agora. Se for minha mãe ligando, deixo cair na caixa de mensagens.

Mas não é minha mãe. É Caleb.

Olho fixamente para o nome dele, piscando na tela. Caleb McCullough. Há uma semana, eu pensava que ele poderia ser o homem da minha vida. Agora, não sei o que pensar. Com certeza, ele não foi totalmente honesto comigo. Fico me perguntando o que ele tem a dizer.

Deslizo o dedo para atender a chamada.

— Alô?

— Nat! Ei, ouvi dizer que você conseguiu sair da cadeia.

As notícias correm rápido. Eu me sento com cuidado na beirada da cama, segurando o telefone.

— Pois é. Os meus pais me ajudaram com o dinheiro da fiança. — A mentira sai espontaneamente.

— Que ótimo. — Ele parece normal. Preocupado, mas não muito preocupado. Apenas a quantidade certa de preocupação. Esse homem pode ser um assassino sangue-frio. — Como você está se sentindo? Está tudo bem?

Como ele acha que estou me sentindo? Acabei de passar três dias na cadeia! Mas mordo a língua. Não vou me irritar com ele. Não quero que ele saiba o que sei.

— Só estou cansada.

— Você recebeu a minha mensagem sobre o hotel?

— Recebi...

— Fui até lá — diz ele. — Tinha um cara na recepção e perguntei se ele tinha notado alguém suspeito. Mostrei a ele a foto de Dawn que estava nos jornais...

— E?

— Nada. Ele não sabia do que eu estava falando.

— Entendi. — Dou uma tossida. — Mas obrigada por ter ido até lá.

— De nada. É horrível o que você está enfrentando.

Uma centena de pensamentos passa pela minha cabeça. Quero perguntar a Caleb se ele conhecia Dawn antes de trabalhar na Vixed. Quero perguntar por que ele foi à polícia por minha causa. Quero perguntar se foi ele quem colocou o cabelo e o sangue no porta-malas do meu carro.

Quero perguntar se alguma vez ele se importou comigo ou se tudo aquilo foi apenas uma encenação.

— Você precisa de alguma coisa? — pergunta ele.

— Só quero ficar sozinha um pouco.

— Mas é claro. Me liga depois?

Será que ele quer que eu ligue para ele porque está preocupado comigo? Ou porque quer ter uma ideia do que estou pensando?

— Claro.

Qual é o lance de Caleb? Sei que ele conhece Dawn, mas isso é tudo o que sei com certeza. Ele não parece ser um assassino. Ele não pode ser.

Existe alguma coisa naquele hotel que ele não quer que eu saiba. Tenho certeza disso agora.

Vou descobrir o que é.

CAPÍTULO 56

Uma hora depois, estou de banho tomado, de calça jeans e suéter, e me sentindo nova. Eu me sinto tão bem que odeio a ideia de pegar o carro para fazer uma viagem longa. Mas não vai ser tão ruim. Seth vai dirigir e eu tenho que descobrir o que está acontecendo. Alguém naquele hotel me ligou várias vezes. Preciso saber por quê.

Seth se levanta quando entro na sala de estar.
— Pronta para partir?
— Sim. Com certeza.
— Está se sentindo bem?
Esfrego os olhos.
— Só estou um pouco cansada. Mas vou ficar bem.
— Talvez você devesse tomar umas cápsulas de Collahealth.
E nós dois rimos.

Pegamos a estrada, mas ainda não comi muito desde o café da manhã horrível que me serviram na cadeia. Passamos pelo drive-thru de uma lanchonete e pedi o tipo de comida que normalmente não comeria. Mas estou *morrendo de fome*. Tudo que eu quero é um hambúrguer grande e gorduroso de fast food.

Seth ri quando devoro metade do hambúrguer em três mordidas. Quando estávamos saindo no ano passado, lembro que acabávamos comendo muito fast food no carro. Afinal, dificilmente poderíamos ir a um restaurante. Estar sentada aqui no carro com Seth, atacando as batatas fritas, me dá uma sensação de déjà-vu.

— Como estão as coisas com Melinda? — pergunto.
— Péssimas. Talvez você não saiba, mas se divorciar é um negócio chato.
— Sinto muito.
— Não sinta.
Eu me ajeito no banco de couro.
— Eu me sinto responsável.
— Você não é — diz ele categoricamente. Até parece que não. — Olha, não vou dizer que o que aconteceu entre nós dois não tornou a coisa toda ainda mais complicada. Mas isso ia acontecer em algum momento. Nós nem gostávamos mais um do outro. Você sabia que eu e Melinda não fazíamos sexo há mais de três anos?

Ele dizia algo assim quando estávamos juntos, mas eu sempre achei que estava exagerando. Agora não acho mais.

— Não é culpa sua — diz ele. — A única coisa que você fez foi me lembrar de que eu era capaz de ser feliz.

Não sei se ele está dizendo isso para me livrar da culpa ou se está falando sério. Mas, nesse momento, vou aceitar. Já me sinto mal o suficiente comigo mesma. Não preciso acrescentar destruidora de lares à lista de coisas horríveis que fiz na vida.

Seth liga o rádio do carro. Ele gosta muito de rock clássico, que não é o meu estilo preferido, mas não me importo muito com isso agora. Eu me lembro de quando disse a Caleb que minha cantora preferida era Celine Dion. Ele abriu um sorriso. *Celine Dion é a minha cantora preferida também!* Agora me pergunto se ele estava mentindo só para se aproximar de mim. Que tipo de homem tem *Celine Dion* como cantora preferida?

São quase noventa minutos de carro para chegar ao hotel. É um lugar grande — uma estrutura de dois andares espalhada por um terreno enorme — com dezenas de quartos acessados diretamente pela área externa. E fica no meio do nada. É um lugar perfeito para se esconder.

Um letreiro de neon indica a recepção. Seth estaciona do lado de fora e ficamos sentados no carro por um instante.

— Está pronta? — pergunta ele.

Faço que sim com a cabeça sem dizer nada. Sinto um frio na barriga — estou apavorada com o que Caleb não quer que eu saiba sobre esse lugar. O que ele fez? Meu namorado é um assassino sangue-frio? Será que Dawn está morta em um desses quartos de hotel, esparramada em um colchão coberto de plástico?

Vamos até a porta da frente, que parece prestes a cair das dobradiças. Esse hotel é uma espelunca. Há um homem sentado atrás do balcão, de olhos fechados, o cabelo castanho comprido e desgrenhado. Parece que ninguém limpa esse saguão há uma década. Se eu me sentasse no sofá da recepção, levantaria uma nuvem de poeira.

— Pois não? — pergunta o atendente, com preguiça.

— Oi. — Tiro meu celular da bolsa e mostro a foto que tenho de Caleb. Quer dizer, a foto é de Caleb comigo. É uma selfie que tirei de nós dois, na época em que eu achava que ele poderia ser o homem da minha vida. Mostro a foto para o atendente. — Você viu esse homem?

Ele mal olha para a foto.

— Não sei. Muita gente entra e sai o tempo todo.

Seth tira a carteira do bolso. Pega algumas cédulas e coloca sobre a mesa.

— Você poderia dar uma olhada melhor para ajudar a gente?

O homem vê o dinheiro na mesa. Ele pega as notas e guarda no bolso. Em seguida, ele se inclina para dar uma olhada melhor na tela do telefone.

— Ah, sim. Agora me lembro. Ele veio aqui. No sábado.

Fico decepcionada. Isso não me ajuda em nada. Caleb já me disse que dirigiu até aqui no sábado. Isso só prova que ele estava dizendo a verdade.

— Você falou com ele? — pergunta Seth ao cara.
Ele faz que sim com a cabeça.
— Ã-hã, ele estava fazendo o check-out.
Respiro fundo.
— Fazendo o check-out?
— Isso. Ele tinha pegado um quarto, acho que foi na segunda à noite, e depois veio aqui para fazer o check-out.
Seth e eu trocamos olhares. Pronto. Uma prova sólida de que Caleb está mentindo. Meu namorado mentiu para mim a semana inteira. Mas... por quê?
— Ele estava com alguém? — pergunta Seth.
O atendente hesita.
— Tenho quase certeza de que tinha uma mulher hospedada com ele no quarto. Mas não tenho certeza absoluta. Tento não prestar muita atenção, sabe como é? A menos que escute gritos ou tiros.
Uma mulher?
Por capricho, digitei o nome Dawn Schiff na ferramenta de busca. Aparece aquela foto de identificação horrível de Dawn. Mostro a imagem.
— Era essa a mulher que estava hospedada com ele?
— É possível. Ela tinha mais cabelo que isso, mas podia ser uma peruca. E não usava óculos. Mas era magra feito um palito, igual a essa mulher.
Cacete.
É possível Dawn ainda estar viva?
— Ela parecia ser uma refém? — pergunto.
O atendente dá de ombros.
— Não parecia. Ela não estava amarrada nem nada. Mas, como eu disse, tento não prestar muita atenção.
Agradecemos ao atendente e saímos do hotel. Caleb com certeza esteve aqui, mas é óbvio que ele se foi há muito tempo. Mas isso não importa. Caleb não está planejando desaparecer

como Dawn fez. Ele vai aparecer no trabalho em algum momento dessa semana, fingindo que está tudo bem. E vou confrontá-lo com o que sei.

— Aquele idiota — murmura Seth quando voltamos para o carro. — Que diabos ele está tramando?

— Não faço ideia.

— Veja pelo que ele está fazendo você passar. — Ele bate no volante com a palma da mão. — E para quê? Por que ele está fazendo isso?

Eu gostaria de saber.

— Me desculpa por não ter acreditado em você desde o início. — O sol se pôs no horizonte e seus olhos brilhavam na sombra. — Eu não devia ter duvidado de você. Sei que você não roubaria.

— Mas eu não culpo você.

— Quando eu encontrar Caleb, vou quebrar a cara dele.

Por alguma razão, suas palavras me fazem rir e ele sorri para mim. É a primeira vez que dou risada em um período que parece uma eternidade. Mas estou começando a sentir que há uma pequena chance de tudo dar certo. Caleb é a chave para tudo. E ele não faz ideia do que eu sei.

Começamos a dirigir de volta para Dorchester. Por mais que eu esteja atordoada com os acontecimentos do dia, o movimento do carro acaba me fazendo dormir. Seth percebe o meu cansaço, desliga a música e dirige em silêncio. Evita até usar a buzina, o que é um comportamento incomum para ele, pois é um típico motorista de Boston que buzina o tempo todo. Sentada no banco do carona, esse é, de certa forma, o melhor sono que tive em uma semana. Ele só é interrompido pela mão de Seth no meu braço, me sacudindo para acordar.

— Natalie — chama ele.

Há uma urgência em sua voz que faz com que eu abra bem os olhos.

— O que foi?
— Olha.
Pisco algumas vezes e esfrego os olhos. O sol já se pôs por completo, mas posso dizer que estamos de volta ao meu bairro. No meu quarteirão. Na verdade, minha casa está a poucos passos de distância do carro. Seth está apontando para a casa.

Está muito escuro lá fora e preciso me esforçar para ver para o que ele está apontando. É quando percebo um homem na frente da minha casa. Sentado nos degraus da entrada. E, quando vê o carro, ele se levanta.

Ai, meu Deus.
É Caleb.

CAPÍTULO 57

— Fica no carro — diz Seth. — Tranca as portas.

Ele está preocupado comigo. Caleb não é quem pensávamos que era e sei que ele está mentindo para mim. Mas, ao mesmo tempo, não acho que seja perigoso. No fundo do coração, não acredito que ele tenha matado Dawn. Não acho que seja capaz disso. Mesmo com todas as mentiras, posso dizer que ele não é o tipo de pessoa que faria algo assim.

E, mesmo que seja, ele não vai me matar na frente de Seth, na rua. No mínimo, é mais esperto do que isso. Não é impulsivo. O que quer que tenha feito foi planejado durante meses, talvez *anos*.

Então destranco a porta do carro e saio, apesar dos protestos de Seth. Caleb está vindo na minha direção, mas não há nada de ameaçador nele. Ele não tem uma arma. Vai dar tudo certo. Preciso saber o que está acontecendo. Preciso da verdade.

— Ô, idiota! — grita Seth. Ele está saindo do carro logo atrás de mim. — Não chega perto de Natalie.

Caleb está a cerca de um metro de mim agora. Ele olha para Seth, balança a cabeça e volta a olhar para mim. Percebo agora que franze a testa.

— Natalie — diz ele com a voz trêmula —, precisamos conversar.

— Precisamos mesmo — digo. — Você mentiu para mim o tempo todo. Foi você que colocou o cabelo e o sangue no meu carro, não foi?

Caleb parece surpreso. Ele não esperava que eu dissesse isso. Fica parado por um instante, sem saber como responder.

— Não foi? — repito.

— Foi. — Sua voz está rouca. — Eu coloquei o cabelo e o sangue no seu porta-malas. Admito.

Fico olhando para ele, atônita por ele ter admitido. Embora eu suspeitasse disso, não consigo acreditar que realmente fez o que fez. E *por quê?*

Seth se aproxima rápido, chegando perto de mim e de Caleb.

— Foi você que matou Dawn. Admite, seu filho da mãe. Foi você, não foi?

O rosto de Caleb fica vermelho.

— Não. *Não*, é claro que não. Jamais faria uma coisa dessas. Eu seria incapaz de encostar um dedo nela. Ela...

Ele se interrompe no meio da frase.

— Ela o quê? — pressiono. — O que aconteceu?

Ele balança a cabeça.

— Eu... Nada. Não posso...

— Caleb, *me diz o que está acontecendo.* — Uma veia pulsa na minha têmpora. — Eu mereço uma explicação.

Caleb olha para mim pelo que parece ser uma hora, mas provavelmente são alguns segundos. Ele solta um longo suspiro.

— Dawn está viva.

— Como você sabe disso? — rebate Seth.

Caleb ergue as mãos.

— É... É uma longa história. Mas ela está viva, tá bom? Eu juro.

— E onde ela está? — pergunto.

— Eu... — Ele passa uma mão trêmula pelo cabelo. — Eu não sei. É por isso que estou aqui. Preciso da sua ajuda.

— Sem chance. — Seth olha para Caleb em meio à escuridão da noite. — Você fez Natalie passar por um monte de perrengue. Ela estava *na cadeia* por sua causa. Por que você fez isso com ela? Qual é o seu problema?

O pomo de adão de Caleb oscila.

— Olha, a gente não pode perder tempo. Dawn...

— Besteira. Você precisa dizer por que fez tudo isso. Agora. Senão vamos chamar a polícia.

Caleb dá um passo para trás.

— Não, por favor...

Seth abre a boca para falar mais alguma coisa, mas levanto a mão pedindo que fique em silêncio. Isso não tem nada a ver com ele. Tem a ver comigo e com Caleb. Preciso saber a verdade.

— Caleb — digo —, só estou tentando entender por que você fez isso. Preciso saber. Acho que não mereço ser tratada dessa forma.

Percebo como o peito dele sobe e desce, considerando o que eu disse.

— Observei você nesses últimos meses — diz ele. — Organizando sua corrida. Aparecendo em tudo que é podcast e emissora de rádio. Falando sobre arrecadar dinheiro em homenagem a sua *querida amiga Amelia*... Mas ela não era sua amiga, era?

Sinto um tom agressivo em sua voz. E um peso no meu peito.

— Caleb...

— Eu vou te contar quem ela era — dispara ele. — Ela era minha *irmã*. E era a melhor amiga de Dawn. Não que você considerasse Amelia uma *pessoa*.

Minhas pernas ficam moles. Tenho medo de cair de cara no chão se não me agarrar a alguma coisa.

— Amelia era...

— Minha irmã está morta por sua culpa! — Ele grita alto o suficiente para que os vizinhos escutem, mas ele não se importa. — E você simplesmente seguiu em frente. Como se ela não significasse nada para você. Como se ela não fosse nada. Pior ainda, você está usando minha irmã para se promover. Como é que você pode? Como pode ser tão insensível assim?

Cravo a unha do polegar na palma da mão.

— Estou tentando arrecadar dinheiro para caridade.

— É o que você diz. Você só está fazendo isso porque gosta de receber atenção. Isso ajuda a promover a empresa. Eu entendo. Você usou a minha irmã naquela época e está usando de novo agora.

Os olhos de Caleb estão queimando de ódio. Ele me odeia. Ele me odeia mesmo. Como ele pode ter me beijado, me abraçado e me levado para jantar se me odeia tanto assim?

— Eu tinha 17 anos — digo. — Sim, fui horrível com Amelia. Mas eu era uma *criança*. — Olho para Seth, que parece totalmente confuso. — Ela era uma garota que conheci no ensino médio. Eu era péssima com ela. Eu sei que era...

— Péssima com ela?! — explode Caleb. — Você fez a minha irmã cortar os pulsos! A minha irmã está morta por sua causa!

Não acredito que Caleb seja irmão de Amelia. Eu nem sabia que ela tinha um irmão. Eles têm sobrenomes diferentes. O dela era Hodge. É difícil esquecer o que aconteceu naquele ano. As coisas fugiram do controle. Não tenho como negar.

Em retrospecto, não sei por que fomos tão cruéis com Amelia. Acho que foi porque ela era diferente. E porque *podíamos*. Quando se tem 17 anos, é bonita e popular, é bom implicar com alguém mais fraco do que você. Faz com que se sinta poderosa.

— O que você quer que eu faça, Caleb? — pergunto. — O que posso fazer?

— Quero que você apodreça na cadeia — sibila ele. — Assim como a minha irmã está apodrecendo debaixo da terra.

Ele fixa os olhos em mim, remoendo uma raiva que nunca vai conseguir superar. Ele nunca vai me perdoar por isso. Nunca vai deixar de acreditar que eu deveria ser punida pelo resto da minha vida. Não há nada que eu possa dizer ou fazer para mudar isso.

— E por que você está aqui? — digo, por fim. — Para me dizer quanto você me odeia?

Minha pergunta parece ter diminuído um pouco a raiva dele.

— Olha — diz ele —, eu te odeio por tudo que você fez, mas você precisa saber que... que Dawn planejou tudo isso. A ideia foi dela. E ela está levando isso longe demais, porque... Bom, você conhece Dawn. Ela é assim.

É óbvio que ele conhece Dawn muito bem. Muito melhor do que eu poderia ter imaginado.

— Pode apostar que ela está indo longe demais — intervém Seth. — Vocês mandaram uma pessoa inocente para a cadeia.

Caleb lança um olhar fulminante para Seth.

— Dawn acha que as acusações não vão ser validadas sem um cadáver. Sem o cadáver *dela* e não aquele que foi encontrado na floresta. Ela não parava de falar disso. E... agora não sei... não sei onde ela está. Ela usou o meu celular para pedir um Uber e foi na direção da South Shore, mas não sei onde ela parou. Ela me ligou de um telefone, não sei de onde, e deixou uma mensagem sem sentido. Estava me dando todas essas instruções sobre como cuidar da tartaruga dela e parecia que... É como se ela fosse...

Fico encarando-o.

— Como se ela fosse o quê?

Ele desaba.

— Tenho quase certeza de que ela quer se matar. Para entregar à polícia o cadáver que o caso precisa.

Levo a mão ao peito.

— Ai, meu Deus.

Caleb começa a chorar. Ele cobre o rosto com as mãos, os ombros tremem. É nesse momento que percebo algo chocante. Caleb *ama* Dawn. Ele a ama de verdade. Quando ele estava comigo, era tudo fingimento, mas agora não está fingindo. Ele tem pavor de perdê-la.

Ele afasta as mãos do rosto e seus olhos estão vermelhos e inchados.

— Natalie — diz ele baixinho —, você tem que me ajudar a encontrar Dawn. Estou procurando há horas e não sei para onde ela foi. Por favor. Você me deve isso. Você deve isso *a ela*.

— Como podemos encontrá-la? — pergunto.

— É impossível — diz Seth. — Temos que chamar a polícia.

— Não. — A voz de Caleb é impassível, apesar do rosto inchado. — Você não pode fazer isso. Você sabe o que vai acontecer com ela se a gente chamar a polícia?

— Exatamente o que aconteceu com Natalie essa semana? — retruca Seth.

— Seth, para. — Ergo os olhos para olhar para Caleb. — Você tem alguma ideia de onde ela pode estar?

Caleb olha para o relógio de pulso.

— Não tenho certeza, mas acho que ela está se escondendo perto de uma das praias. A maré está alta hoje. — Ele faz cara feia. — Acho que Dawn pensa em se afogar porque assim vão demorar para encontrar o corpo e não vão conseguir determinar a hora exata da morte.

É o mesmo pensamento que tive quando estava na cadeia. Esperar a maré subir e me jogar no mar.

— Nós vamos encontrar Dawn — declaro. Pena que existe um milhão de praias por aqui, dependendo do quão longe ela foi. E se ela estiver em Cape Cod? — Vamos nos separar. Até onde você acha que ela pode ter ido?

— Ela levou todo o dinheiro da minha carteira — diz Caleb. — Mas não era muito. Uns cem dólares. Ela não pode ter ido muito longe.

— Nós vamos encontrar Dawn — digo com mais certeza do que sinto. — Antes que ela faça alguma besteira.

Espero estar certa. Preciso impedir que Dawn se mate. Preciso fazer a coisa certa.

CAPÍTULO 58

Nós três nos separamos.

Vou para Wollaston Beach, onde joguei fora os pedaços da tartaruga de cerâmica. É a praia que conheço melhor. Seth resmungou sobre eu andar sozinha pela praia à noite, mas vou ficar bem. Estou com uma lata nova de spray de pimenta na bolsa depois do susto de segunda à noite, quando cheguei em casa e a porta estava destrancada.

Infelizmente, a praia é muito grande, estendendo-se por toda a costa. E está muito, muito escuro. Não sei por que sempre parece tão escuro depois do horário de verão. Ligo o farol alto do carro sempre que posso, mas não consigo ver nada.

Dawn pode estar em qualquer lugar.

Até onde sei, ela pode ter se afogado e chegamos tarde demais.

Encosto o carro por um instante para pensar. Preciso ser estratégica em relação a isso, ou então será como tentar encontrar um grão de areia nessa praia gigantesca. Dawn não vai simplesmente pular na água e se afogar. Isso não faz sentido. O instinto natural será se debater para se salvar. Além disso, seu corpo seria rapidamente encontrado e, se descobrissem que ela continuava viva uma semana depois de ter desaparecido, isso poderia me eliminar como suspeita. Quando eu mesma cogitei pular na água, sabia que não poderia fazer isso de mãos vazias.

Eu precisava de algo pesado.

Começo a dirigir de novo, mas dessa vez estou procurando algo diferente. Estou procurando canteiros de obras.

Mais de dez minutos depois, dirigindo lentamente ao longo da costa, vejo um canteiro de obras sem ninguém por perto. Cheio de tijolos, argamassa, tábuas de madeira e mais uma coisa.

Blocos de concreto.

Estaciono o carro e saio. Se Dawn invadiu esse canteiro de obras em busca de um bloco de concreto, ela não pode ter ido muito longe. Essas coisas são pesadas. Se meus instintos estiverem corretos, ela deve estar em algum lugar por aqui. É claro que estou apenas supondo. Ela pode nem estar na praia. Mas também acho que ela ficaria perto de onde eu moro, de acordo com sua estratégia de me culpar por sua morte.

Está escuro quando saio do carro. Existem postes de luz, mas eles iluminam apenas a rua. A praia está escura feito breu.

Acendo a lanterna do celular. Há um píer bem perto daqui e esse seria o lugar mais lógico para Dawn se matar. É o que eu teria feito.

O píer fica à minha esquerda. Tirei os sapatos no outro dia, mas fico com eles agora. Preciso ser capaz de me mover rápido. Ando pela areia apontando a luz do celular na direção do píer. E consigo ver.

Uma figura curvada bem na ponta do píer.

CAPÍTULO 59

DAWN

Em média, um ser humano vive menos de 80 anos. Mas muitas tartarugas vivem mais que isso. As tartarugas marinhas, em especial, podem viver até 150 anos. Algumas tartarugas grandes podem viver mais de 400 anos, em teoria.

Não consigo imaginar alguém que queira viver 400 anos. Eu vivi 30 anos e me sinto exausta. Estou acabada. Já vivi tudo o que precisava ou que queria viver. Tive uma amizade verdadeira, embora ela não tenha durado tanto quanto eu gostaria. Tive uma carreira agradável. Eu me apaixonei... Até que o homem que eu amava me traiu com outra mulher. Embora, para ser sincera, eu tenha pedido a ele que fizesse isso.

Certa vez, Mia me disse que achava que viveria até os 87 anos. Não sei como ela chegou a esse número, mas ela gostava de ser muito específica com relação às coisas. Ela me disse que se mudaria para a costa do Pacífico, teria três filhos e oito netos. Ela também tinha uma lista de lugares que queria visitar antes de morrer. Era uma longa lista.

Vamos juntas, Dawn, dizia ela. *Vamos viajar pelo mundo, só nós duas. Tá bom?*

A ideia de viajar pelo mundo era aterrorizante para mim, com todos aqueles lugares novos cheios de coisas novas. Não me dou bem com experiências novas. E se você for para outro país e eles não servirem comida de uma cor só? E se eu entrar em um restaurante e pedir um prato sem saber do que se trata, porque não falo o idioma, e depois descobrir que estava *comendo uma tartaruga?*

Porém, a ideia de viajar com Mia era empolgante. Eu não teria medo de estar em um lugar novo se ela estivesse comigo. Ela ia garantir nossa diversão e eu me sentiria segura. Ela sempre fazia isso.

Agora que ela se foi, o mundo parece aterrorizante de novo. Não quero sair de Massachusetts. A ideia de estar grávida e ter um bebê crescendo dentro de mim é assustadora. Também não gosto de viajar. Se eu não pude viver essas coisas com Mia, não quero vivê-las de jeito nenhum. Achei que havia uma chance de fazer essas coisas com Caleb, mas, infelizmente, não deu certo como eu imaginava.

Já vivi tudo o que gostaria de viver. As melhores partes da minha vida já passaram. Portanto, não tenho razão para continuar.

E vou me certificar de que minha morte não seja em vão.

Peguei emprestado um pequeno bloco de concreto em um canteiro de obras perto daqui. Peguei o menor que consegui encontrar, que deve ser mais que suficiente para me segurar debaixo da água. Pesa uns trinta quilos. Comprei uma corda em uma farmácia com o dinheiro que peguei da carteira de Caleb. Amarrei uma ponta no meu tornozelo e a outra no bloco de concreto.

Estou observando a maré subir há uma hora. Quando a água ficar alta o suficiente, vou pular com o bloco de concreto. Ninguém entra na água em meados de novembro, então há uma chance excelente de eu não ser encontrada por pelo menos algumas semanas. O surgimento do meu cadáver vai ser o último prego no caixão de Natalie. Ela vai passar o resto da vida na cadeia.

Conseguimos, Mia. Finalmente, Natalie vai pagar pelo que fez.

Eu me pergunto se ela teria feito o mesmo por mim. Mia e eu defendíamos uma a outra, mas eu sempre a defendia mais.

Como naquela vez, no terceiro ano do fundamental, em que empurrei o garoto Jared Kelahan de cima do trepa-trepa porque ele não parava de provocar Mia. Eu me lembro de estar sentada no alto do trepa-trepa, olhando para Jared no chão, vendo a poça de sangue que se formava ao redor de sua cabeça enquanto um dos professores no parquinho começava a gritar. Mia me disse que eu tinha ido longe demais naquela ocasião — ela falou de um jeito muito parecido com o que Caleb fala agora. Mas o fato é que Jared nunca mais tirou sarro dela. Na verdade, ele nunca mais zombou de *ninguém*.

Enquanto o nível da água sobe, fico me perguntando o que Caleb está fazendo agora. Deixei uma mensagem para ele, principalmente para ter certeza de que ele sabia como cuidar de Júnior, mas ele é esperto. E pode ter percebido pela mensagem o que estou planejando fazer — provavelmente, está em pânico agora. Mas ele vai ver que é melhor assim. Um dia, ele vai ver.

As ondas quebram na praia. Sem parar. Quase parece que a água está chamando meu nome. Está esperando por mim. *Dawn, Dawn, Dawn...*

Hora de pular.

— Dawn!

Tá bom, isso soou um pouco *demais* como alguém chamando meu nome.

Olho para trás. Por um segundo, uma luz me cega. Protejo os olhos e percebo que é a lanterna de um celular. Tem alguém do outro lado do píer.

— Dawn!

Eu me levanto atabalhoada. Semicerro os olhos e mal consigo distinguir uma figura vindo em minha direção. A princípio, seu rosto está nas sombras, mas não é Caleb. A compleição física não é a de um homem. Parece uma mulher e a voz é feminina.

— Dawn!

Ela dá mais um passo à frente e seus traços se tornam claros. Sinto o estômago embrulhar.

É Natalie.

O que *ela* está fazendo aqui?

Ela apaga a lanterna do celular. Levanta as mãos como se eu tivesse uma arma. Quem me dera. Se eu tivesse uma arma agora, ela estaria morta. Sem testemunhas.

Pensei nisso. Pensei em um plano mais simples. Matar Natalie. Assim, eu não teria que fingir minha própria morte e fugir. Só que a morte é muito fácil para ela. Eu queria que ela sofresse como eu sofri. Como Mia sofreu antes de decidir acabar com tudo.

— Por favor, não pula. — Os olhos de Natalie se voltam para o bloco de concreto aos meus pés. — Por favor, não faz isso.

— Não me diz o que fazer. — Cerro os dentes. — Como você sabia que eu estava aqui?

— Caleb me contou o que está acontecendo.

Se eu não estava com raiva antes, agora estou furiosa. Como ele pôde? Como ele pôde ir atrás dela depois de tudo pelo que passamos para incriminá-la? Por que ele não podia simplesmente deixar isso acontecer?

— Ele não tinha o direito de fazer isso.

— Ainda bem que ele me contou. — O vento bate no rosto de Natalie e ela afasta os fios de cabelo loiro dos olhos. — Eu não sabia que você conhecia Amelia.

Odeio o som do nome da minha melhor amiga na boca dessa mulher.

— *Conhecia?* Ela era minha melhor amiga. Minha *única* amiga.

— Eu sei. Sinto muito.

— Você matou a minha amiga! Você e Tara atormentaram tanto Mia que ela acabou se matando!

Natalie se encolhe.

— Eu sei. E sinto muito. Tudo o que posso dizer é que eu tinha só 17 anos. Não sabia o que estava fazendo.

— Não, eu não aceito isso. Dezessete anos é idade suficiente para saber o que você estava fazendo.

Ela dá um passo na minha direção e eu dou um passo para trás, embora precise ter cuidado com isso — não quero cair ainda.

— Escuta — diz ela. — Sei que você me odeia, mas você acha que eu não me sinto péssima com o que aconteceu com Amelia? Claro que me sinto péssima. De verdade. Todo dia eu me culpo. Por que você acha que comecei essa corrida beneficente? Estou tentando me redimir.

— Tarde demais.

Ficamos nos encarando por um instante. Estou usando só uma jaqueta leve de Caleb e tremendo de frio. Não quisemos correr o risco de tirar nenhum dos meus casacos de casa. As mangas são longas demais para mim. Eu as dobrei, mas elas ainda chegam quase à ponta dos meus dedos.

— Olha — diz Natalie —, eu sei de tudo. Seth também sabe. Se você pular, não vai adiantar nada. Você não pode mais me incriminar por assassinato.

Foi a primeira coisa que ela disse que mexeu comigo. Ela tem razão. Se Caleb contou sobre nosso plano, ela nunca vai ser presa por isso. Ele acabou com tudo. Tudo pelo que trabalhamos. Como ele pôde fazer isso comigo? Ele não poderia me amar e me trair dessa forma.

Agora, Natalie sabe quem eu sou. Sabe o que estava acontecendo. Tive a chance de me vingar e Caleb estragou tudo. Eu queria fazer Natalie pagar pelo que ela fez com Mia, mas isso não vai acontecer. Só há uma forma de me vingar.

Tenho que matar Natalie. Caleb nunca me deixaria fazer isso, mas ele não está aqui agora. Ele não pode me impedir. Tenho que acabar com ela.

Aqui. Agora.

CAPÍTULO 60

NATALIE

Não sei se consegui convencer Dawn. Ela é difícil de interpretar. Não demonstra raiva como Caleb. Ela ainda me odeia, mas não sei o que vai fazer.

Será que ela ainda quer se matar? Será que prestou atenção no que eu disse?

Ela se abaixa e pega o bloco de concreto. Não sei bem por quê, mas não deve ser nada bom. Eu me aproximo, com medo de que ela jogue o bloco na água e caia em seguida. Acho que não vai ser fácil salvá-la se ela fizer isso. Mas estou pronta para pular na água se for preciso. Vou tentar.

Mas ela não joga o bloco de concreto na água. Em vez disso, ela levanta o bloco de concreto, segurando-o acima da cabeça. Ela ergue os olhos para encontrar os meus e, de repente, percebo o que está fazendo.

Ela quer me matar com o bloco de concreto.

Ai, meu Deus.

Não seria difícil. Essa coisa deve pesar pelo menos uns trinta quilos. Algumas poucas pancadas na cabeça e seria o meu fim. Ela teria sua vingança.

— Dawn. — Arquejo. — O que você está fazendo?

— O que eu deveria ter feito anos atrás. — Sua voz é calma e os olhos, inexpressivos. — Vou garantir que você nunca mais machuque ninguém.

— Dawn, por favor, não faz isso. — Aperto a bolsa contra o peito e tropeço para trás. — Já disse que sinto muito pelo que fiz com Amelia. Mas me matar não vai mudar nada. Isso não vai trazer Amelia de volta.

— E você roubou o homem que eu amo...

— Roubei? — Balanço a cabeça. — Mas eu não roubei Caleb!

— Não bastava você ter matado minha melhor amiga. Você também tinha que ficar com ele.

Ela perdeu a cabeça. Não sei mais se consigo convencê-la.

— Dawn, foi Caleb que me convidou para sair. Achei que ele era solteiro, pelo amor de Deus!

— Eu amava Caleb. — Algumas gotas de saliva atingiram o meu rosto. — Ele era a última coisa boa da minha vida, a única coisa boa, e você *roubou* de mim! E agora ele gosta mais de você.

— Isso não é verdade!

— É, sim, ele gosta! Claro que gosta!

— Não gosta! Ele me odeia, assim como você.

— Mentira! Ele odiava você. E não odeia mais. Você conquistou Caleb como conquistou todo mundo... Se não fosse isso, como ele poderia me trair assim?

Os olhos dela estão marejados. Percebo que, por mais que ela esteja furiosa com a morte de Amelia e com o que fiz no passado, está igualmente furiosa por eu ter "roubado" Caleb. Talvez até mais. Jamais vou esquecer a expressão angustiada no rosto de Caleb quando ele pensou que Dawn poderia se matar. E o sentimento dela por ele é o mesmo.

Parece que Caleb pode mesmo ser o *homem certo*. Mas não para mim.

Dawn se recusa a acreditar que ele não sente nada por mim. Ela perdeu a noção da realidade, uma noção que já era tênue.

Ela não quer mais saber o que é verdade. Ela só quer saber de se vingar. Dawn é pequena e magra, mas seus braços nem sequer tremem enquanto ela segura o bloco de concreto. Não importa onde caia, essa coisa vai causar algum estrago.

Preciso fazer alguma coisa para impedi-la.

Mexo na bolsa. Meus dedos se fecham em torno do spray de pimenta e sou muito rápida. Dawn parece confusa e, um segundo depois, aciono o bico. O produto químico é pulverizado em uma nuvem espessa e ela não enxerga mais nada.

Ela grita. E deixa o bloco de concreto cair no chão, felizmente sem atingir nossos pés. Ela esfrega os olhos.

— Sua piranha! — berra ela.

Droga, peguei Dawn de jeito. Ela está de joelhos se contorcendo, com as mãos no rosto. Espero que não fique cega. Não preciso aumentar a lista de crimes que cometi contra Dawn Schiff.

Quando ela enfim para de gritar e olha para mim, seus olhos estão vermelhos e lacrimejantes. O lado positivo é que ela não parece estar cega.

— Tá bom — diz ela. — Você ganhou. Pode ficar com ele.

Eu me ajoelho ao lado dela no píer. Vou ficar com farpas, mas tento não pensar nisso.

— Dawn, eu não quero Caleb. E ele não me quer. Acredite em mim.

Ela enterra o rosto nas mãos, balançando a cabeça.

— Ele ama você — digo para ela. — Você e mais ninguém. Eu estava me jogando em cima dele e ele sempre me manteve a certa distância. Agora entendo por quê. E você sabe o que ele fez hoje à noite?

Ela balança a cabeça de novo.

— Ele chorou. — Eu me lembro das lágrimas nos olhos de Caleb. Nenhum homem jamais chorou por mim. Às vezes, me pergunto se algum dia isso vai acontecer. No entanto, Caleb se sente assim em relação a essa mulher esquisita que é Dawn. — Ele não conseguia suportar a ideia de perder você.

— Ele teria superado.

— Acho que não. Isso teria acabado com ele.

Dawn reflete sobre essa informação por um instante, sentada no píer e limpando os produtos químicos que borrifei nos olhos dela.

— Sabe, eu estava falando a verdade. — Olho para o mar, observando as ondas quebrando na praia. — Não tem um dia sequer em que não pense em Amelia e não me odeie pelo que fiz. Sim, eu inventei a parte de sermos amigas, mas sempre corri em homenagem a ela. Era tudo por causa de Amelia. Era um tipo de penitência para mim mesma.

— Isso não muda nada o que você fez.

— Eu sei. Mas eu queria que você soubesse disso.

Os olhos de Dawn descem até seu tornozelo. A corda ainda está presa na perna direita. Ela começa a desatar o nó.

— Caleb chorou de verdade? — pergunta ela quando o nó se desfaz.

Faço que sim com a cabeça.

— Ele não chorou nem por Mia — murmura ela.

Ela não diz mais nada. Nem eu. Ficamos sentadas uma ao lado da outra, observando a maré subir, ambas felizes por não estarmos nas garras do mar e por entender quão perto chegamos de sofrer esse destino hoje à noite.

CAPÍTULO 61

O celular toca na minha bolsa. É uma mensagem de texto.

Pego o aparelho e percebo que perdi várias mensagens. Duas de Seth e cinco de Caleb, todas perguntando onde estou. Envio para os dois uma mensagem falando que encontrei Dawn, mas não digo nossa localização exata. Nem sei como descrever onde estamos.

— Ei — digo a Dawn —, Caleb e Seth estão procurando por nós. É melhor a gente voltar.

Ela franze a testa.

— E o que vai acontecer depois?

Essa é uma ótima pergunta. A primeira coisa que eu gostaria de fazer é levar Dawn de volta à delegacia para que Santoro possa ver que ela ainda está viva, que eu não sou uma assassina sangue-frio que fez bullying com a colega de trabalho e a matou quando ela descobriu que eu supostamente estava roubando dinheiro. Quero ouvir Santoro dizer que todas as acusações contra mim foram anuladas.

A não ser que ele queira me acusar de ter matado aquela outra mulher. Para ser sincera, não duvido que ele fizesse isso.

— Caleb só quer saber se você está bem — digo. — E depois a gente vê o que faz.

Dawn reflete por um instante. Depois, ela se levanta com dificuldade, cambaleando um pouco antes de recuperar o equilíbrio. Parte de mim tem medo de que ela se jogue no mar de repente, mas ela não faz isso.

— Ele vai ficar bravo comigo — sussurra ela.

— Ele não vai ficar bravo. Ele vai ficar aliviado por você estar bem.

Acendo a lanterna do celular para que a gente não caia do píer antes de voltar para terra firme. Também envio uma mensagem rápida para Caleb e Seth:

Estamos no píer, bem perto do restaurante Angry Crab.

Assim que voltamos para a rua principal, dois carros se aproximam de nós. Seth e Caleb estão aqui. Caleb encosta seu Ford verde e, mal desliga o carro, salta do banco do motorista. Seu cabelo está desgrenhado e seu casaco está aberto enquanto ele corre pela rua até onde estamos. Antes mesmo que a gente possa reconhecer sua presença, ele dá um abraço forte em Dawn.

— Meu Deus. — A voz dele está trêmula. — Eu estava tão preocupado com você. Como você pôde pensar numa coisa dessas? Como, Dawn? Eu nunca...

Dawn não diz nada, mas o abraça também. Seus dedinhos magros se agarram a ele com tanta força que vejo como eles são brancos, mesmo na rua escura. Eles ficam ali parados, abraçados um ao outro.

Para ser sincera, isso me faz chorar um pouco.

— Nat!

Seth estacionou atrás do carro de Caleb e está abrindo a porta, em um ritmo muito mais lento, mas ainda corre parte do caminho até mim. Não vou me iludir achando que Seth me ama da mesma forma que Caleb ama Dawn, mas ele se arriscou por mim hoje. Ele pagou minha fiança. Ele me levou de carro até Rhode Island. Ele pagaria os honorários de um advogado se fosse necessário. Talvez eu tenha subestimado Seth Hoffman.

— Você está bem? — pergunta ele quando chega a uma distância confortável.

Faço que sim com a cabeça, apesar de que, quando cruzo os braços, percebo que não estou tão bem quanto pensava. Eu estava na cadeia hoje de manhã. Dawn estava prestes a acertar a minha cabeça com um bloco de concreto cerca de vinte minutos atrás. Estou longe de estar bem.

Mas vou ficar.

— Está com frio? — Seth abre o zíper do casaco como se fosse tirá-lo e entregá-lo para mim. — Você parece estar congelando.

— Estou com um pouco de frio — admito. Deve estar zero grau aqui fora, ou talvez menos se considerar a brisa do mar.

Seth não tira o casaco, mas desenrola o cachecol que estava no pescoço. Ele o coloca gentilmente em volta do meu — é um cachecol preto de lã que tem um toque da loção pós-barba de Seth. Ele irradia seu calor.

— Obrigada — digo.

— De nada.

Ele fica olhando nos meus olhos e sinto vontade de perguntar se gostaria de voltar para casa comigo hoje à noite. Não só porque não quero ficar sozinha. É porque quero ficar *com ele*.

— Ei — diz ele. — Adivinha só? Eu estava ouvindo o rádio no caminho para cá e, aparentemente, identificaram o cadáver daquela mulher em Cohasset.

Faço que sim com a cabeça.

— Isso é bom para a família dela.

— Pois é, e aposto que Santoro vai ser muito criticado por prender você pelo assassinato de uma mulher que, no fim das contas, ainda está viva. Eles deveriam ter esperado pelo resultado do DNA, a polícia realmente se precipitou.

É, Santoro deveria ter esperado. Mas ele estava ansioso demais para me pegar. Tudo isso porque ele sofria bullying quando era criança.

Finalmente, Caleb e Dawn param de se abraçar. Mas ele continua segurando Dawn com o braço em volta dos ombros dela para mantê-la aquecida.

— Quem era a mulher em Cohasset? — pergunto para Seth. Ele dá de ombros.

— Uma mulher... Kara alguma coisa? — Ele balança a cabeça pensativamente. — Não... Tara, talvez? Ninguém que a gente conheça.

Tara?

Não... Não pode ser...

Minhas mãos tremem levemente quando pego o celular na bolsa. Abro uma janela do navegador e procuro notícias sobre a identidade do corpo encontrado em Cohasset. São notícias recentes e o nome aparece de imediato.

— Tara Wilkes — digo com a voz engasgada.

Tara Wilkes. Minha melhor amiga no ensino médio. Aquela que me ajudou a forjar cartões de Dia dos Namorados para Amelia Hodge anos atrás.

Seth estala os dedos.

— Isso! É Tara Wilkes.

Meus olhos disparam para Caleb. Ele me ouviu dizer o nome Tara Wilkes agora mesmo, mas não reagiu. Não há sequer um lampejo de reconhecimento. O nome não significa nada para ele.

Mas, quando olho para Dawn, vejo algo completamente diferente.

A garota encontrada na floresta não foi uma coincidência. Por todos esses anos, Dawn me odiou por ser o cérebro, mas ela também odiava Tara pelo papel que desempenhou no suicídio de Amelia. A morte era boa demais para mim, mas não era boa demais para Tara.

Ai, meu Deus.

— Pobrezinha — comenta Seth. — Estavam dizendo no rádio que a polícia achou que era Dawn por causa do cabelo e do rosto irreconhecível.

— Nossa — diz Caleb, apertando Dawn com mais força. — Que horrível.

Dawn continua olhando para mim.

— Pois é — concorda ela. — Horrível.

Um calafrio percorre minha espinha, e não tem nada a ver com a temperatura abaixo de zero. Dawn queria mais do que tudo se vingar das pessoas que ela achava que eram responsáveis pela morte de Amelia. Ela estava disposta a fazer qualquer coisa. Estava disposta a acabar com a própria vida. Estava disposta a matar.

Ela é uma mulher muito perigosa.

E eu sou a única que sabe disso.

EPÍLOGO

UM ANO DEPOIS

DAWN

Tartarugas têm fama de serem lentas, embora isso não seja justo. A maioria caminha a uma velocidade de mais ou menos três quilômetros por hora, aproximadamente metade da velocidade normal de um ser humano, que é de cinco a seis quilômetros por hora. Mas elas podem nadar a uma velocidade de quinze quilômetros por hora. E a tartaruga mais rápida do mundo pode chegar a trinta quilômetros por hora. Isso significa que a tartaruga mais rápida do mundo poderia percorrer cinco quilômetros em cerca de dez minutos.

Eu levei meia hora.

Passei os últimos dois meses treinando. Caleb me ajudou. Corremos juntos pela vizinhança, lado a lado, trabalhando minha resistência e minha velocidade. No primeiro dia, eu mal consegui correr dois quilômetros. Nos últimos quinhentos metros, eu estava bufando com falta de ar e os pulmões queimando. Mas hoje cruzei a linha de chegada dos cinco quilômetros toda suada e dolorida, mas cheia de adrenalina.

Caleb está ao meu lado. Embora suas pernas sejam muito mais longas que as minhas e ele pudesse ter terminado essa corrida dez minutos antes, nós corremos juntos. Ele me incentivou.

Mia teria ficado muito orgulhosa de nós.

— Mandou bem, Dawn! — Caleb ergueu a mão espalmada esperando que eu desse um tapinha. — Você está bem?

Faço que sim com a cabeça, ainda recuperando o fôlego.
— Foi incrível!
— Foi, né? — Ele sorri para mim. — Bem que eu te falei.

Meu coração dispara quando olho para Caleb, embora ele esteja tão suado e desgrenhado quanto eu. Quando Caleb me segurou em seus braços no píer, naquela noite em que quase me matei, percebi como eu era idiota por sentir ciúmes de Natalie.

Ele me ama. E sempre vai me amar.

Eu ainda estava em dúvida sobre deixar Caleb passar o resto da vida comigo, apesar de ele ter garantido a mim que é isso que quer. Estamos dando um passo de cada vez para levar nosso relacionamento adiante. Fomos morar juntos há alguns meses. Tive que passar vários dias reorganizando os móveis do meu jeito, bem como o conteúdo de todos os armários da cozinha (ele tinha três cores diferentes de pratos e guardava todos misturados — era horrível). Mas, depois de vencer algumas dificuldades, parece que está tudo bem. Ainda assim, tenho hesitado em falar sobre o próximo passo. Casamento. Um próximo passo enorme.

Embora eu esteja cada vez mais acreditando que isso pode dar certo.

Natalie acena para mim da mesa de inscrição. Ela está linda como sempre, com a camiseta da corrida e as calças justas de exercício. Ainda me lembro de como ela ficou pálida quando descobriu que o cadáver na floresta era de Tara Wilkes, quando ela percebeu o que eu tinha feito.

Eu não sabia se ela ia ficar de boca fechada. Estava pronta para fazer o que fosse preciso para impedir que ela falasse, mas Natalie acabou se revelando muito boa em guardar segredos. Que bom, porque eu também sei muitos segredos dela.

Para começo de conversa, Natalie aceitou a história que contei ao detetive Santoro, de que a tartaruga de cerâmica caiu por acidente na minha cabeça e que passei vários dias desorientada e vagando pelas ruas. Que eu não tinha a menor ideia de que estavam procurando por mim. Eu estava preocupada que a polícia pudesse me questionar sobre como meu sangue e meu cabelo foram parar no porta-malas de Natalie, mas eles estavam tão envergonhados com a prisão injusta que aparentemente decidiram não gastar mais recursos policiais para investigar um crime que não aconteceu.

E Natalie nunca contou à polícia nossa ligação com Tara. Ninguém investigou o caso e fui muito boa em não deixar rastros. O assassinato ainda não foi solucionado. Tive sorte de ela ter se tornado um ser humano miserável, isolada da maior parte da família, com poucos amigos próximos, de modo que ninguém estava muito preocupado em obter respostas.

Então, alguns meses atrás, Natalie perguntou se eu estaria interessada em ajudá-la a organizar a corrida beneficente. Faz tempo que Caleb e eu saímos da Vixed — teria sido muito estranho continuar trabalhando lá —, mas me senti atraída pela ideia de ajudar a arrecadar dinheiro para uma instituição de caridade que teria sido importante para Mia.

Com a bênção de Natalie, fizemos com que a corrida fosse ainda mais voltada para Mia esse ano. Até participei de podcasts e falei sobre ela. Foi catártico. Falei sobre algumas das dificuldades que ela enfrentou com sua mobilidade e como esse dinheiro seria importante. Natalie disse que as doações bateram todos os recordes.

Ao lado da mesa de inscrição, há um cartaz enorme de Mia feito com uma foto antiga que Caleb encontrou. Sinto muita falta dela e, só de olhar para o cartaz, já me sinto mais feliz.

— Mia também ficaria orgulhosa de você — diz Caleb, como se estivesse lendo minha mente. Não sei como ele faz isso. — Sem dúvida.

Mia *ficaria* orgulhosa de mim. Ela ficaria orgulhosa por eu ter vingado sua morte ao matar Tara Wilkes. Porém, eu a decepcionei com Natalie. Mas não tive escolha — Caleb e eu mal falávamos sobre Tara, mas ele nunca teria me deixado matar Natalie. Ele era tão radicalmente contra violência. Cheguei a me arrepender de ter compartilhado meus planos com ele.

Caleb acredita que sou uma pessoa melhor do que sou de fato. Ele não pode descobrir a verdade, jamais.

Encosto a cabeça no ombro dele.

— O que você acha que Mia diria sobre nós dois ficarmos juntos?

— Sobre eu ficar com a melhor amiga dela? Está falando sério? Ela ficaria nas nuvens.

Ele deve estar certo. É o tipo de coisa que deixaria Mia muito feliz. Fico me perguntando com que tipo de homem ela teria se envolvido. Ela era tão boa. Teria que ser alguém realmente especial.

— Onde quer que ela esteja — diz Caleb —, Mia está torcendo para ficarmos juntos.

— E você acha que vamos ficar?

Caleb me olha de um jeito engraçado. Aprendi a ler suas expressões faciais, mas não consigo ler essa. Não sei o que ele está pensando. Será que acha que não vamos ficar juntos? Porque tenho pensado cada vez mais que não consigo imaginar nenhum tipo de vida sem ele. E, mesmo que Caleb fique melhor sem mim, sou egoísta e ainda quero que ele fique comigo.

— O quê? — digo.

Caleb não me responde. Em vez disso, ele se ajoelha. Fico olhando para ele e coloco a mão sobre a minha boca.

— Dawn. — Do bolso da bermuda de corrida ele tira um estojinho de veludo azul. Ele deve ter esperado por isso um ano inteiro. Até encontrar o momento certo. — Dawn, eu te amo muito.

Não consigo nem falar. Não choro com facilidade, mas sinto as lágrimas se acumulando nos meus olhos.

Uma multidão está se formando ao nosso redor, agora que as pessoas perceberam o que está acontecendo. Ele abre a caixa de veludo azul. Solto um suspiro ao ver o anel dentro dela. Em vez de um diamante, ele me deu uma esmeralda. Ela é verde. Como uma tartaruga.

— Dawn, você quer se casar comigo?

— Quero! Quero, sim!

Nossas mãos tremem quando ele coloca a pedra verde no meu dedo anelar esquerdo. Talvez seja por causa da endorfina da corrida, mas acho que nunca me senti tão feliz. Um ano atrás, eu não sabia de nada quando pensei que já tinha experimentado de tudo na vida. Ainda tenho muito o que viver. Sou muito grata a Natalie por ter me impedido de cometer o maior erro da minha vida.

No fim das contas, estou feliz por ter decidido deixá-la viver.

NATALIE

Caleb e Dawn são tão fofos que eu poderia vomitar.

A multidão está ensandecida com o pedido de casamento de Caleb. Os dois vão ser muito felizes juntos. Os dois são muito estranhos — será uma boa combinação. Que Deus ajude os filhos que eles tiverem.

É claro que Caleb não sabe quanto Dawn é de fato perigosa. Mas, se ele descobrir, não vai ser por mim.

Seth vem ficar comigo na mesa de inscrição, que está vazia agora que a corrida terminou. Ele envolve os meus ombros com um braço e sorri para mim. Ele tem sido muito mais aberto em relação a demonstrações públicas de afeto desde que o divórcio foi aprovado no mês passado. Melinda o fez passar por maus bocados, mas ela saiu de sua vida para sempre. E agora somos só nós.

— Você fez um trabalho incrível, Nat — elogia ele.

— Obrigada. Esse foi o nosso melhor ano até agora.

No meio da multidão, Dawn chama minha atenção, enquanto todo mundo lhe dá os parabéns. Ela parece um pouco abatida, como sempre fica em grandes multidões, mas está lidando bem com isso. Dou um tchauzinho animado para Dawn e ela acena em resposta. Dawn ajudou muito na organização da corrida desse ano. Eu não tinha certeza de que ela concordaria, mas ela adorou a ideia de homenagear sua melhor amiga, que se suicidou anos atrás.

Agora, quatorze anos depois, Amelia ainda está fazendo diferença em nossas vidas. Ao longo dos anos, arrecadamos muito dinheiro com a corrida, batendo recordes neste ano. Até o detetive Santoro fez uma doação considerável — uma oferta de paz, imagino.

E é claro, como sempre, embolsei a minha parte.

Mas sou cuidadosa. Nunca pego muito dinheiro. Só o suficiente para me ajudar a pagar pelo meu estilo de vida, nada que alguém vá perceber. Isso é o mínimo depois de todos os problemas que Amelia me causou com seu suicídio. Muitas pessoas me culparam e eu tive que renunciar ao cargo de presidente da classe — um professor até ameaçou me reprovar! Não foi minha culpa o fato de ela ter se matado — ela era *fraca*. Meu Deus, eu só fiz uma *piada* idiota.

No ano passado, tive que desviar um pouco mais das doações. Tive que transferir o dinheiro de volta para a conta da Vixed antes que Seth descobrisse que eu havia roubado da empresa. Se ele tivesse feito uma auditoria mais completa, eu não teria conseguido apagar meus rastros. Mas, é claro, eu sabia que ele não faria isso. Se ele fosse mais cuidadoso, eu jamais teria me safado.

Não me sinto culpada por fazer isso. A Vixed é uma empresa enorme que está batendo recordes de lucro — nossos produtos saem mais que pão quente. Com exceção do Collahealth, que teve que ser recolhido há alguns meses por causa de efeitos colaterais inesperados.

Seth aperta os meus ombros, olhando para Dawn e Caleb, que agora estão de mãos dadas.

— Ficou com vontade de se casar?

— Não sei — digo. — *Você* ficou com vontade de casar?

— Talvez. — Ele pisca para mim. — Agora sou um homem livre, sabe?

As coisas ficaram bem sérias entre mim e Seth no último ano. Ele ficou arrasado depois que terminei o nosso caso e estava desesperado para que voltássemos. Eu me sinto envaidecida. Quando ficamos juntos pela primeira vez, ele relutou em terminar com a esposa. Ele foi meticulosamente cuidadoso para garantir que não fôssemos pegos.

Então, resolvi dar uma animada nas coisas. Mandei uma mensagem para Melinda falando das aventuras extraconjugais do marido. Ela ficou arrasada, mas não o abandonou como eu esperava que fizesse. Depois simulei algumas ligações ameaçadoras de Melinda, além de alguns bilhetes assustadores. Fiz com que Seth acreditasse que sua esposa estava atrás de mim.

Para minha surpresa, ela realmente veio atrás de mim. Começou a me ameaçar de verdade. Tive que me afastar, pelo menos temporariamente. E, depois que Seth deu entrada no divórcio, ela me culpou por isso. Mais tarde, Seth disse que ela realmente foi até a corrida beneficente e que teria me confrontado se eu não tivesse sido presa.

Mas agora ela está fora da nossa vida. Até consegui uma ordem de restrição contra ela, não que a pequena Melinda Hoffman seja um perigo real para mim. Ela não tem como me machucar.

Gostaria de vê-la tentar.

E, graças às generosas doações para a corrida desse ano, terei um pequeno pé-de-meia para comprar o vestido de noiva. Quando nos casarmos, poderei dar a Seth o filho que ele sempre quis. É um final feliz para todo mundo. Quer dizer, com exceção de Melinda.

Fico ao lado de Seth, observando Caleb beijar Dawn mais uma vez. Eles realmente formam um belo casal. E fico feliz que Dawn tenha recuperado o juízo naquela noite e não tenha se jogado na água. É incrível como aquela criaturinha chegou muito perto de acabar comigo. Ela é mais astuta do que eu pensava.

Ela e eu temos um acordo tácito agora. Eu mantenho minha boca fechada sobre Tara. E ela mantém a boca fechada sobre todo o dinheiro que sabe que desviei da Vixed. Afinal de contas, Seth pode ser descuidado, mas ela não é. No momento em que recebi o e-mail dela pedindo para falar comigo depois do trabalho, me dei conta de que ela sabia o que eu tinha feito. *Um assunto muito importante.* Por isso eu estava tão desesperada para falar com ela. Tão desesperada que fui até a casa dela para procurá-la na tarde seguinte, quando descobri que Dawn tinha desaparecido e encontrei todo aquele sangue no carpete.

Ela queria que eu fosse presa por desvio de dinheiro. Ela queria que esse fosse meu motivo para matá-la. Mas agora eu também sei um dos segredos dela.

Vamos levar o segredo uma da outra para o túmulo.

Dawn pode ser perigosa.

Mas eu também sou.

AGRADECIMENTOS

Estou trabalhando neste livro há cinquenta anos.

Considerando que ainda não tenho 50 anos, talvez essa afirmação seja um exagero, mas é essa a sensação. Estou trabalhando em *A contadora* — também chamado de "o livro da tartaruga" — há vários anos e na forma de vários rascunhos extremamente diferentes. Tenho que ser honesta: o início, nas primeiras versões, era chato. Todo mundo dizia isso. Foram necessárias quatro versões só para ele deixar de ser chato (assim espero).

Agradeço à minha mãe, que leu cada versão deste livro. Agradeço a todas as outras pessoas que também leram os rascunhos e deram sugestões: Pamela, Nelle, Kate e Maura. E obrigada a Val pela revisão. Sou muito grata!

Um agradecimento enorme à minha agente, Christina Hogrebe, bem como a todo mundo da JRA por seu apoio e confiança em mim, além de terem me ajudado a fazer desta a melhor versão possível. E agradeço a Jenna Jankowski e Anna Michels da Sourcebooks por me ajudarem a dar à luz o livro!

Sempre termino agradecendo aos meus leitores. Não poderia ser diferente porque, nossa!, tenho os melhores e mais dedicados leitores de todos os tempos. Sou extremamente grata a eles e espero que tenham gostado deste meu trabalho mais recente!

Este livro foi composto na tipografia Beerling LT Std
em corpo 11,5/15,35, e impresso em
papel off-white no Sistema Cameron da
Divisão Gráfica da Distribuidora Record.